Skrivet i stjärnorna

I Australiens lantliga hjärta: starka kvinnor och oförglömliga hästar

Caitlyn Lynch

Shenanigans Press

Innehållsförteckning

Tack

Den här serien hade aldrig kunnat skrivas utan de generösa hästexperter från branschens alla hörn som delade med sig av sin kunskap – i de flesta fall utan att ha den blekaste aning om varför jag ställde dessa till synes galna frågor.

Charlotte, enastående hästveterinär

Caleb, en hovslagare som är både prisvärd och pålitlig (guld värt!)

Emma, en Masterson-terapeut med verkligt magiska händer

Tamara, omskolare och tränare av före detta galopphästar

Och hästfolket i Elimbah, som just nu kämpar för sina hem mot den ostoppbara jätten Main Roads, en kamp som inspirerade familjen McKenzies strid om förbifarten.

Kapitel ett

KATE MCKENZIE STOPPADE TILLBAKA en förrymd blond hårslinga i sin eleganta håruppsättning och granskade de vita stolarna som stod uppradade i prydliga rader bredvid sjön vid Ridgewater. Perfekt, förutom den tredje stolen på andra raden som stod två centimeter snett i förhållande till sina grannar. Hon rättade till den med en snabb, effektiv rörelse och ignorerade fladdret av nerver i magen. Vårsolen flödade ner, fick sjöns yta att skimra som rent silver och framhävde vimplarna som spänts upp mellan de uråldriga eukalyptusträden. Sarah och Marcus kunde inte ha önskat sig en vackrare dag att gifta sig på.

"Kate! Vi behöver dig!" Emmas röst hördes över gräsmattan, färgad av den lågintensiva hysteri som bröllopet tycktes ha framkallat även hos hennes vanligtvis sansade yngsta syster.

Kate tittade på klockan – fyrtiosju minuter kvar till ceremonin – och gick med raska steg mot Stora huset, och hennes stövlar lämnade prydliga avtryck i det nyklippta gräset. Det gamla Queenslander-huset myllrade av aktivitet, och dess breda verandor fungerade som kommandocentral för dagens operationer. Hon fick syn på två av grannbarnen som sprang runt ett hörn och gjorde en mental anteckning om att stoppa dem innan de upptäckte bröllopstårtan.

"Kris i brudens rum", förklarade Emma och mötte henne vid trappan. Hennes yngre systers kinder var blossande och hennes mörka hår höll på att rymma från sina hårnålar. "Slöjan har gått sönder och Sarah låtsas att hon inte bryr sig, men du vet hurdan hon blir."

Kate nickade. Hon visste precis hurdan Sarah blev; lugn på ytan, kokande inombords. "Jag tar hand om det. Har du sett familjen Carmichaels barn? De är på kollisionskurs med tårtan."

"Mamma har satt dem i arbete med att fylla små presentpåsar. Krisen är avvärjd." Emma tryckte ett litet syskrin i Kates hand. "Gör din magi. Jag måste kolla till fotografen."

De gamla trätrapporna knarrade familjärt under Kates fötter när hon gick mot det stora sovrummet. Hon stannade utanför dörren, tog ett djupt andetag och sköt undan tankarna på kvalificeringspapper, sponsorsamtal och kommunens annalkande beslut om den nya vägsträckningen. Idag var Sarahs dag. Allt annat kunde vänta.

Hon knackade två gånger och gick in. Där fann hon sin äldre syster, onaturligt stillasittande vid deras mors antika toalettbord med den trasiga slöjan utspridd över knät. Sarahs jordgubbsblonda hår var uppsatt i en elegant chignon och hennes makeup var diskret men effektiv för att framhäva hennes drag. Hon såg vacker och fullkomligt rasande ut.

"Jag hörde att vi har en slöjkris", sa Kate med lätt ton.

Sarah tittade upp och blinkade några gånger för att få Kate i fokus – en vana hon hade utvecklat sedan en olycka stulit hennes djupseende. "Det är ingen fara. Jag behöver inte slöjan."

"Självklart behöver du den inte", höll Kate med och gick fram för att undersöka det skira tyget. "Men du vill ha den, och det är bara en liten reva." Hon hittade snabbt skadan, en fem centimeter lång reva nära kanten. "Det här är ingenting. Tio minuter, högst."

Lättnad flimrade till i Sarahs ansikte. "Är du säker? Jag tänkte att det kanske var ett tecken."

"Ett tecken på vad? Att slöjor fastnar i saker?" Kate satte sig på sängen och började trä en nål med vit bomullstråd. "Det enda tecken jag ser är att du ska gifta dig med en man som ser på dig som om du vore den enda stjärnan på himlen, på vår älskade familjegård, med alla som älskar er som vittnen, inklusive en syster som råkar vara utmärkt på akuta reparationer."

Sarahs mungipa ryckte till i ett litet leende. "När du säger det på det sättet."

Medan Kate sydde små, fina stygn på slöjan kastade hon då och då en blick på sin syster som gjorde de sista justeringarna av sin makeup, lutad tätt mot spegeln. Två år efter olyckan som hade avslutat Sarahs tävlingskarriär och dödat hennes älskade häst hade de fysiska ärren bleknat, men Kate såg fortfarande glimtar av de osynliga. Det försiktiga sättet Sarah rörde sig i rummet. Den tillfälliga blixten av förlust i hennes ögon när hon såg andra rida.

"Nervös?" frågade Kate.

"Inför att gifta mig med Marcus? Nej." Sarah vände sig mot henne. "Inför att snubbla när jag går nerför altargången för att jag inte kan bedöma avståndet mellan mina fötter och marken? Fullkomligt livrädd."

"Det är vad pappa är till för. Han låter dig inte falla."

”Jag vet. Jag önskar bara...” Sarah tystnade och blicken vandrade mot fönstret där man kunde se taknockarna på stallet.

”Jag vet”, sa Kate mjukt. Hon visste. Sarah önskade att hon fortfarande kunde galoppera självsäkert över Ridgewaters hagar och hoppa över fallna trädstammar utan rädsla. Önskade att hon inte hade förlorat Fire. Önskade att hennes liv inte hade delats upp i ett före och ett efter.

”Du håller i alla fall McKenzie-fanan högt i tävlingssammanhang”, sa Sarah och bröt ögonblicket. ”Hur går det för Misty?”

Kate klippte av tråden och höll upp den lagade slöjan för inspektion. ”Hon är fantastisk. Krävande, men fantastisk. Vi kommer att ta oss till LA, Sarah. Jag vet det.”

”Jag tvivlar inte på dig ett ögonblick.” Sarah tog emot slöjan och använde försiktigt de fastsydda kammarna för att fästa den i håret. ”Sådär. Hur ser jag ut?”

”Som en McKenzie som ska påbörja nästa kapitel.” Kate log, och värme bröt igenom hennes vanliga återhållsamhet. ”Marcus är lyckligt lottad.”

”Även om han är veterinär?” skämtade Sarah och refererade till deras fars ständiga skämt om veterinärer.

”Även då.”

En knackning på dörren föregick deras mors entré. Ingrid McKenzie svepte in, elegant som alltid i en ljusblå klänning som kompletterade hennes platinablonda page och fick henne att se minst ett decennium yngre ut än sin verkliga ålder.

”Flickor”, sa hon med en röst som bar på den svagaste antydan till svensk brytning trots över fyrtio år i Australien. ”Det är snart dags.” Hennes kalla blå ögon bedömde situationen. ”Slöjan ser perfekt ut. Bra gjort, Kate.”

Kate rätade på sig under sin mors gillande blick. Ingrids godkännande betydde fortfarande allt.

"Sarah, din far väntar på nedervåningen. Han har redan gråtit två gånger, så var beredd." Ingrid vände sig till Kate. "Det är bäst att du går ner och gör honom sällskap."

Kate nickade och klämde Sarahs hand en gång innan hon gick ut.

"Och Kate?" ropade Ingrid efter henne. "Glöm inte att byta skor!"

Kate flinade när hon tittade ner. De dammiga stövlarna som stack fram under fållen på hennes klänning var definitivt malplacerade. Hon ryckte åt sig de vackra sandalerna med smala remmar på väg ut genom dörren. Hon hade dock fortfarande några minuter på sig, så istället för att gå ner till sjön för att ansluta sig till de samlade gästerna, tog Kate en snabb omväg för att se till Misty. Det gråa stoet gnäggade när hon närmade sig och stack ut sitt eleganta huvud över stalldörren.

"Inget bus idag", varnade Kate och lät en hand glida nerför stoets lena hals. "Det här är Sarahs dag."

Misty frustade som om hon förstod vikten av gott uppförande, även om Kate visste bättre än att lita på den busiga hästen. Hon dubbelkollade regeln på boxdörren – Misty var ökänd för sina utbrytningskonster – innan hon skyndade tillbaka till vigselplatsen, med en snabb paus för att byta skor.

Gästerna var på väg att sätta sig när Kate anlände. Hon fick syn på Marcus som stod med vigselförrättaren och såg samtidigt livrädd och extatisk ut i sin formella kostym. Den långe, mörkhårige veterinären strök sig hela tiden genom håret, en nervös vana som redan hade förstört den noggranna frisyren.

Kate hann ikapp Emma. "Allt enligt plan?"

"Pappa är med Sarah. Marcus ser ut som att han ska svimma. Ringarna är i säkert förvar. Allt är lugnt." Emma sneglade på Kates klocka. "Två minuter. Bäst att vi intar våra platser."

Kate och Emma gick till sina positioner bredvid vigselförrättaren, mittemot där Marcus stod med sin best man, eller snarare best woman, hans syster Zoe.

Stråkkvartetten började spela och en tystnad sänkte sig över folksamlingen. Emmas åttaåriga dotter Jemima, som såg änglalik ut i en mindre version av de klänningar Kate bar, gick nerför altargången och strödde rosenblad från en korg, med ett glatt leende i ansiktet innan hon ställde sig bredvid sin mor. Kate såg hur hennes far följde Jemima med Sarah vid sin arm, den lagade slöjan svävade mjukt runt systerns vackra ansikte. Jim McKenzie såg både stolt och rörd ut, hans väderbitna hand var stadig när han försiktigt guidade sin äldsta dotter nerför den provisoriska altargången.

Kate fångade blicken som utväxlades mellan Sarah och Marcus – ren, oförfalskad glädje och visshet – och kände ett oväntat stygn i hjärtat. Trots alla hennes framgångar på tävlingsarenan hade den här typen av samhörighet alltid undgått henne. Kanske för att hon aldrig hade tagit sig tid för det, och alltid valt hästar och träning framför relationer.

Under ceremonins gång gled Kates tankar tillfälligt iväg till hennes egna akuta angelägenheter. En OS-kvalificering verkade inom räckhåll med Mistys talang, men stoets oförutsägbara temperament förblev en oberäknelig faktor. Och det annalkande beslutet om vägbygget hängde fortfarande över dem – om den östra rutten godkändes skulle hela Ridgewater tvångsinlösas. Kate skulle i ärlighetens namn påverkas minst, med bara en tävlingshäst i träning; hon skulle kanske till och med kunna ta med Misty till Europa för att tävla på högsta nivå där, men resten av familjens verksamhet skulle ödeläggas. Och Kate kunde inte ens föreställa sig förlusten av Ridgewater, hennes trygga hamn och det enda hem hon någonsin känt.

”Katherine?”

Vigselförrättarens röst drog henne tillbaka till nuet. Ringarna. Just det. Kate steg fram och räckte över den enkla guldringen hon hade anförtrotts. Hon såg på när Marcus trädde den på Sarahs finger med händer som bara darrade lätt, hans röst stadig när han läste sina löften.

När vigselförrättaren förklarade dem man och hustru bröt den samlade skaran ut i applåder. Kate kände hur hennes noggrant upprätthållna fattning sprack en aning när Sarah och Marcus beseglade sin förening med en kyss. Hennes stoiska äldre syster, som hade mött förlusten av sin karriär och sin älskade häst med bister beslutsamhet, såg genuint lycklig ut. Det var tillräckligt för att till och med Kates praktiska hjärta skulle svälla.

De nygifta vände sig mot sina gäster, och i det ögonblicket mötte Sarahs blick Kates. En tyst kommunikation passerade mellan dem – tacksamhet, kärlek och det outtalade löfte som alltid hade bundit McKenzie-systrarna: vad som än händer möter vi det tillsammans.

När bröllopsföljet rörde sig mot festtältet unnade sig Kate ett privat ögonblick för att blicka ut över Ridgewater – hästarna som betade fridfullt i hagarna, ridhuset där hon hade tillbringat otaliga timmar med att finslipa sin teknik under sin mors skickliga undervisning, sjön som speglade den perfekta blå himlen. Denna plats var värd att kämpa för. Hennes familjs arv var värt att skydda.

En hand ryckte i hennes klänning, och Kate tittade ner och fann ett litet barn, en av de yngre ponnyklubbeleverna, som stirrade upp på henne med stora ögon.

"Miss Kate, det är en stor grå häst som äter blommorna."

Kates stund av eftertanke försvann. "Åh nej, Misty", mumlade hon, ökade takten och skyndade mot festtältet. Om det fanns en konstant på Ridgewater, så var det att hästar hade en oklanderlig timing för att ställa till med problem.

Kate kom in i festtältet och såg Misty finkänsligt välja ut en vit ros från ett av bordsarrangemangen, hennes enorma gråa huvud tornade upp sig över de elegant dukade borden som något mytiskt monster som ger sig på en by. Flera gäster tittade på med en blandning av förskräckelse och munterhet, champagneglasen stannade halvvägs till deras läppar. Ingen, noterade Kate med en blixt av irritation, gjorde faktiskt något för att stoppa det sjutton hands höga stoet från att decimera bröllopsdekorationerna.

"Misty!" Kates röst bar på samma bestämda auktoritet som hon använde på dressyrbanan. Stoets öron vändes mot henne, men de intelligenta mörka ögonen hade en tydligt obotfärdig glimt när Misty mumsade i sig rosen.

Kate ryckte åt sig ett äpple från en fruktdisplay och höll upp det. "Jag byter."

Stoet övergav genast blommorna och klev försiktigt runt borden med en förvånansvärd finess för ett så stort djur. Trots att hon varken bar grimma eller träns behövde Kate inte sådana saker för att hantera henne, inte med ett äpple i handen.

"Du ska vara inlåst i din box", mumlade Kate och ledde ut hästen ur tältet, vilket fick en hel del chockade blickar och en del skratt från gästerna längs vägen. "Det är precis därför jag inte kan ha fina saker. Jag fattar inte att du redan listat ut den nya regeln. Försäljaren svor på att de var hästsäkra."

"Behöver du hjälp?" Marcus dök upp bredvid henne; hans nya status som brudgum undantog honom uppenbarligen inte från veterinärsysslor.

"Borde inte du skåla för din brud istället för att jaga hästar?" Kate höjde ett ögonbryn.

Marcus log, och uttrycket förvandlade hans allvarliga ansikte. "Sarah skickade mig. Hon sa, och jag citerar: 'Säg till Kate att om hon inte tar hand om den där sabla hästen och kommer tillbaka till min mottagning inom fem minuter, så säljer jag Misty till cirkusen'."

"Det skulle hon aldrig våga", svarade Kate, även om hon ökade takten. "Fem minuter. Jag behöver bara hämta mitt speciella Misty-säkra lås." Även känt som ett hänglås. Det var sista gången Kate litade på en försäljare, det var då säkert.

Trogen sitt ord återvände Kate till mottagningen exakt fyra minuter och trettio sekunder senare, lätt andfådd men med sin avancerade håruppsättning fortfarande intakt. Festen var nu i full gång. Ett dansgolv hade ställts i ordning nära livebandet, även om de flesta gästerna för tillfället fortfarande njöt av kanapéerna och champagnen som cirkulerade av cateringpersonalen.

Kate tog ett glas champagne och intog en strategisk position som gjorde att hon kunde överskåda hela området. Sarah och Marcus var omgivna av gratulanter, och Sarah log, genuint lycklig. Kate kände en våg av beskyddande kärlek till sin starka, envisa syster som hade vägrat låta tragedin definiera henne.

"Hon är vacker, eller hur?" Emma smög upp bredvid Kate, redan nästan i botten på sitt champagneglas.

"Det är hon", höll Kate med. "Och Marcus kan inte ta ögonen från henne."

"På tal om ögon, har du lagt märke till att den där kompisen till Marcus spanar in dig?" Emma puffade henne i sidan. "Den nya boskapsveterinären på kliniken?"

Kate hade lagt märke till det, men hade klassificerat informationen som irrelevant. "Jag är inte här för att flörta med Marcus kompisar."

"Gud förbjude att du faktiskt skulle roa dig på ett bröllop", suckade Emma. "Vad tänker du på? Du har den där blicken."

"Vilken blick?"

"'Jag organiserar världen i huvudet medan alla andra har roligt'-blicken."

Kate tog en klunk champagne istället för att svara. Hon höll mycket riktigt på att mentalt gå igenom sin att-göra-lista: skicka in anmälningsblanketter till flera stora kommande tävlingar som stängde denna vecka, förbereda sig för måndagens sponsorsamtal, skriva ett utkast till punkter för nästa kommunmöte om vägbygget.

"Mina damer och herrar", meddelade orkesterledaren, "var vänliga och inta era platser för middagen och talen."

Kate hittade sin plats vid honnörsbordet och slog sig ner mellan Emma och Pip. Serveringspersonalen serverade den första rätten – Queenslandräkor med en mangosalsa som Kate knappt kände smaken av eftersom hon i tankarna fortsatte att gå igenom sitt schema för den kommande veckan.

Jim McKenzie reste sig för att hålla det första talet, hans väderbitna ansikte fårat av känsla när han hälsade Marcus välkommen till familjen. "När Sarah råkade ut för sin olycka", sa han med sträv röst, "oroade vi oss för en massa saker. Om hon skulle kunna rida igen. Om hon skulle hitta en väg framåt. Men vi hade inte behövt oroa oss, för hon har alltid varit den starkaste av alla mina flickor."

Kate fick ögonkontakt med Sarah tvärs över bordet och nickade lite. Deras far hade inte fel.

"Och sedan dök den här brittiska veterinären upp", fortsatte Jim och gestikulerade mot Marcus med sitt glas, "som såg på vår Sarah och inte såg vad hon hade förlorat, utan allt hon fortfarande är. Bara för det skulle han ha min välsignelse. Men han är också en jäkla bra veterinär som har räddat mer än en av våra hästar, så han duger alldeles utmärkt för mig."

Skratt spred sig genom sällskapet. Jim höjde sitt glas högre. "För Sarah och Marcus. Må ert partnerskap vara lika starkt som en McKenzie-häst."

När applåderna dog ut reste sig Ingrid graciöst från sin plats. Till skillnad från Jims lite skrynkliga uppenbarelse såg Ingrid ut som om hon just hade klivit ur en modetidning, hennes ljusblå klänning var slät och inte ett hårstrå på hennes platinablonda huvud låg fel.

"När jag lämnade Sverige för Australien trodde jag att jag gav upp allt", började hon, med en brytning som blev aningen tydligare av rörelse. "Mitt hem, min familj, mina drömmar. Men det jag fann här på Ridgewater var något ännu mer dyrbart." Hon log mot Jim. "Nya drömmar, och den här mannen, som har gett mig fyra underbara barn och stöttat varje galen idé jag någonsin har haft."

Kate log och tänkte på alla "galna idéer" som hennes mor hade genomfört under åren – varav de flesta hade förvandlat Ridgewater till den framgångsrika avels- och träningsanläggning den var idag. Hennes leende färgades dock av sorg när hennes mor gjorde en paus för att hedra sitt äldsta barn, Kates bror Kit, som hade dött i Afghanistan.

Det glada sällskapet blev för ett ögonblick allvarligt och alla iakttog en tyst minut av respekt. I ögonvrån såg Kate hur Pip sträckte sig efter mannen som satt på hennes andra sida. Pip och Kit hade bara varit gifta i några månader när han dödades; McKenzies hade behållit Pip, adopterat henne som en av sina egna, och hon var en väsentlig del av Ridgewater. Men nyligen hade Pip funnit kärleken igen, med polisen Jake Harrison. Långt ifrån att stöta bort Pip hade familjen McKenzie dock kollektivt ryckt på axlarna och lagt till Jake i familjen också. Han höll Pips hand nu, med ett respektfullt uttryck i ansiktet medan sällskapet hyllade Pips första make.

"Sarah, min förstfödda dotter", fortsatte Ingrid sedan, "du har alltid mött livet rakt på, även när livet försökte slå omkull dig. Marcus, du är den partner hon förtjänar – någon som står vid hennes sida." Hon höjde sitt glas. "För

Sarah och Marcus, må ni bygga ett liv lika vackert som det Jim och jag byggde här på Ridgewater."

Glas klirrade runt bordet. Kate tog en klunk av sin champagne och kände ett sting av sentimentalitet.

"Och på tal om Ridgewater", nämnde Ingrid tystare när hon satte sig ner, "bör jag nämna att er far och jag äntligen har hyrt ut Stugan medan vi är ute och reser. En trevlig författare som behöver lugn och ro i sex månader för att slutföra sin nya bok. Han flyttar in nästa vecka."

Kates klunk champagne hamnade i fel strupe. Hon hostade våldsamt och tårarna spratt fram i ögonen när Emma dunkade henne mellan skulderbladen.

"Hamnade det fel?" frågade någon medkännande.

Kate nickade, oförmögen att tala medan hon bearbetade sin mors nonchalanta tillkännagivande. Stugan var vad de ömt kallade den eleganta stugan vid sjön som hennes föräldrar hade byggt som sitt pensionärshem, men medan Jim och Ingrid var borta hade Kate gjort den till sin personliga fristad för sponsorsamtal och sena strategimöten. Uthyrd till en främling i sex månader? Tidpunkten kunde inte ha varit sämre.

"Är allt bra med dig, Kate?" ropade Jim från andra sidan bordet.

"Absolut", lyckades Kate få fram med en något raspig röst. "Bara överraskad."

Ingrids blick mötte hennes, med ett medvetet uttryck i de kalla, blå ögonen. Självklart hade hennes mor lagt märke till hennes reaktion. Ingenting undgick Ingrid McKenzie.

Talen fortsatte, men Kate hörde dem knappt. Hennes tankar rusade, beräknade alternativa platser för sina videosamtal, undrade om internet i stallkontoret kunde uppgraderas och övervägde var annars det kunde finnas ett tyst hörn hon kunde lägga beslag på.

Så snart formaliteterna var avslutade och dansen började, tog Kate sig fram till där Ingrid stod och pratade med gamla familjevänner.

”Mamma”, sa hon tyst, ”kan jag få växla ett ord med dig?”

Ingrid ursäktade sig graciöst och de två gick ut där det var lite tystare, och stannade med utsikt över sjön. ”Jag antar att det här handlar om Stugan?” sa Ingrid medvetet.

”Ni kunde ha nämnt det för mig innan ni ordnade en sexmånadersuthyrning”, sa Kate och försökte att inte låta gnällig. ”Jag planerade att använda den för mina sponsorsamtal och träningsgenomgångar. Mottagningen är perfekt där, och tidsskillnaden med Europa gör att jag behöver en tyst plats vid udda tider.”

Ingrid betraktade sin mellersta dotter med en blandning av tillgivenhet och exasperation. ”Katherine, Stugan står tom medan din far och jag far runt i Australien i vår husbil. Det är ekonomiskt oförnuftigt att inte hyra ut den. Jag vet att vi sa nej till idén om korttidsuthyrning för semesterfirare eftersom tvätten och städningen skulle skapa för mycket extra arbete för er flickor, men det här är något annat.”

”Jag förstår det, men...”

”Dessutom”, fortsatte Ingrid och sträckte sig efter sin eleganta kuvertväska, ”har jag redan skrivit på kontraktet. Ben är en trevlig ung man; han behöver en lugn plats för att avsluta sin roman, och han har betalat hela sexmånadershyran i förskott.” Hon tog fram ett litet visitkort och räckte det till Kate. ”Här är hans uppgifter. Jag är säker på att ni två kan komma överens om att du kan använda utrymmet ibland.”

Kate tog emot kortet, insåg sitt nederlag men var inte riktigt redo att ge upp helt. ”Och om vi inte kan komma överens?”

”Då hittar du en annan lösning”, sa Ingrid enkelt. ”Det gör du alltid, Katherine. Det är det som gör dig till en så formidabel tävlingsmänniska; du låter aldrig hinder stoppa dig.” Hon klappade Kate på kinden. ”Sluta oroa dig nu och njut av din systers bröllop. Världen går inte under om du tar en kväll ledigt från att planera världsherravälde."

Med det gled Ingrid tillbaka till mottagningen och lämnade Kate ensam med en växande känsla av frustration. Nåväl, hon skulle skriva ett mejl imorgon, artigt men bestämt, och förklara att även om hennes föräldrar kanske hade varit lite förhastade i sitt erbjudande, fanns det flera trevliga boenden i närheten som kanske skulle passa en författares behov bättre. Hon hade råd att återbetala vad författaren än hade betalat från sina personliga besparingar.

Kate komponerade mentalt sitt mejl medan hon blickade ut över det mörka vattnet. Hon skulle vara resonlig, förstås. Professionell. Hon skulle förklara om OS-kvalen, de europeiska kontakterna, vägbygget som krävde noggrann strategi. Vilken förnuftig person som helst skulle förstå.

"Vad är det?"

Kate vände sig om och såg Sarah närma sig försiktigt, med ena handen lätt utsträckt för att hjälpa till att bedöma avståndet i det svaga ljuset.

"Tänker bara", svarade Kate och flyttade sig lite för att göra sin position tydligare för sin syster. "Borde inte du dansa med din nya man?"

Ordet "man" fick Sarah att le. "Han super ner pappa. Tydligen är det en svärsons plikt." Hon ställde sig bredvid Kate, deras axlar nuddade nästan varandra. "Vad får dig att gömma dig på mitt bröllop?"

"Jag gömmer mig inte", protesterade Kate automatiskt och suckade sedan. "Mamma har hyrt ut Stugan."

"Aha." Sarah nickade och förstod genast. "Ditt kontrollrum."

"Exakt. I sex månader, till någon författare."

"Tragiskt", sa Sarah torrt. "Du kanske måste ringa ett samtal från ditt sovrum som en normal person."

Trots sin frustration log Kate. Sarah hade alltid kunnat skära igenom hennes övertänkande med krasst perspektiv. "Det är inte bara samtalen. Det är... allt. Kvalen stänger den här veckan, beslutet om vägbygget kommer snart, och jag måste undersöka vilken hingst vi ska betäcka Duchess med härnäst. Jag behöver utrymme att tänka, att planera."

"Och du kan inte tänka eller planera någon annanstans på vår femhundra hektar stora egendom?" Sarah höjde ett ögonbryn. "Världens minsta fiol spelar för dig just nu, Kate."

Kate skrattade motvilligt. "Okej. Jag är löjlig."

"En aning." Sarah vände sig mot vattnet, hennes profil upplyst av ljusslingorna i träden ovanför dem. "Kommer du ihåg när vi var små och pappa byggde den där trädkojan?"

"Den du knuffade ut mig ur?"

"Jag knuffade dig inte. Du ramlade för att du försökte organisera alla våra modellhästar efter storlek och färg och tappade balansen." Sarahs röst mjuknade. "Min poäng är att du alltid har behövt kontrollera allt omkring dig. Ibland händer de bästa sakerna när du inte kan det."

Kate funderade över detta. "Som din olycka? Var det en av de bästa sakerna?"

Sarah var tyst ett ögonblick. "Nej. Det var en av de värsta. Men att Marcus hände? Det var en av de bästa." Hon vände sig tillbaka mot Kate. "Jag säger inte att du inte ska försöka förhandla med den här författaren. Jag säger att du inte ska missa det som är rakt framför dig för att du är för upptagen med att försöka arrangera alla bitarna."

Innan Kate hann svara, tillade Sarah: "Kom nu tillbaka till mitt bröllop innan folk tror att du har något slags sammanbrott vid sjökanten."

Kate lät sig ledas tillbaka till festen, med Sarahs ord ekande i sitt sinne. Hennes syster hade rätt, förstås. Hon tenderade att fokusera så intensivt på sina mål att hon missade andra möjligheter. Men det var också det fokuset som hade gjort henne till nationell mästare i dressyr. Det fanns en balans att finna någonstans, även om den alltid hade undgått henne.

Mottagningen var i full gång, med gäster som nu var uppsluppna av alkohol och dansade med varierande grad av koordination. Kate fick syn på sin far, djupt försjunken i ett samtal med Marcus och Harry Kittredge vid baren, alla tre männen gestikulerade uttrycksfullt.

"Jag får väl rädda min man innan Harry övertalar honom att köpa en galopphäst", sa Sarah och rörde sig målmedvetet mot dem.

Lämnad ensam överblickade Kate scenen och kontrollerade att allt flöt på smidigt. Tårtan hade skurits upp, talen var avklarade och bandet spelade en blandning av klassiker som höll dansgolvet fyllt. Ett perfekt evenemang, trots Mistys tidigare försök till blomsterarrangemang.

"Dags för bukettkastet!" Emmas röst hördes över musiken och drog Kate ur hennes tankar.

Hon såg på när Sarah ställde sig på en stol, redo att kasta sin bukett in i folkmassan av singelkvinnor som Emma entusiastiskt organiserade. Kate höll sig undan, utan något intresse för traditionen, men Emma fick syn på henne.

"Kate! Kom hit!" ropade hennes yngre syster.

"Jag står bra där jag är", svarade Kate.

"Var inte tråkig! Det är tradition!"

Istället för att ställa till med en scen, anslöt sig Kate motvilligt till gruppen och ställde sig längst bak. Sarah vände ryggen mot folkmassan, räknade till tre och kastade buketten över sin axel. Kates reflexer svek henne när blommorna kom flygande rakt mot henne. Hennes hand for upp automatiskt och fångade buketten innan hon hann hejda sig.

"Ser ut som att du står näst på tur, Katie!" ropade Jim, till allmänt skratt och applåder.

Sarah fick hennes blick tvärs över folkmassan och gav henne en medveten blick som verkade säga: "Du ser? Du kan inte kontrollera allt."

"Jag kan påpeka att både Emma och Pip är förlovade och jag är fortfarande singel", sa Kate torrt.

"Synd. Vad sägs om en dans då?" frågade Marcus kollega ivrigt, och Kate var tvungen att skratta.

"Den där fick du minsann be om!" påpekade Zoe, Marcus syster, med sin vanliga brist på filter.

"Vet du vad. Okej. Håll i de här!" Kate tryckte blommorna i Zoes händer och tackade ja till dansen. Det skadade ju faktiskt inte att slå klackarna i taket i en timme eller två, och lyckan i Sarahs ansikte när Kate anslöt sig till henne på dansgolvet var till och med värt att bli trampad på tårna av den entusiastiska unga boskapsveterinären.

Allteftersom kvällen led och festen började trappas ner, fann sig Kate stående med sina systrar nära tårtbordet och såg på medan de sista paren svajade på dansgolvet. Sarah lutade sig mot henne, trött men lycklig.

"Tack", sa hon tyst. "För allt idag."

"Vad är systrar till för?" svarade Kate och kände en våg av genuin tillgivenhet.

"McKenzie-systrarna", sa Emma och lade en arm om var och en av dem. "En gift, en på väg mot OS, och en – ja, jag är den snygga."

De skrattade tillsammans, ett ögonblick av perfekt enhet. Kate tittade på Sarah, strålande av lycka, och kände både glädje för sin systers skull och en förnyad beslutsamhet att lösa sina egna utmaningar. OS-kvalen, hotet från vägbygget, situationen med Stugan – hon skulle hantera allt, för det var vad hon gjorde.

Ljusen dämpades, den sagolika kvällen närmade sig sitt slut. Kate stod på verandan och såg på när Sarah och Marcus körde iväg mot sin smekmånad, med burkar skramlande bakom bilen och "Nygifta" målat på bakrutan. De skulle till Thailand i två veckor, en välförtjänt semester på stranden... och lämnade Kate som ansvarig för Ridgewater, när Jim och Ingrid flög tillbaka till Western Australia för att återuppta sin husbilsresa på morgonen.

Med en suck böjde Kate sig ner för att ta av sina eleganta remsandaler och dra på sig sina dammiga arbetskängor igen. Det var mer än en tradition, det var en regel på Ridgewater, att någon alltid gick en sista runda på kvällen för att se till alla hästar. Alla gäster hade åkt hem, familjen hade alla gått och lagt sig. Kate var den sista kvinnan på benen, och imorgon skulle hon vara den första upp ur sängen, klämma in ett träningspass innan hon körde sina föräldrar till flygplatsen.

För, som alla med hästar vet alltför väl, är lediga dagar något som händer andra människor.

Kapitel två

Kates fingrar trummade en otålig rytm mot ratten medan hon körde på de välbekanta vägarna tillbaka till Ridgewater. Morgonens bilfärd till Brisbanes flygplats hade tagit längre tid än väntat och hennes föräldrars farväl hade varit mer känslosamt än hon hade anat. Nu ville hon bara ha lugnet i The Shack, sina pärmar och välsignad tystnad efter dagar av bröllopskaos.

Hon rullade på axlarna för att försöka lätta på spänningen som låg tung över dem. Bröllopet hade varit vackert, till och med perfekt, bortsett från Mistys blomsterarrangemang, men ansträngningen hade gjort henne helt utmattad och livet på Ridgewater var för hektiskt för att hon skulle kunna ta ledigt för att återhämta sig. Kate hade varit vaken sedan klockan fem den morgonen för att hinna med ett träningspass med

Misty före flygplatsresan, och hennes tankar jonglerade ständigt med de dussintals uppgifter som skulle falla på henne nu när Sarah var på smekmånad och hennes föräldrar återupptog sitt husbilsäventyr.

"Två veckor", mumlade hon för sig själv medan hon räknade dagarna tills Sarah och Marcus kom tillbaka. Två veckor då hon skulle sköta den dagliga driften av Ridgewater och samtidigt upprätthålla sitt träningsschema, undervisa sina elever, färdigställa allt pappersarbete och hantera de hundra och en andra punkterna på sin att göra-lista. Det var hanterbart. Hon hade en plan.

Och centralt för den planen var The Shack.

Kate svängde in på den privata vägen som ledde till stugan vid sjön som hennes föräldrar hade byggt som sitt pensionärshem. Till skillnad från Stora huset med dess ständiga aktivitet erbjöd The Shack den avskildhet som Kate längtade efter för sitt mest fokuserade arbete. Den eleganta timmerbyggnaden låg inbäddad bland eukalyptusträd och dess breda veranda vette mot sjön som utgjorde Ridgewaters västra gräns. Inuti fanns hennes noggrant organiserade pärmar, utmärkt internetuppkoppling och, viktigast av allt, tystnad. Ingen Emma som sjöng med i radion under matlagningen. Ingen Jemima som pladdrade om sina ponnyer. Ingen Pip som kom dragandes med ännu ett räddat djur med en dramatisk bakgrundshistoria.

Bara frid, ordning och utrymme att tänka.

Kate rynkade pannan när hon närmade sig den sista kurvan på vägen. Något var fel. Eftermiddagssolen glittrade i en bil hon inte kände igen, parkerad i skuggan av verandan – en elegant, mörk sedan som såg chockerande malplacerad ut mot den lantliga bakgrunden. Och genom träden kunde hon se att lamporna var tända inne i The Shack trots att det var ljust ute.

”Vad i hela friden?”, muttrade hon och tryckte lite hårdare på gaspedalen. Hennes mamma hade nämnt att hon skulle hyra ut The Shack till någon författare, men han kunde väl inte vara här redan? Inte dagen efter bröllopet, bara några timmar efter att hennes föräldrar hade åkt? Hon hade planerat att skicka ett mejl i eftermiddag, att avstyra författaren, att säga till honom att han måste hitta någon annanstans att ta vägen ... men han var redan här!

När hon klev ur sin pickup och närmade sig verandatrappan lade Kate märke till fler tecken på att någon var där: ett par herrstövlar vid dörren, betydligt större än hennes fars. En jacka slängd över verandastaketet. Dörren på glänt.

”Hallå?”, ropade hon med en skarpare röst än hon hade tänkt sig. Inget svar kom inifrån.

Kate tvekade, och en våg av indignation steg i bröstet på henne. Det här var hennes plats, eller hade åtminstone varit det tills hennes mammas nonchalanta tillkännagivande på bröllopet. Tanken på att en främling installerade sig i det hon betraktade som sitt revir skickade en stöt av förbittring genom henne.

Hon sköt upp dörren och steg in. Den svala luften var en tillfällig befrielse från hettan. ”Hallå?”, ropade hon igen, högre den här gången.

Interiören i The Shack hade en öppen planlösning, där vardagsrummet flöt samman med kök och matplats. Fönster från golv till tak vette mot sjön, medan timmerbjälkar stödde det höga taket. Kate älskade den eleganta enkelheten i rummet; det var modernt men varmt, sofistikerat men praktiskt.

Nu stördes den enkelheten av bevis på någon annans liv. Lådor staplade på måfå på golvet. En resväska som låg öppen på matsalsbordet med kläder som vällt ut, som om ägaren hade börjat packa upp och sedan blivit distraherad. Böcker utspridda över soffbordet, några av dem öppna med nedvikta sidor på ett sätt som fick Kate att rygga tillbaka.

Hennes prydliga hög med tävlingspapper hade flyttats från mitten av matsalsbordet till ett hörn, undanskuffad för att ge plats åt resväskan. På skrivbordet där hon noggrant hade arrangerat sina sponsorpärmar låg nu en okänd laptopladdare och vad som såg ut att vara en halvtom flaska whisky.

Kate kände hur käkarna spändes. Det här var inte bara någon som tittade förbi eller lämnade av sina tillhörigheter – det här var någon som flyttade in. I dag. Utan förvarning. Utan att ge henne någon tid att förbereda sig eller göra alternativa arrangemang.

Hon gick längre in i vardagsrummet och noterade fler detaljer som fick det att krypa i henne: en mugg med teslamsor kvar på sidobordet, ett par läsglasögon som låg ovanpå en hög med papper, en jacka slarvigt slängd över en av matsalsstolarna.

Känslan av intrång intensifierades för varje steg. Denna plats, hennes tillflyktsort från Ridgewaters ständiga krav, höll på att koloniseras av en främling som uppenbarligen inte hade något sinne för ordning eller respekt för andras egendom.

Och var var den här mystiska författaren? Bilen utanför antydde att de var här, men The Shack verkade tillfälligt tomt. Kanske hade de gått en promenad på ägorna? Tanken på att någon vandrade fritt runt Ridgewater, och möjligen störde hästarna eller lade sig i dagens sysslor, bidrog bara till Kates växande frustration.

Hon tog fram sin telefon, fullt inställd på att ringa sin mor och kräva en förklaring. Men hon tvekade, med tummen svävande över Ingrids nummer. Vad skulle det tjäna till? Hennes mamma hade gjort det klart i går kväll att beslutet var slutgiltigt. Kontraktet var undertecknat, pengarna betalda. Och ... hon tittade på klockan. Hennes föräldrars flyg skulle ha lyft nu. De skulle vara oanträffbara de närmaste timmarna.

Kate tog ett djupt andetag och försökte återfå sitt lugn. Det här var ett bakslag, men bakslag kunde hanteras. Hon skulle helt enkelt behöva anpassa sig, hitta en annan lösning. Stallkontoret kunde arrangeras om. Kanske kunde hon använda Sarahs rum i Stora huset medan hennes syster var borta.

Nu när hon var närmare kunde Kate se tydligare hur hennes noggrant organiserade utrymme hade störts. På soffbordet, där hon förvarade sina träningsjournaler i kronologisk ordning, låg nu en kaotisk hög med anteckningsböcker, några uppslagna för att avslöja täta, handskrivna sidor täckta av överstrykningar och marginalanteckningar. Hennes noggrant arrangerade sponsorpärmar hade skjutits åt sidan på skrivbordet för att ge plats åt vad som verkade vara researchmaterial – tidningsurklipp, utskrifter och en trave med true crime-böcker.

Till och med whiteboardtavlan där hon hade skissat upp sin kvalificeringsstrategi var påverkad; den hade flyttats från sin bästa plats för att luta mot väggen, och hennes färgkodade tidslinje hade delvis suddats ut för att ge rum åt vad som såg ut att vara en handling skriven med slarvig handstil.

Och när hon såg sig omkring på främlingens ägodelar som trängde sig på hennes noggrant ordnade utrymme kände Kate en envis beslutsamhet hårdna inom henne. Det här handlade inte bara om att hitta en annan plats att arbeta på. Det här var en principsak.

The Shack var hennes fristad. Och hon tänkte inte ge upp den utan en kamp.

Ett ljud från den bakre verandan fångade Kates uppmärksamhet – det svaga skrapet av en stol mot trädäcket, följt av en belåten suck. Hon vände sig tvärt mot ljudet och rörde sig genom köket med snabba, bestämda steg. Verandadörrarna stod öppna och släppte in en varm bris som rörde upp papperen på den närliggande bänken. När hon klev genom dörröppningen stannade Kate som förstenad, och de förberedda kraven dog på hennes läppar.

En man slappade i hennes favoritstol, med långa ben utsträckta på den fotpall i rotting som hon hade placerat perfekt för att fånga både skugga och sjöutsikt. Han hade en laptop balanserad på knäna, en mugg med något ångande bredvid sig och ett uttryck av fullständig försjunkenhet medan hans fingrar snabbt dansade över tangentbordet. Han verkade fullständigt hemmastadd, som om han hade suttit på exakt den platsen i åratal snarare än timmar.

Han var extremt lång – det var uppenbart även i hans sittande position – med breda axlar som spände en aning mot hans urtvättade t-shirt. Hans bruna hår var rufsigt, som om han upprepade gånger hade dragit händerna genom det, och flera dagars skäggstubb mörknade hans käklinje. Han såg ut att vara i slutet av trettioårsåldern, med den typ av levt ansikte som antydde att han ägnade mer tid åt att tänka än att sova, med fina linjer runt ögonen och en permanent rynka mellan ögonbrynen.

Detta, förmodade hon, var författaren.

Kate stod stel i dörröppningen, en storm av indignation byggdes upp inom henne. Denna främling hade inte bara flyttat in i hennes utrymme utan förvarning, utan hade också tagit hennes specifika plats, stolen hon hade placerat för bästa utsikt över sjön, fotpallen i exakt den vinkel hon föredrog för att memorera dressyrprogram, sidobordet som nu höll hans mugg istället för hennes prydligt arrangerade referensmaterial.

Som om han kände av hennes närvaro såg mannen upp. Hasselbruna ögon mötte hennes, och vidgades kort i förvåning innan de rynkades i mungiporna i ett leende som förvandlade hans allvarliga uttryck till något oväntat varmt.

”Du måste vara Kate”, sa han. Hans röst var djupare än hon hade förväntat sig, med en svag antydan till en accent hon inte omedelbart kunde placera. ”Du ser precis ut som Ingrid; hon sa att du var den dotter som var mest lik henne.”

Den obesvärade förtroligheten i både hälsningen och observationen om hennes mor fick Kate tillfälligt ur balans. Hon hade förberett sig för konfrontation, för att hävda sitt revir, men hans enkla igenkännande av henne ställde henne helt.

”Jag ...”, började Kate, och tystnade sedan för att samla sig. ”Ja, jag är Kate McKenzie.”

”Ben Crossley.” Han lade sin laptop åt sidan och reste sig halvvägs och sträckte fram en hand som Kate, på instinkt, skakade kort innan hon tog ett steg tillbaka. Hans handslag var fast, hans handflata varm mot hennes svala fingrar. ”Din mor nämnde att du kanske skulle titta förbi. Sa att du ibland använder The Shack för arbete.”

Ibland? Kate kände en ilsken hetta blossa upp. Hon hade använt The Shack exklusivt de senaste åtta månaderna, ända sedan hennes föräldrar gav sig iväg på sin resa. Det var inte att *”titta förbi”*, det var en avgörande del av hennes dagliga rutin.

”Ben Crossley”, upprepade Kate, och namnet föll plötsligt på plats i hennes medvetande. ”Kriminalförfattaren.”

Han nickade och såg nöjd ut. ”Har du läst mina böcker?”

”Nej”, svarade Kate, kortare än hon hade tänkt sig. ”Men min syster Emma har dina böcker.”

Detta var sant. Emma slukade thrillers i en alarmerande takt och stannade ofta uppe alldeles för sent för att läsa ”bara ett kapitel till”. Kate mindes sin systers entusiasm när Bens senaste roman hade släppts, och hur hon hade försökt trycka den i Kates händer och insisterat på att hon skulle älska den. Kate hade tackat nej, för upptagen med träningsscheman och tävlingsanmälningar för att hänge sig åt skönlitteratur.

Nu, när hon stod inför författaren själv, kände Kate en uns av ånger över sitt avvisande. Inte för att hon särskilt brydde sig om hans böcker, utan för att Emmas entusiasm antydde att han var någon betydelsefull, inte bara någon slumpmässig författare som hennes mor hade hyrt ut till på ett infall.

Ben verkade oberörd av hennes erkännande och sjönk tillbaka i hennes stol med självklar vana. "Tja, hälsa Emma att jag är smickrad. Alltid trevligt att träffa en läsare." Han gestikulerade vagt mot sin laptop. "Fast just nu skulle jag vara tacksam för att inte träffa alltför många. Deadline-press och allt det där."

Hans nonchalanta attityd, sättet han hade tagit över hennes utrymme så fullständigt, skickade en ny våg av frustration genom Kate. Det handlade inte bara om den fysiska störningen av hennes organiserade system, även om det verkligen var en del av det. Det var antagandet att han helt enkelt kunde infoga sig i hennes rutin, hennes fristad, utan att tänka på konsekvenserna.

"Jag visste inte att du skulle flytta in i dag", sa Kate och kämpade för att hålla tonen neutral. "Min mor nämnde det först i går, på min systers bröllop."

Bens uttryck förändrades, ett uns av genuin oro syntes i hans drag. "Aha. Det förklarar förvirringen." Han drog en hand genom sitt redan rufsiga hår, vilket bekräftade Kates tidigare misstanke om orsaken. "Ingrid sa att det skulle gå bra att komma i dag, eftersom alla skulle vara upptagna med bröllopsstädningen. Sa att The Shack bara stod tomt."

Bara stod tomt. Som om platsen existerade i ett tomrum när hon inte var fysiskt närvarande. Som om hennes syfte med den, hennes behov av den, inte räknades.

Kate såg sig omkring och noterade fler detaljer som skavde mot hennes känsla för ordning. Fruktskålen som hon höll fylld med äpplen för snabb energi mellan samtalen innehöll nu en blandning av energibars och choklad. Till och med kuddarna i soffan hade arrangerats om och låg inte längre i den exakta linje hon föredrog.

Det var som att se någon nonchalant flytta pjäser på ett schackbräde mitt i ett parti, desorienterande och fundamentalt fel.

Och ändå fanns det en del av henne – en liten, motvillig del – som insåg att detta inte var vem som helst. Ben Crossley var en bästsäljande författare, hans böcker var väl synliga i bokhandlar över hela landet. Emma hade nämnt något om en filmatisering. Han var inte någon kämpande nolla; han var en professionell på toppen av sin karriär.

Precis som hon var i sin.

Vilket gjorde situationen ännu mer frustrerande. För trots sin instinktiva revirrespons kunde Kate inte bara avfärda honom som obetydlig. Hans närvaro krävde ett annat förhållningssätt än hon hade planerat, ett som erkände hans professionella status samtidigt som det skyddade hennes egna behov.

Och den insikten intensifierade bara hennes beslutsamhet att hitta en lösning som inte innebar att hon skulle ge upp The Shack under de kommande sex månaderna.

Kate rätade på axlarna, en gest som hennes mor ofta sa fick henne att se ut som en dressyrryttare även utanför arenan. ”Mr Crossley”, sa hon med en sval och avmätt röst. ”Jag tror att det har skett ett missförstånd.” Hon flyttade sig för att stå rakt i hans synfält och blockerade medvetet hans sikt mot laptopskärmen. ”Du är i mitt hus.”

Ben sneglade upp, hans uttryck mer nyfiket än bekymrat. Ena mungipan lyftes i ett halvt leende som antydde att han fann hennes uttalande underhållande snarare än konfrontativt.

”*Mitt* hus”, svarade han, med en ton lika nonchalant som om de diskuterade vädret. ”De kommande sex månaderna." Han gestikulerade vagt med ena handen. "Betalt i förskott och allt. Ingrid var ganska bestämd på den punkten."

Kate kände hur en hetta steg i kinderna, inte av förlägenhet utan av ansträngningen att behålla sitt lugn. Hon hade förväntat sig försvarsinstinkt, kanske till och med skuldkänslor för hans intrång. Istället verkade han helt bekväm med situationen, som om hennes invändning var en mindre olägenhet snarare än ett legitimt anspråk.

"Jag behöver det här utrymmet", sa hon, och varje ord uttalades tydligt medan hon kämpade för att inte tappa humöret. "Jag har VM-kval framför mig. Jag har internationella videosamtal med europeiska ryttare vid udda tider på grund av tidsskillnader. Jag granskar träningsfilmer, förbereder sponsormaterial ..."

"Låter fascinerande", avbröt Ben, även om hans ton antydde motsatsen. Han stängde sin laptop halvvägs och gav henne sin partiella uppmärksamhet. "Men jag har ett kontrakt och en deadline. Min redaktör förväntar sig det slutgiltiga manuset före jul, och det måste jag leverera." Han ryckte på axlarna, en gest som lyckades vara både ursäktande och avvisande på samma gång.

"Men ... det här är en privat bostad som jag har använt som mitt kontor i månader."

"Och nu är det min bostad och mitt kontor", kontrade Ben, hans avslappnade hållning i skarp kontrast till hennes stela. "Enligt avtalet jag skrev under med dina föräldrar. Som äger den."

Kate kände hur hennes händer knöts vid sidorna, naglarna pressades in i handflatorna. Varje muskel i hennes kropp verkade spännas av ansträngningen att inte säga exakt vad hon tyckte om detta arrangemang. Hon stod helt stilla, på samma sätt som hon gjorde när hon demonstrerade en halt på dressyrarenan – kontrollerad kraft som hölls i schack av ren disciplin.

Ben, å andra sidan, satt bekvämt tillbakalutad i hennes stol, med ena ankeln korsad över knät, hans hållning så avslappnad att den gränsade till oförskämd. Medan Kate kände som om hon kunde gå av på mitten av spänning, verkade han fullständigt obesvärad och iakttog henne med de där observanta, hasselbruna ögonen som verkade notera varje detalj i hennes reaktion.

”Min mor underlät att informera mig om att du skulle anlända omedelbart efter bröllopet”, sa Kate och fokuserade på fakta snarare än känslor. ”Jag hade planerat att använda The Shack flitigt under de kommande två veckorna medan min syster är på smekmånad.”

”Ah, de nygifta”, sa Ben, som om hon hade bjudit in honom till en vänlig konversation snarare än en revirstrid. ”Jag fick en skymt av arrangemanget vid sjön i går. Såg trevligt ut.”

Den nonchalanta observationen fick Kate tillfälligt ur balans. ”Var du här i går?”

”Bara för att lämna några saker. Ville inte störa firandet, och era föräldrar sov ju fortfarande här, så jag tog ett hotellrum inne i stan i natt.” Han drog en hand genom sitt redan rufsiga hår. ”Din mor sa att det skulle passa bättre att flytta in ordentligt i dag.”

Självklart hade hon det. Ingrid McKenzie, alltid tio steg före, alltid regisserande händelserna till sin egen belåtenhet. Kate kunde nästan höra sin mors röst: *Du är för stelbent, Katherine. Flexibilitet är lika viktigt i livet som i dressyr.*

Kate såg sig omkring och noterade återigen hur noggrant Ben redan hade markerat sitt anspråk på utrymmet. Hans laptop, böcker, anteckningar – alla hans yrkesverktyg – var utspridda över ytor som tidigare hade rymt hennes noggrant organiserade material. Då slog det henne, parallellen mellan dem: båda professionella på toppen av sina karriärer, båda i behov av utrymme och avskildhet för sitt hantverk.

Insikten minskade inte hennes frustration, men den dämpade hennes inställning. Hur mycket hon än ville kräva att han skulle packa ihop och ge sig av omedelbart, insåg hon att det var lönlöst. Hennes mor hade undertecknat ett kontrakt. Pengar hade bytt ägare. Och det här var inte bara någon slumpmässig författare; han var Ben Crossley, vars senaste roman hade legat på bästsäljarlistan i trettiosju veckor enligt Emma. Vars filmatisering för närvarande var i produktion med Hollywoodskådespelare.

"Jag förstår", sa hon slutligen, hennes ton något mindre konfrontativ. "Icke desto mindre är denna situation ohållbar. Jag har specifika krav för mitt arbete som kräver avskildhet och konsekvens."

"Det har jag också", svarade Ben, även om hans leende tog udden av hans ord. "Men jag är villig att kompromissa om du är det. The Shack är större än det ser ut, det finns gott om plats för två yrkesverksamma att samexistera utan alltför mycket störningar."

Kate höjde ett ögonbryn, skeptisk. "Jag har videosamtal med europeiska sponsorer klockan tre på natten."

"Jag skriver till klockan fyra de flesta nätter", kontrade han. "Tidig morgon är faktiskt min lugna tid."

"Jag behöver absolut tystnad för att granska träningsfilmer."

"Jag bär brusreducerande hörlurar när jag skriver utkast."

För varje invändning Kate kom med, hade Ben ett färdigt svar, levererat med samma irriterande lugn. Det var som att försöka utföra en komplex dressyrrörelse på en häst som hela tiden ändrade på manuset; frustrerande och märkligt utmanande.

"Det här är ingen förhandling", sa Kate till slut, hennes tålamod på upphällningen. "The Shack har varit min arbetsplats i månader. Jag kan inte bara omorganisera hela min yrkesrutin för att min mor hyrde ut den utan att rådfråga mig.”

”Och jag kan inte bara hitta ett nytt boende för att du är van vid att ha stället för dig själv”, svarade Ben, hans ton fastare nu, men fortfarande inte ovänlig. ”Jag valde den här platsen specifikt för dess isolering och lugn. Den är perfekt för att färdigställa ett manus under deadlinepress.”

De stirrade på varandra, ett dödläge var nått. Kate insåg med växande bestörtning att det inte skulle finnas någon snabb lösning. Ben hade laglig rätt att vara här, och trots sin frustration kunde hon inte bara vräka honom.

Men det betydde inte att hon gav upp.

”Jag ska prata med min mor”, sa hon slutligen, hennes ton gjorde det tydligt att detta inte var en eftergift utan en taktisk reträtt.

”Gör du det”, svarade Ben, hans uttryck antydde att han visste exakt hur det samtalet skulle gå. ”Under tiden ska jag försöka hålla mitt kreativa kaos begränsat till den här änden av The Shack, om du gör detsamma med dina ...” han viftade vagt med handen, ”ridambitioner.”

Den avfärdande gesten mot hennes livsverk skickade en ny våg av irritation genom Kate. Den här mannen hade ingen aning om den disciplin, det engagemang och den rena beslutsamhet som krävdes för att nå Grand Prix-nivå i dressyr. Ingen uppfattning om åren av träning, den exakta uppmärksamheten på detaljer, den obevekliga strävan efter perfektion.

Men hon skulle inte ge honom tillfredsställelsen att se hur djupt hans nonchalanta attityd påverkade henne.

”Vi får se”, var allt hon sa och vände på klacken.

När hon gick därifrån gav Kate sig själv ett tyst löfte. Detta arrangemang skulle inte bestå. Ben Crossley må ha ett kontrakt, men Kate McKenzie hade beslutsamhet och hemmaplansfördel. På ett eller annat sätt skulle hon återta sin fristad, och förr snarare än senare!

Även om det innebar att hon inte bara skulle ta sig an en bästsäljande författare, utan även sin egen mor.

Kapitel tre

Ben hade inte kunnat sova den natten, då hans tankar vägrade att slå sig till ro efter konfrontationen med Kate McKenzie. Klockan sex gick han upp och gjorde i ordning lite frukost innan han satte sig för att försöka skriva, men orden uteblev och klockan nio bestämde han sig för att ta en paus och få lite frisk luft. Han bryggde kaffe starkt nog att fräta bort färg och vandrade ut med den ångande muggen i ett fast grepp som vore den en livlina. Egendomen sträckte ut sig framför honom i det klara morgonljuset, ett landskap av hagar, trästaket och specialbyggda strukturer vars specifika hästrelaterade funktioner förblev ett mysterium för honom. Han hade alltid ansett att författare borde fördjupa sig i okända världar. Denna morgon, med Kates fientlighet fortfarande färsk i minnet, drogs han mot ljudet av en kvinnas röst som gav bestämda order från ett stort ridhus.

Ben stannade till vid ingången och betraktade scenen framför sig. Ridhuset var enormt, och sandunderlaget var krattat i perfekta mönster som påminde honom om en japansk trädgård. Taklampor kastade ett varmt sken över utrymmet och kompletterade morgonsolen som strömmade in genom höga fönster längs ena väggen. Luften doftade av hästar, läder och eukalyptusträd.

I mitten av denna fläckfria miljö stod Kate McKenzie, förvandlad från gårdagens irriterade inneboende till något betydligt mer respektingivande. Hon bar åtsittande beiga ridbyxor, höga svarta stövlar som blänkte i ljuset och en figurnära marinblå tröja i ett stretchigt material med en guldlogotyp på bröstet. Hennes blonda hår var uppsatt i en stram knut som framhävde hennes skarpa kindknotor och fokuserade uttryck. Hon såg ut, tänkte Ben, som någon i sitt rätta element.

Runt henne cirklade en ung kvinna på en magnifik fux, några år yngre än Kate, uppskattade Ben. Även för hans otränade öga var kontrasten mellan ryttare och tränare slående. Där Kate stod med tyst auktoritet utstrålade ryttarens hållning spänning. Hennes ridkläder såg helt nya och dyra ut, både blus och ridbyxor var snövita, och hennes svarta stövlar, även om de var lika putsade som Kates, såg på något sätt stelare och mindre ingångna ut. Hästen under henne tog andan ur en, en glänsande rödguldig varelse med fyra vita strumpor och en bläs i ansiktet, som rörde sig med den återhållna kraften hos en sportbil som knappt hölls under kontroll.

Ben lutade sig fascinerad mot räcket för att titta. Han drog fram sin lilla anteckningsbok ur bakfickan, en så djupt rotad vana att han ofta inte insåg att han gjorde det förrän han fann sig själv i färd med att nedteckna observationer.

"Igen, Vanessa. H till F med ett flygande galoppombyte vid X, sedan K till M med ett till flygande byte", ropade Kate, och hennes röst bar med lätthet över ridhuset. "Kom ihåg att förbereda med sätet först, sedan lägger du på din yttre skänkel bakom sadelgjorden precis innan det ledande benet landar, på det tredje taktslaget."

Ryttaren, Vanessa, nickade kort och manade på sin häst i vad Ben kände igen som galopp, om än en extremt kontrollerad sådan. Hans efterforskningar för en biroll i en tidigare roman hade inkluderat lite grundläggande hästterminologi, tillräckligt för att förstå vad som hände, om än inte nyanserna.

När paret red diagonalt över ridbanan mellan bokstäverna Kate hade angett flyttade Vanessa sin vikt och rörde sina ben i en sekvens som Ben inte riktigt kunde följa. Hästens steg hackade till, men inget annat hände. Vanessas ansikte förmörkades av frustration.

"Han lyssnar inte", klagade hon och drog så skarpt i tyglarna att hästen kastade med huvudet när den föll tillbaka i trav. "Jag gav honom rätt hjälper."

"Din tajming var fel", svarade Kate jämnt. "Och du klämmer med låren, vilket blockerar hans rörelser. Försök att slappna av i underskänkeln och tänk på bytet före X, inte vid det."

Ben betraktade dynamiken med växande intresse. Kates instruktioner var koncisa, tekniska och levererades utan känslor. Vanessas svar blev alltmer korta, och hennes axlar spändes synligt för varje försök. Hästen, som var fångad mellan dem, verkade bli mer förvirrad för varje varv.

"Cavalier kan den här rörelsen", insisterade Vanessa efter det tredje misslyckade försöket. Hennes röst hade fått en gnällig ton som fick Ben att tänka på rika klienter han hade träffat på boksigneringar, sådana som trodde att deras pengar gav dem rätt till särbehandling. "Han är avlad för det här. Både hans far och mor var världsmästare!"

"Avel ger potential, inte garantier", svarade Kate, orubbligt tålmodig. "Och just nu ger du honom motstridiga signaler. Ditt säte och dina skänklar säger åt honom att byta, men du är stel i ländryggen och det säger åt honom att fortsätta."

Vanessas dyra läderhandskar knarrade när hon hårdnade greppet om tyglarna. "Han är bara inte mottaglig idag. Kanske har han ont, eller så klämmer sadeln."

Bens penna rörde sig över sidan nästan av sig själv: *Undanflykt. Skyll på utrustningen, skyll på hästen. Aldrig sig själv.* Det här var den typ av karaktärsdetalj han levde för, de små avslöjandena av personlighet som ingen mängd efterforskningar kunde ge.

"Kiropraktorn var här förra veckan, och hans rygg är perfekt", påminde Kate henne. "Och du rider i samma sadel som du använde när han utförde detta perfekt i måndags."

Dansen fortsatte, Vanessa kom med ursäkter, Kate erbjöd korrigeringar. Hästen, Cavalier, blev alltmer upprörd, hans öron vippade fram och tillbaka, hans rörelser förlorade sin flytande elegans. Ben kände sympati för djuret, fångat mellan ryttarens frustration och tränarens förväntningar.

"Kan vi prova något annat?" frågade Vanessa slutligen, med en ton som antydde att det inte riktigt var en fråga. "Kanske är han bara inte på humör för flygande byten idag."

Kates uttryck förändrades inte, men något i hennes hållning antydde att detta var en välbekant konversation. "Vi måste arbeta oss igenom detta om du vill tävla på Prix St. Georges-nivå. Bytena är obligatoriska moment."

Vanessa styrde Cavalier till halt framför Kate, tillräckligt nära för att Ben skulle se svetten som mörknade hästens hals och den spända linjen i ryttarens käke. "Alla har dåliga dagar", sa hon, även om hennes ton antydde att hon inte inkluderade sig själv i "alla".

"Sant", erkände Kate. "Men det här är tredje passet där vi har kämpat med bytena. Vid någon tidpunkt måste vi ta itu med de tekniska problemen."

Något blixtrade till i Vanessas ögon, en kort gnista av genuin ilska som hon snabbt dolde med ett stelt leende. "Om jag red en räddningshäst skulle jag kanske få mer sympati från domarna", sa hon, med ord som var ljuva men med en allt annat än ljuv innebörd. "Din syster Emma verkar ju få massor av beröm för de där bortkastade galopphästarna."

Ben satte nästan kaffet i halsen. Kommentaren var helt klart menad att såra, en välriktad attack mot vad som måste vara en familjeangelägenhet att vara stolt över. Han sneglade på Kate och förväntade sig en explosion, men hennes uttryck förblev professionellt uttryckslöst, även om han lade märke till att hennes fingrar krökte sig lätt vid sidorna.

"Domarna delar inte ut sympatipoäng, Vanessa", svarade Kate, med en röst som var kyligare än tidigare. "Särskilt inte i hoppning, där Emma tävlar. Och i *vår* disciplin belönar de teknisk korrekthet och harmoni mellan häst och ryttare." Hon tittade på sin klocka. "Vi har femton minuter kvar. Låt oss försöka en gång till med bytena och sedan skritta av."

Ben tittade på, fascinerad av spänningen som vibrerade mellan de två kvinnorna. Vanessa satt på sin glänsande, dyra häst som en drottning på en tron, med hakan höjd och sina dyra kläder fläckfria trots morgonens arbete. Kate stod på marken, med militäriskt rak hållning, och hennes uttryck avslöjade inget av vad som måste puttra under ytan.

Det var teatraliskt, denna tysta maktkamp som utspelades genom det magnifika djuret mellan dem. Bens författarsinne katalogiserade varje detalj och omformade redan scenen för potentiell användning, och undrade vilka hemligheter som kunde dölja sig under den polerade ytan av deras interaktion.

Han hade kommit till Ridgewater för att söka tyst isolering för att avsluta sitt manuskript. Istället hade han snubblat in i en värld rik på exakt den typ av komplexa mänskliga dynamik som gav bränsle åt hans bästa skrivande. Trots Kates uppenbara missnöje med hans närvaro kunde Ben inte låta bli att känna att han kanske trots allt hade hittat precis vad han behövde.

"Får jag?" frågade Kate plötsligt, en fråga som var artig i sin formulering men omisskännligt bestämd i sin avsikt. Ben lutade sig framåt en aning och kände att detta var ett avgörande ögonblick. Detta var inte bara en instruktör som erbjöd sig att demonstrera; det var Kate McKenzie som återta kontrollen över en situation som hade börjat glida henne ur händerna.

Vanessa tvekade, hennes läppar pressades samman till ett tunt streck innan hon nickade med synlig motvilja. "Självklart", sa hon, i en ton som antydde att inget kunde vara längre från vad hon faktiskt ville.

Ben såg på när Vanessa satt av och med en stelhet som talade sitt tydliga språk lämnade över tyglarna till Kate. Överlämnandet av hästen från elev till lärare verkade fyllt av en betydelse utöver den enkla fysiska handlingen, ett motvilligt överlämnande av makt som Vanessa uppenbart ogillade.

Kate slösade ingen tid, utan satt upp på Cavalier i en smidig, atletisk rörelse som fick Ben att tänka på gymnaster. Skillnaden var omedelbart uppenbar, även för hans otränade öga. Där Vanessa hade suttit på hästen som en prydnad verkade Kate bli en del av honom, hennes kropp smälte samman med hästen i ett partnerskap snarare än en hierarki.

"Jag ska demonstrera förberedelsen och tajmingen för de flygande bytena", sa Kate och vände sig till Vanessa som om detta vore ett vanligt undervisningsmoment snarare än vad det uppenbarligen var: en mästerklass i att visa hur det skulle göras. "Observera tajmingen för bytet."

Cavalier rörde sig framåt på ett osynligt kommando från Kate och övergick från stillastående till samlad galopp i vad som verkade vara en enda flytande rörelse. Ben blinkade, överraskad av den omedelbara förvandlingen. Samma häst som hade kastat med huvudet och kämpat mot Vanessas kommandon rörde sig nu med ivrig precision, med öronen spetsade framåt och uppmärksamt.

"Ser du hur jag tänker på bytet här", ropade Kate när de vände över ridbanan, "men jag väntar tills precis innan med att ge den faktiska hjälpen."

Ben hade ingen aning om vilken specifik hjälp hon hänvisade till, för till skillnad från Vanessa rörde sig Kate inte ens i sadeln, men till och med han kunde se något anmärkningsvärt hända. Cavaliers steg bytte i luften, som en dansare som byter steg utan att missa ett taktslag. Rörelsen var så smidig att den verkade ansträngningslös, även om Ben misstänkte att den var allt annat än det.

"Och igen", fortsatte Kate, med oförändrad hållning såvitt Ben kunde se, men ändå passerade något osynligt mellan ryttare och häst, för Cavalier utförde ytterligare ett felfritt byte och bytte vilket ben som ledde i galoppsteget. Och sedan, fyra galoppsprång senare, ett till, lika lätt och flytande som de två första.

Att se Kate rida var som att se en helt annan häst. Hela Cavaliers uppträdande hade förändrats; hans hals välvde sig stolt, hans rörelser blev mer uttrycksfulla, hela hans kropp engagerad i en uppvisning som var både atletisk och konstnärlig. Förvandlingen var så total att Ben bara kunde stirra. Kate och Vanessa var lika i längd och kroppsbyggnad, båda långa och smala, men instruktionerna Kate gav hästen var så subtila att Ben inte ens kunde se dem. Kontrasten mellan de två ryttarnas stilar var inget annat än otrolig.

”Märk hur hans rygg förblir höjd genom bytet”, förklarade Kate och cirklade tillbaka mot där Vanessa stod vid räcket. ”Det är det som gör att han kan behålla sin balans och sitt uttryck.”

Bens uppmärksamhet flyttades till Vanessa, vars reaktion visade sig vara ännu mer fascinerande än Kates demonstration. Hon stod med ena handen så hårt om räcket att han misstänkte att hennes knogar hade vitnat under handskarna, och den andra handen knuten i en näve vid sidan. Hennes käke arbetade subtilt, som om hon fysiskt höll tillbaka sig själv från att tala. Trots att hon nickade åt Kates instruktioner följde hennes ögon aldrig hästen utan förblev fästa på Kate själv, lätt hopknipna med ohöljd förbittring.

Med några sekunders mellanrum flyttade Vanessa sin vikt från ena foten till den andra, en fysisk manifestation av obehag som inte hade något att göra med att stå stilla. Hennes andning hade blivit märkbart snabbare, hennes bröstkorg höjdes och sänktes med knappt kontrollerad känsla. För Bens ögon såg hon ut som en karaktär som var på bristningsgränsen, på väg att säga eller göra något som inte gick att ta tillbaka.

Han drog fram sin anteckningsbok igen och klottrade snabbt ner: *Dold rivalitet. Svartsjuka. Hästar som vapen... $$$?* Stenografin skulle påminna honom senare om dynamiken som pågick: hur skicklighet och talang skapade förbittring, hur hästen blev både slagfält och pris i denna outtalade tävlan. Och mer intressant, hur pengar, oavsett hur mycket Vanessa uppenbarligen hade, inte kunde köpa vad Kate besatt.

Medan Kate guidade Cavalier genom en serie rörelser som flöt in i varandra, började Ben fundera över de ekonomiska aspekterna av denna värld och klottrade ner frågor han skulle behöva undersöka senare. *Hur mycket kostade lektioner som denna? Vad var värdet på en häst som kunde röra sig som Cavalier, men bara med rätt ryttare? Vad skulle någon betala, eller göra, för att framstå som lika obesvärat skicklig som Kate McKenzie? Hur lång tid hade det tagit för Kate att lära sig att göra detta, hur många timmar i sadeln? Vem tränade Cavalier, för det var uppenbarligen inte Vanessa, och vad kostade den träningen? Kan den träningen äventyras om ryttaren inte är på hästens nivå?*

Den mänskliga naturens brottslighet var Bens specialitet, de mörka impulser som drev vanliga människor till extraordinära handlingar. När han såg Vanessas ansikte medan Kate demonstrerade sin överlägsna skicklighet, kunde han nästan se dessa impulser ta form, den giftiga blandningen av avund och förödmjukelse som hade drivit mer än en karaktär i hans romaner till mord.

"Och det är så förberedelsen ska kännas", avslutade Kate och fick Cavalier att göra en perfekt halt mitt i ridhuset. "Bytet sker nästan som en eftertanke när förberedelsen är korrekt."

Hon satt av med samma flytande elegans som hon ridit, stannade för att klappa hästens glänsande hals och säga några tysta, berömmande ord till honom innan hon ledde hästen tillbaka till sin ägare. Cavalier följde henne villigt, med huvudet lågt och avslappnat nu, en skarp kontrast till hans upprörda tillstånd tidigare.

"Han är mycket kapabel", sa Kate och lämnade tillbaka tyglarna till Vanessa. "Det handlar bara om tajming och precision."

Undertonen var tydlig även för Ben: hästen var inte problemet. Vanessa tog tyglarna med ett stelt leende som inte nådde ögonen, vilka förblev kalla när hon såg på Kate.

"Lätt när man har ridit sedan innan man kunde gå", sa hon, och komplimangen underminerades av hennes tonfall.

"Det handlar inte om års erfarenhet", svarade Kate jämnt. "En vän till mig i det holländska landslaget, Greta van Beek, lärde sig inte rida förrän hon var fjorton och tog sig in i OS-laget för Paris vid tjugosex. Det handlar om att vara närvarande med hästen. Cavalier vet vad han ska göra. Han behöver bara tydlig kommunikation."

Vanessa satt upp igen och satte sig till rätta i sadeln med synlig beslutsamhet. Cavaliers uppträdande förändrades nästan omedelbart, hans hals spändes, hans öron vippade bakåt. Ben tyckte det var anmärkningsvärt hur samma djur kunde se så olika ut med varje ryttare, som en skådespelare som tar regi från olika filmskapare.

"Låt oss avsluta med några enkla övergångar för att sluta på en positiv not", föreslog Kate och klev tillbaka till mitten av ridhuset.

Ben fortsatte att titta, fascinerad av denna inblick i en värld så främmande för hans egen. Det subtila maktspelet mellan kvinnorna, den dyra hästen som fångats i mitten, den outtalade spänningen som sprakade i luften, allt var en guldgruva för en romanförfattare.

Han stannade kvar till slutet av lektionen och observerade hur Vanessa lyckades utföra de enklare övningarna med rimlig framgång, men utan att komma i närheten av Kates flytande harmoni med hästen. Under hela tiden bibehöll Kate sin professionella attityd, gav beröm för små förbättringar samtidigt som hon fortsatte att ge tekniska korrigeringar.

Men skadan var redan skedd. Demonstrationen hade blottlagt sanningen som ingen summa pengar, avel eller dyr utrustning kunde dölja: skicklighet, och kanske naturlig talang, kunde inte köpas. Och i Vanessas hårt kontrollerade uttryck läste Ben den universella mänskliga berättelsen om någon som konfronteras med sina egna begränsningar, och inser att de inte räcker till.

Lektionen avslutades med att Vanessa skrittade av Cavalier, med en hållning som var märkbart stelare än när de hade börjat. Kate gav några sista instruktioner innan hon vände sig mot grinden, där hennes blick låstes fast vid Ben med en överraskande intensitet. Han fick den tydliga känslan av att ha blivit påkommen där han inte borde vara. Hennes uttryck skiftade på ett ögonblick från professionell instruktör till territoriell invånare, och Ben såg fascinerat på när hon ursäktade sig från Vanessa och började gå rakt mot honom, hennes stövlar lämnade prydliga avtryck i den krattade sanden.

Ben övervägde en strategisk reträtt men bestämde sig emot det. Att springa skulle bara bekräfta hans skuld, och dessutom var han genuint intresserad av vad han hade bevittnat. Han stoppade ner sin anteckningsbok i bakfickan och rätade på sig till sin fulla längd, vilket gjorde honom betydligt längre än Kate trots hennes imponerande närvaro.

"Nöjd med föreställningen?" frågade Kate och stannade några steg bort. Hon hade armarna i kors över bröstet i en defensiv gest, och hennes uttryck gjorde det tydligt att detta inte var en obesvärad förfrågan.

"Absolut fascinerande", svarade Ben med genuin entusiasm. "Skillnaden mellan din och hennes ridning var anmärkningsvärd, även för någon som vet nästan ingenting om dressyr."

Kates ögon smalnade något, som om hon försökte avgöra om han var sarkastisk. "Du antecknade", konstaterade hon och nickade mot fickan där han hade stoppat ner sin anteckningsbok.

"En yrkesskada", medgav Ben. "Jag hittar material överallt. Och det jag just bevittnade var...", han tystnade och letade efter rätt ord, "... upplysande. Bara psykologin i sig är värd att utforska."

"Det är ingen cirkus", sa Kate bestämt. "Och jag skulle uppskatta om du höll avstånd under lektionerna. Mina klienter betalar för avskildhet och professionell uppmärksamhet, inte för att bli karaktärer i din nästa thriller."

Ben förstod gränsen som drogs, även om han inte hade för avsikt att respektera den fullt ut. Författare var av nödvändighet professionella gränsöverskridare, alltid observerande, alltid samlande. Men han visste bättre än att säga det högt.

"Noterat", sa han istället, i en försonlig ton. "Men jag bör nämna att jag arbetar väldigt hårt med att dölja mina inspirationskällor. Ingen skulle någonsin känna igen sig i mina böcker."

Kate verkade föga imponerad av denna försäkran. "Det här är människors drömmar och ambitioner, Mr Crossley. Deras rykten. Deras investeringar. Det är inte bara underhållande drama för dina läsare."

Det fanns något i hennes försvar av ridsportvärlden som fascinerade Ben. Inte bara yrkesstolthet, utan en djupare känsla av ansvar, av beskydd. Han arkiverade observationen för senare övervägande.

"Jag förstår", sa han, mer uppriktigt denna gång. "Och jag respekterar ditt arbete. Det du gjorde med den där hästen var imponerande."

Kates uttryck mjuknade en aning, då yrkesstoltheten för ett ögonblick vägde tyngre än hennes irritation. "Cavalier är mycket talangfull. Han behöver bara konsekvent hantering."

Just då valde Vanessa att leda sin häst förbi dem mot utgången, med hakan höjd i en hållning som medvetet undvek att uppmärksamma deras samtal. Ben lade märke till hur hon höll blicken rakt fram, även om hennes ögon fladdrade kort mot dem för att övervaka deras interaktion.

"Jag borde avsluta här", sa Kate och avfärdade honom tydligt. "Njut av kaffet, Mr Crossley."

"Ben", rättade han henne automatiskt. "Och det ska jag, tack."

Kate nickade kort och vände tillbaka mot ridhuset, där en annan ryttare var på väg in, denna gång en mycket yngre flicka. Kates leende mot junioren var vänligt, hennes röst mjukt uppmuntrande, och Ben visste direkt att det inte skulle finnas något drama att bevittna på den här lektionen. Han dröjde sig kvar en stund till, tog en sista klunk av sitt nu ljumma kaffe innan han styrde stegen tillbaka mot stallbyggnaderna.

Trots Kates varning var hans nyfikenhet grundligt väckt. Dynamiken han hade bevittnat mellan de två kvinnorna innehöll exakt den typ av spänning som driver fängslande berättelser. Och Ben hade aldrig varit bra på att ignorera fängslande berättelser, inte när de praktiskt taget bad om att bli utforskade.

Stallplanen myllrade av morgonaktivitet. Skötare ledde hästar till och från hagar, en hovslagare arbetade med en ponnys hov i bortre änden, och det rytmiska ljudet av någon som sopade hördes inifrån huvudstallet. Ben vandrade igenom, skenbart på väg tillbaka till Stugan men i själva verket i hopp om att samla mer information om vad han just hade bevittnat. Kanske till och med prata med Vanessa, även om det faktum att han hade bevittnat hennes förnedring när Kate hade visat upp henne på hennes egen häst gjorde det mer troligt att hon skulle försöka undvika honom.

Turen var på hans sida när han fick syn på en smal, brunhårig kvinna som borstade en stor svart häst utanför en av boxarna. Baserat på hennes starka ansiktslikhet med Kate gissade Ben att detta måste vara en av de andra systrarna McKenzie, förmodligen Emma, eftersom Sarah var borta på sin smekmånad.

"God morgon", ropade han och närmade sig obesvärat. "Du måste vara Emma. Jag är Ben, dina föräldrars nya hyresgäst i Stugan."

Emma tittade upp, med ett mycket mer välkomnande uttryck än hennes syster hade haft. "Javisst! Mamma nämnde att du skulle flytta in. Hur har du installerat dig?"

"Jag håller fortfarande på att finna mig till rätta", medgav Ben. "Jag såg precis din syster ge en lektion. Ganska imponerande."

”Kate är en av de bästa”, instämde Emma och återgick till att borsta hästen, som njöt av uppmärksamheten med halvslutna ögon. ”Vilken elev undervisade hon?”

”Vanessa? På en fux som heter Cavalier.”

”Aha”, sa Emma, och något i hennes ton antydde att det fanns en historia där. ”Hur gick det?”

”Intressant”, sa Ben diplomatiskt. ”Kate slutade med att demonstrera på hästen. Skillnaden var slående.”

Emma skrattade lågt. ”Kan tänka mig att Vanessa älskade det.” Hennes ton gjorde det tydligt att Vanessa skulle ha hatat det, vilket bekräftade Bens observationer om spänningen mellan dem.

Ben kände att en öppning uppenbarade sig och lutade sig mot stallväggen i en obesvärad pose. ”Hästen verkade otrolig. Jag är nyfiken, vad skulle ett sådant djur vara värt? Bara i researchsyfte”, tillade han snabbt.

Emma sneglade roat på honom. ”Skriver du om ridsportvärlden?”

”Inte specifikt, men jag gillar att förstå insatserna i vilken miljö som helst”, förklarade Ben. ”Pengar komplicerar alltid saker på intressanta sätt.”

”Tja”, sa Emma och återgick till sin borstning, ”det är ingen hemlighet; Vanessa har skrutit om det för alla som velat lyssna. Cavalier importerades från Tyskland som fyraåring. Vanessas föräldrar betalade en halv miljon dollar för honom.”

Ben tappade nästan sin tomma mugg. ”En halv miljon dollar?” upprepade han, oförmögen att dölja chocken i sin röst.

Emma skrattade rakt ut åt hans min. ”Välkommen till elitedressyrens värld. Och det är faktiskt inte ens i den övre prisklassen för en häst med hans avel och potential.”

Ben försökte bearbeta denna information, hans sinne kämpade med att förstå det obesvärade sätt på vilket Emma diskuterade sådana astronomiska summor. ”Och vad avgör om den investeringen lönar sig?”

"Framgång i tävlingar, främst", förklarade Emma och gick runt för att borsta hästens andra sida. "Särskilt för hingstar som Cavalier. Om han kan nå de högsta nivåerna inom sporten kan hans ägare ta ut betydande avelsavgifter. En topphingst kan betäcka femtio eller fler ston per år för flera tusen dollar per språng. Mestadels via artificiell insemination, vilket innebär att han inte ens behöver ta ledigt från tävlingar."

Ben räknade snabbt i huvudet, och hans ögon vidgades vid tanken på den potentiella årsinkomsten. "Så Vanessas framgång med honom påverkar direkt hans värde?"

"Exakt", bekräftade Emma. "En hingst måste bevisa sig själv i tävlingar innan uppfödare betalar för att använda honom. Det räcker inte med att ha blodslinjerna, han måste visa att han kan prestera."

"Och om han inte gör det?" frågade Ben, fascinerad av ekonomin i denna okända värld.

"Då är han bara en väldigt dyr ridhäst", sa Emma med en axelryckning. "Fortfarande värdefull, men inget i närheten av vad han skulle kunna vara värd som en beprövad tävlings- och avelshingst."

Innebörden sjönk in i Bens medvetande och ordnade sig i mönster han kände igen från sina år som kriminalförfattare. Motiv. Tillfälle. Insatser höga nog för att driva fram desperata handlingar.

"Inte konstigt att lektionen var så spänd", mumlade han, mer för sig själv än för Emma.

"Vanessa känner pressen", sa Emma och missförstod hans kommentar. "Hennes föräldrar spenderade inte alla de pengarna på Cavalier för att han skulle stå i en hage och se vacker ut. De förväntar sig resultat, och Kate är deras bästa chans att få dem."

"Även om det är Vanessa som måste rida honom i tävlingar?" klargjorde Ben.

"Det är utmaningen", sa Emma och klappade den bruna hästens hals kärleksfullt. "Kate kan lära Cavalier de avancerade rörelserna – och det har hon gjort de senaste sex månaderna sedan de tog honom till Ridgewater – men Vanessa måste göra själva tävlandet."

"Ett rejält dilemma", konstaterade Ben.

"Sådan är hästvärlden", svarade Emma med ett leende. "Massor av pengar, massor av ego, och djur som inte låter sig luras av något av det."

Ben tackade Emma för hennes insikter och fortsatte sin promenad tillbaka mot Stugan, med ett sinne som surrade av ny information. Vad som hade börjat som en enkel morgonpromenad hade gett en mängd material för hans kreativa process.

Han tänkte på vad han hade bevittnat i ridhuset, den skarpa kontrasten mellan de två ryttarna, den synliga förbittringen i Vanessas ansikte. Lägg därtill de ekonomiska insatserna som Emma just hade beskrivit, och situationen innehöll alla element av de högtrycksmiljöer där hans fiktiva brott vanligtvis ägde rum.

En halv miljon dollar för en häst vars värde helt och hållet berodde på en ryttare som inte kunde matcha sin instruktörs skicklighet. En förmögen klient desperat efter framgång som verkade undfly henne trots hennes fördelar. En tränare vars expertis skapade både beroende och förbittring.

Ben log för sig själv medan han gick och omformade redan dessa element till en berättelseform. Han hade kommit till Ridgewater för att söka isolering för att avsluta sitt nuvarande manuskript, men det verkade som om han kanske hade hittat inspiration till sitt nästa också.

Kate McKenzie må vilja att han höll avstånd från hennes professionella värld, men Ben Crossley hade aldrig varit särskilt bra på att respektera gränser när det fanns en historia att berätta. Och det fanns definitivt en historia här, en med alla ingredienser han letade efter i sina bästa verk: pengar, ambition, svartsjuka och potentialen för någon att vidta en mycket destruktiv handling när pressen blev för mycket att bära.

Kapitel fyra

KATE SÅG PÅ NÄR Vanessa guidade Cavalier genom de sista övningarna på deras morgonlektion. Den fuxfärgade hingsten rörde sig med flytande elegans, med halsen precis lagom böjd och hovarna som lyfte i exakt rätt ögonblick. Två veckors konsekvent arbete hade förbättrat deras harmoni, även om det inte helt hade skingrat den spänning som Kate fortfarande kände mellan häst och ryttare. Morgonsolen silades genom de höga fönstren i ridhuset och lyste på den svettglänsande pälsen på Cavalier. Kate kastade en blick på sin klocka – kvart i tio. Sarah och Marcus skulle komma hem från sin smekmånad om mindre än två timmar, och det fanns fortfarande mycket att göra inför välkomstgrillningen.

”Mycket bättre idag”, ropade Kate när Vanessa avslutade övningsprogrammet och fick Cavalier att göra en fin, prydlig halt. "Din sits var mer konsekvent i skänkelvikningen."

Vanessa nickade och lyfte hakan en aning åt berömmet. "Jag har övat på positionen hemma. Far köpte en sådan där balansstol som du nämnde."

"Det märks", svarade Kate, genuint nöjd med förbättringen, även om hon misstänkte att den dyra balansstolen hade mindre med saken att göra än enkel repetition. "Skritta av honom ordentligt, så avslutar vi för idag."

Medan Vanessa skrittade av Cavalier gled Kates uppmärksamhet iväg mot aktiviteten som syntes genom ridhusets öppna dörrar. På parkeringen framför Stora huset packade Jake och Ryan upp varor till eftermiddagens grillfest medan Ben Crossley, som såg helt vilsen ut, kämpade med vad som såg ut att vara en enorm kylbox.

Trots att författaren nu hade varit på Ridgewater i två veckor rörde han sig fortfarande med den försiktiga osäkerheten hos någon som navigerar i okänd terräng. Hans breda axlar spände mot den lediga skjortan när han lyfte kylboxen och var nära att tappa den innan Jake klev fram för att hjälpa till. Ryan skrattade åt något Jake sa och klappade Ben på ryggen med otvungen förtrolighet.

Kate kände en välbekant irritation vrida sig inom henne när hon såg på Ben. Hennes försök att återta Stugan hade visat sig fruktlösa – hennes mor hade varit obeveklig med att kontraktet skulle gälla, och Ben hade inte visat någon som helst benägenhet att flytta trots hennes alltmer uppenbara antydningar om lämpliga boenden på andra platser. Och ännu mer irriterande var att alla andra på Ridgewater verkade gilla honom: särskilt Jake hade funnit en vän i honom, imponerad av hur exakt Ben alltid skildrade polisens arbete i sina böcker.

Kate hade till slut motvilligt accepterat situationen, men inte utan att regelbundet påminna alla om att den var tillfällig. Bara fem och en halv månad kvar.

"Är det där för Sarahs och Marcus välkomstfest?" frågade Vanessa och avbröt Kates tankar då hon fick Cavalier att stanna.

Kate vände sig om, förvånad över att se sin elev betrakta grillförberedelserna med ovanligt intresse. Vanligtvis satt Vanessa av och åkte omedelbart efter lektionerna, med minimal social interaktion. "Ja. De kommer hem från Thailand idag."

"Vad trevligt", sa Vanessa och satt av utan att ens bry sig om att klappa Cavalier. "Thailand är vackert den här tiden på året."

Kate väntade på den vanliga uppföljningen – något omnämnande av Vanessas egna exotiska resor eller hennes familjs privata villa på något exklusivt ställe – men den kom inte. Istället började Vanessa lossa på Cavaliers sadelgjord och dra upp stigbyglarna, medan hon fortsatte att småprata.

"Kommer hela familjen att vara där? Det måste vara trevligt att ha alla samlade igen."

"De flesta av dem", svarade Kate försiktigt. "Emma, Ryan och Jemima, Pip och Jake. Zoe, förstås, eftersom hon bor hos oss nu. Och Ben, eftersom han ... är här." Hon kunde inte riktigt dölja uppgivenheten i rösten på slutet.

"Författaren som bor i dina föräldrars stuga?" Vanessas ton var ledig, men Kate lade märke till att hennes blick hade skärpts av intresse. "Jag hörde att han är ganska framgångsrik. Topplistor och filmatiseringar, stämmer inte det?"

Kate rynkade pannan en aning. "Jag skulle inte veta. Jag har inte läst hans böcker."

"Det har jag", sa Vanessa och förvånade Kate igen. "Hans senaste var briljant. Så smart uppbyggd." Hon klappade Cavalier på halsen, hennes uppmärksamhet till synes delad mellan hästen och samtalet. "Är det bara familjen på grillfesten, eller är vänner också välkomna, eftersom Ben ska vara där?"

Frågan hängde i luften, och dess avsikt blev plötsligt tydlig. Kate kände hur ögonbrynen åkte upp innan hon hann kontrollera sitt ansiktsuttryck. Under de två år Vanessa hade tränat på Ridgewater hade hon aldrig en enda gång uttryckt intresse för att umgås med familjen McKenzie utanför lektionerna. Hennes umgängeskrets bestod av exklusiva tillställningar på golfklubben och champagneluncher, inte avslappnade grillfester på ett fungerande ridcenter.

"Det är väldigt informellt", sa Kate och valde sina ord med omsorg. "Bara ett enkelt välkommen hem."

Vanessa nickade, och hennes blick gled återigen mot platsen där Ben stod och pratade med Jake och Marcus. "Ibland är det trevligt med informellt. En omväxling."

Kate studerade sin elev och försökte urskilja motivationen bakom detta plötsliga intresse. Vanessa Hughes rörde sig genom livet med beräknad precision, varje handling tjänade ett syfte. Vilket syfte kunde tjänas genom att närvara vid en familjegrillning på Ridgewater?

Kanske var det professionellt nätverkande? Eller kanske var det enkel nyfikenhet på hur den andra halvan levde.

Eller – och Kate kände en strimma av misstänksamhet vid denna tanke – kanske hade det något att göra med Ben Crossley, vars närvaro Vanessa hade noterat med ovanligt intresse.

"Du är välkommen att ansluta dig om du vill", fann Kate sig själv säga, och inbjudan uttalades för att hon inte riktigt kunde komma på hur hon skulle kunna låta bli utan att verka oartig. "Inget formellt. Vi börjar vid tolvtiden."

Vanessas leende blommade ut med en entusiasm som verkade överdriven för tillfället. "Det skulle vara underbart! Jag kommer med glädje." Hon sneglade på sin klocka, en elegant, utan tvekan dyrbar klocka. "Jag borde ha precis tillräckligt med tid för att åka hem och byta om. Vad ska jag ta med mig?"

"Ingenting", sa Kate automatiskt. "Det är bara en enkel familjegrillning."

"Struntprat, jag tar med mig något. Vin, kanske?" Vanessa vände sig om och ledde Cavalier mot utgången med ett spänstigt steg. "Vi ses vid tolv!"

Kate såg henne gå, och den gnagande känslan av att något inte stod rätt till blev starkare. Vanessas intresse verkade äkta, men det var så olikt henne att Kate inte kunde låta bli att känna sig på sin vakt. Hade hon missat något? Fanns det en baktanke hon inte såg?

Hon suckade, samlade ihop sina träningsanteckningar och gick mot huset. Kanske överanalyserade hon det. Kanske ville Vanessa helt enkelt utöka sin umgängeskrets, kliva utanför den förfinade världen av golfklubbar och välgörenhetsgalor. Tjejen kanske äntligen hade lagt märke till att de flesta professionella ryttare levde ett ganska enkelt liv privat, oavsett hur dyra deras hästar var och hur väl de togs om hand.

Men när Kate gick upp för trappan till verandan, där Ben nu tafatt försökte fälla upp en solstol under Jakes alltmer roade ledning, kunde hon inte skaka av sig sin oro. Enligt hennes erfarenhet ändrade folk sällan sina mönster utan anledning, särskilt inte så statusmedvetna personer som Vanessa Hughes.

Var hon orättvis? Kate ansträngde sig för att upprätthålla professionell objektivitet med Vanessa trots deras personlighetsskillnader. Den yngre kvinnans berättigade attityd och tendens att skylla på sin häst för sina egna brister skavde mot Kates egen personliga disciplin och arbetsmoral, men hon hade aldrig låtit det påverka sin undervisning.

Kanske var det problemet. Kanske hade hon varit så fokuserad på att upprätthålla professionell distans att hon hade misslyckats med att se Vanessa som en hel person, med önskningar och intressen bortom dressyrträning och tävlingsframgångar. Kanske var detta helt enkelt Vanessa som sträckte ut en hand och försökte skapa en kontakt på en mer personlig nivå.

Eller kanske, viskade den där försiktiga rösten i Kates bakhuvud, hade Vanessa Hughes en agenda, och familjen McKenzies grillfest på något sätt ingick i den.

Hursomhelst var det för sent att dra tillbaka inbjudan nu. Kate skulle helt enkelt behöva vänta och se, och hoppas att oavsett Vanessas motiv skulle de inte störa Sarahs och Marcus hemkomstfirande.

Verandan på Stora huset surrade av samtal och skratt när välkomstgrillningen kom igång på allvar. Kate lutade sig mot det slitna träräcket och betraktade samlingen med en känsla av stilla belåtenhet. Sarah och Marcus stod nära trappan, solbrända från stränderna i Thailand, och tog emot gratulationer och svarade på frågor om sin smekmånad med den enkla samstämmighet som nygifta har. Sarah såg mer avslappnad ut än Kate hade sett henne på flera år, hennes jordgubbsblonda hår hängde löst kring axlarna istället för i hennes vanliga praktiska fläta, och hennes leende var oförställt och frekvent.

Emma och Ryan stod med dem, Emma gestikulerade livligt när hon beskrev Phoenix senaste träningsgenombrott. Den före detta företagsledaren nickade uppmärksamt, hans arm vilade ledigt runt Emmas midja på ett sätt som talade om deras växande bekvämlighet med varandra. Kate tyckte fortfarande att det var lite surrealistiskt hur fullständigt Ryan hade integrerat sig i deras värld, övergett pressade chinos för välanvända jeans, och bytt styrelsemöten mot höbalar och hästgödsel utan synbar ånger.

Jake skötte grillen med den fokuserade uppmärksamhet han ägnade alla uppgifter, vände hamburgare och övervakade korvar medan han svarade på Jemimas snabba ström av frågor om polisarbete. Höjdskillnaden mellan den långe polisen och Emmas nätta dotter gjorde scenen nästan komisk, men Jake besvarade varje fråga med vederbörlig eftertänksamhet och avfärdade aldrig Jemimas frågor som andra vuxna kanske skulle ha gjort.

Vid ett av de två borden satt Pip och Zoe i ett livligt samtal, Pips händer flög medan hon beskrev något som fick Zoe att dubbelvika sig av skratt. Den lilla före detta jockeyn och den brittiska hästmassören hade blivit vänner direkt vid Zoes ankomst, och de fann varandra i sin gemensamma kärlek till svåra hästar och opassande skämt.

Det var en perfekt familjescen, tänkte Kate. Avslappnad, bekväm, förbindelser skapade genom gemensamma passioner och genuin tillgivenhet snarare än plikt.

Endast Ben Crossley stod lite avsides, med en kall dryck i handen, och observerade samlingen från den bortre änden av verandan. Även om alla hade varit välkomnande sedan Kate hade gett upp sin kampanj för att vräka honom från Stugan, höll han ett visst avstånd, mer observatör än deltagare. Kate kände igen författarens uttryck, den där lite ofokuserade blicken som antydde att han mentalt tog anteckningar och katalogiserade beteenden och interaktioner för potentiell användning i sitt arbete.

Hon hade kommit på honom med att klottra i sin lilla anteckningsbok flera gånger under de senaste två veckorna, vanligtvis efter att ha bevittnat någon interaktion mellan systrarna eller hört ett samtal om hästarna. Det borde ha irriterat henne mer än det gjorde. Kanske höll hon helt enkelt på att vänja sig vid hans närvaro, som en sten i skon som, även om den fortfarande var obekväm, inte längre krävde omedelbar uppmärksamhet.

”Jag hoppas att jag inte är för sen!”

Rösten skar genom Kates funderingar och drog allas blickar till trappan när Vanessa Hughes marscherade uppför den, lika oklanderligt klädd som om hon skulle på en trädgårdsfest hos guvernören i stället för en avslappnad familjegrillning. Hennes krispiga vita blus och skräddarsydda marinblå byxor såg dyra och nya ut, hennes designerstövletter polerade till spegelglans. I sina händer höll hon en flaska vin som Kate kände igen som betydligt dyrare än något de skulle servera idag, även med de finare sorterna som Ryan brukade ta med sig från golfklubbens vinkällare.

"Vanessa!" Kate gick fram för att hälsa på henne, smärtsamt medveten om överraskningen i sin familjs ansikten. "Välkommen. Du har träffat alla, tror jag?"

"De flesta", sa Vanessa, hennes leende brett men nådde inte riktigt ögonen när hon granskade sällskapet. Hon räckte över vinet till Kate med en gest. "Något litet för att fira Sarahs och Marcus återkomst. Franskt, förstås."

"Vad omtänksamt", svarade Kate och tog emot flaskan. "Låt mig presentera dig ordentligt."

Medan Kate guidade Vanessa genom de nödvändiga presentationerna kunde hon inte låta bli att lägga märke till de subtila tecknen i sin elevs beteende – den lätta rynkningen på näsan vid plastmuggarna på dryckesbordet, den flyktiga grimasen när Jake meddelade att hamburgarna var klara, beräkningen i hennes ögon. Det annorlunda sättet Vanessa talade med Ryan, den mest uppenbart framgångsrika personen där, jämfört med resten av dem.

"Vilket ... charmigt arrangemang", kommenterade Vanessa, hennes blick svepte över de omaka solstolarna och fällborden. "Det finns något att säga om enkelhet, eller hur? En viss rustik charm i dessa gamla bondgårdar."

Emma mötte Kates blick över Vanessas axel, med ett höjt ögonbryn i tyst kommunikation. Kate gav en liten axelryckning till svar. Hon kände sig obekväm över att ha bjudit in Vanessa nu, önskade att hon hade varit snabbare med att komma på en anledning till varför hon inte borde ha gjort det.

”Ben!” ropade Sarah och bröt det pinsamma ögonblicket. ”Kom och berätta för oss om din nya bok. Mamma nämnde att du arbetar mot en deadline?”

Ben sköt ifrån sig från räcket där han hade stått och observerat, och rörde sig för att ansluta sig till gruppen med sin lite lunkande gång, full av långa lemmar och ledig elegans. ”Jag arbetar igenom det sista utkastet. Min redaktör flåsar mig i nacken, men det är inget nytt.”

”Vad handlar den om?” frågade Marcus och erbjöd Ben en kall öl från kylboxen vid hans fötter.

”Mestadels mord”, svarade Ben med ett leende och tog emot flaskan. ”Det är det som betalar räkningarna.”

”Alla dina böcker har mord”, sa Vanessa och smög sig smidigt in i konversationen. ”Jag har läst dem alla, vet du. Sättet du bygger upp spänningen på är mästerligt.”

”Tja, ja ... det är lite poängen med en mordgåta”, medgav Ben och såg något obekväm ut av berömmet. ”Fast jag föredrar att se dem som studier i den mänskliga naturen under press snarare än enkla pusseldeckare.”

”Har några av dina böcker hästar i sig?” inflikade Jemima och dök plötsligt upp vid Bens armbåge, hennes ansikte upplyst av nyfikenhet. ”För om de inte har det, så borde de. Hästar gör allt bättre.”

Gruppen skrattade, spänningen lättade när Ben böjde sig ner till Jemimas nivå. ”Inga hästar än”, erkände han. ”Men jag börjar tro att det är en försummelse från min sida. Kanske du skulle kunna ge mig råd om hur man skriver om dem på rätt sätt?”

Jemima nickade högtidligt. ”Det skulle jag kunna. Jag kan massor om hästar. Mer än de flesta vuxna.”

Medan samtalet flödade runt henne, fann Kate sig själv studerande Vanessa, och försökte dechiffrera vad som hade fört hennes ambitiösa elev till denna sammankomst.

Vanessa stod lite för nära Ben, hennes uppmärksamhet fokuserad på honom med en intensitet som verkade oproportionerlig i förhållande till ett ledigt intresse. Med jämna mellanrum flackade hennes blick till Sarah och tillbaka till Ben, som om hon mätte någon koppling mellan dem.

"Vanessa är vanligtvis för fin för att beblanda sig med oss", sa Pips tysta röst vid Kates armbåge och fick henne att hoppa till. Den lilla före detta jockeyn hade närmat sig ljudlöst, med två tallrikar mat i händerna. "Måste ha ett mål i sikte."

"Mål?" upprepade Kate och höll rösten lika låg.

Pip lutade huvudet mot där Vanessa nu skrattade lite för entusiastiskt åt något Ben hade sagt. "Har du inte märkt det? Hon har iakttagit honom sedan hon kom. Som en hök som spanar på en fältmus."

Kate rynkade pannan och övervägde detta nya perspektiv. Hon hade varit så fokuserad på den professionella aspekten av Vanessas närvaro att hon inte hade övervägt ett personligt motiv. När hon tittade nu kunde hon se vad Pip menade. Den noggranna positioneringen, den uppmärksamma hållningen, det lite för frekventa skrattet, sättet Vanessa slätade till sitt hår och såg upp på Ben genom sänkta ögonfransar.

"Intressant", var allt Kate sa, även om hennes tankar rusade med implikationer. "Jag skulle ha trott att han var lite för gammal för henne?" Vanessa hade precis fyllt tjugotre, och även om Kate inte var säker på Bens exakta ålder, misstänkte hon att han var i mitten till slutet av trettioårsåldern.

Hon tryckte ner en udda liten svartsjukestöt. Vad spelade det för roll för henne om Vanessa stötte på Ben? Samtidigt kände Kate också en liten nypa av tillfredsställelse över att Ben inte verkade det minsta mottaglig för Vanessas uppenbara flirtande, utan svarade artigt på hennes frågor men ägnade henne ingen särskild uppmärksamhet.

På andra sidan verandan möttes Bens blick Kates en kort stund över Vanessas axel. Något passerade mellan dem i det ögonblicket; en delad medvetenhet, ett ömsesidigt erkännande av de underströmmar som var i spel. Sedan fångades Bens uppmärksamhet av Marcus, och ögonblicket var över.

Kate smuttade på sin drink och såg hur samlingen fortsatte att utvecklas runt henne. Två veckor av att dela utrymme med Ben Crossley hade lärt henne att känna igen när hans författarinstinkter var engagerade. Just nu, trots hans lediga samtal med hennes familj, kunde hon se att han var helt uppslukad av dynamiken som utspelade sig på hennes familjs veranda.

Och av någon anledning oroade den insikten henne nästan lika mycket som Vanessas oväntade närvaro.

Ben lutade sig mot verandans räcke, smuttade på sin öl och iakttog hur Vanessa Hughes bearbetade sällskapet med en politikers skicklighet. Under de senaste tjugo minuterna hade hon rört sig från grupp till grupp, med ett fastklistrat och strålande leende och en oklanderlig hållning. För den oinvigde kunde hon ha verkat helt enkelt mingla, men Ben kände igen den beräknade naturen i hennes rörelser. Varje samtal verkade strategiskt valt, och hennes uppmärksamhet dröjde sig kvar längst hos dem med inflytande eller information som hon kunde finna värdefull. Det var fascinerande att se, som att iaktta en karaktär från en av hans romaner komma till liv.

"Potatissalladen är ganska god", kommenterade Vanessa till Emma, hennes ton antydde förvåning över denna upptäckt. "Gjorde du den själv?"

"Familjerecept", svarade Emma med ett lätt leende som inte riktigt nådde hennes ögon. "Min mamma lärde alla oss tjejer."

"Vad trevligt", sa Vanessa och såg sig omkring på verandan. "Det är en charmig gammal bondgård, inte sant? Så mycket ... karaktär. Fast jag kan tänka mig att underhållet måste vara en mardröm."

Ben fångade den lätta stelheten i Emmas axlar vid den tunt beslöjade nedlåtenheten. Familjen McKenzies hem var oklanderligt underhållet, dess väderbitna timmer talade om historia snarare än försummelse. Den subtila piken gick inte Emma förbi, även om hennes svar förblev artigt.

"Vi klarar oss", sa hon enkelt, innan hon ursäktade sig för att se till Jemima, som hade försvunnit inomhus.

Vanessas blick svepte över sällskapet innan den landade på Kate, som stod och pratade med Sarah nära dryckesbordet. Med medveten nonchalans gled Vanessa i deras riktning och tajmade sin ankomst så att den sammanföll med att Sarah blev ivägkallad av Marcus för att visa Ryan och Emma några smekmånadsfoton på sin telefon.

Ben flyttade sig något, vinklade sig för att bättre kunna observera interaktionen samtidigt som han behöll sin position i periferin. Kates hållning förändrades subtilt när Vanessa närmade sig, en nästan omärklig rätning av ryggraden, en lätt fyrkantning av axlarna, som om hon förberedde sig för någon form av strid.

"Er syster ser underbar ut", började Vanessa och nickade mot Sarah. "Äktenskapet passar henne uppenbarligen."

"Det gör det", instämde Kate, hennes ton trevlig men vaksam.

"Jag har tänkt fråga om ert träningsschema", fortsatte Vanessa och bytte ämne med en smidighet som såg nästan inövad ut. "Nu när Cavalier utvecklas så bra, överväger jag att utöka vår tävlingskalender. Vilka tävlingar siktar ni på med Misty den här säsongen?"

Ben iakttog Kates uttryck noggrant. Det var något spetsigt med Vanessas fråga, en fiskeexpedition förklädd till vardagligt samtal. Kate verkade också känna av det, hennes svar var avmätt.

"Jag har inte slutfört min kalender än", sa hon och tog en klunk av sin drink. "Väntar fortfarande på några sponsoråtaganden."

"På tal om sponsorer", pressade Vanessa på, "jag lade märke till att ert nya schabrak har Equitex-loggan. Stöttar de er inför Touren i år? Fars företag har en del kontakter där."

Medan han behöll sin lediga pose, sträckte sig Ben efter sin lilla anteckningsbok i bakfickan och klottrade en snabb notering utan att titta ner. Interaktionen mellan de två kvinnorna fascinerade honom; den subtila dragkampen, informationen som söktes och undanhölls. Det var exakt den typ av mellanmänsklig dynamik som drev hans bästa berättelser.

Kates svar blev allt vagare i takt med att Vanessas frågor blev mer specifika. När hon fick en direkt fråga om sina träningsmetoder med Misty, avvärjde Kate den skickligt.

"Varje häst är annorlunda", sa hon med ett professionellt leende. "Det som fungerar för Misty kanske inte är lämpligt för Cavalier. Hon är några år äldre, och ett sto; ston och hingstar har ganska olika personligheter och jag personligen anser att varje häst behöver ett personligt, unikt tillvägagångssätt vid träning. Cavalier utvecklas väldigt fint, och det gör ni också. Det tar mycket tid och tålamod att få upp en häst, och en ryttare, till Grand Prix-nivå."

Ben kunde se frustrationen byggas upp bakom Vanessas polerade yttre; en lätt anspänning runt ögonen, en knappt märkbar sammandragning av käken. Oavsett vilken information hon hade kommit för att söka, gav Kate den inte.

"Emma?" ropade Kate, och fick syn på sin syster som gick in i huset med en hög tomma tallrikar. "Behöver du hjälp med efterrätten?"

"Gärna", svarade Emma, och Ben missade inte den menande blicken som utväxlades mellan systrarna när Kate ursäktade sig från Vanessas sällskap.

Lämnad tillfälligt ensam, brast Vanessas lugn precis tillräckligt för att Ben skulle fånga en skymt av beräkning i hennes uttryck innan hon slätade över det och rörde sig mot där Marcus och Jake diskuterade något vid grillen.

Ben gjorde en till anteckning, hans instinkter surrade av möjligheter. Det fanns en historia här, flera historier faktiskt, lager på lager med ambition, konkurrens och de särskilda spänningar som uppstår när betydande pengar och anseende står på spel. Exakt de element som skapade övertygande motiv i hans romaner. Historien började veckla ut sig i hans sinne, och även om det var en distraktion han inte behövde från det sista utkastet av romanen han snart behövde leverera, visste han också att han inte kunde ignorera den.

Eftermiddagen fortskred, och den avslappnade familjära stämningen stördes ibland av Vanessas noggrant kalibrerade kommentarer – observationer om den "pittoreska" miljön eller frågor som grävde lite för djupt i professionella angelägenheter. Ben iakttog allt, och arkiverade mentalt detaljer för potentiell användning.

Slutligen, när samlingen började övergå i avslappnade, efter-måltiden-samtal, gjorde Vanessa en stor sak av att titta på sin klocka. En limiterad Audemars Piguet i roséguld, lade Ben märke till. Självklart. En ung kvinna med föräldrar som skulle köpa henne en häst för en halv miljon dollar skulle bara ha det bästa av allt.

"Jag borde gå", meddelade hon, tillräckligt högt för att dra till sig uppmärksamhet. "Tack alla för att jag fick vara med. Det har varit ... upplysande." Hon vände sig till Sarah och Marcus. "Välkomna hem. Thailand såg helt gudomligt ut på era sociala medier."

Ben noterade att trots sina noggrant iscensatta avsked, gjorde Vanessa ingen ansats att gå mot stallet innan hon begav sig till sin lyx-SUV. Inget snabbt besök för att se till Cavalier, inget avslappnat stopp för att ge honom ett äpple eller en klapp, och han hade varit på Ridgewater tillräckligt länge för att veta att det inte var normen för de flesta ryttare att visa sina hästar så lite tillgivenhet. Hästen förtjänade betydligt mindre uppmärksamhet än det sociala nätverkande hon hade kommit för att åstadkomma.

När Vanessas bil försvann nerför uppfarten verkade en kollektiv utandning passera genom sällskapet. Pip sjönk ner i stolen bredvid Ben, hennes lilla gestalt lyckades på något sätt bre ut sig rejält, och Ben log. Det hade tagit honom mindre än tio minuter i Pips sällskap för att inse hur mycket han tyckte om henne. De måste se komiska ut tillsammans, Pip några centimeter kortare än en och femtio och Ben två meter lång, men han visste redan att deras vänskap skulle bestå långt efter att han lämnat Ridgewater. De skickade redan memes till varandra på sociala medier.

"Hon är säkert på väg hem till sin privata kock", muttrade Pip, precis tillräckligt högt för att Ben skulle höra. "Att beblanda sig med oss vanligt folk kan bara tolereras så länge."

Ben skrattade till och tog en klunk till av sin öl. "Hon verkar ... intensiv."

"Det var diplomatiskt", sa Kate och anslöt sig till dem med en ny drink i handen. "Hon betalar dyrt för att Cavalier ska stå här på helpension. Vi sköter all hans vård medan hon bara dyker upp för att rida."

"Helpension?" frågade Ben, det obekanta begreppet väckte hans intresse.

”Vi tillhandahåller allt”, förklarade Kate. ”Foder, uppstallning, daglig motion, rykt, schemaläggning av veterinär och hovslagare. Vissa kunder är delaktiga med sina hästar; andra föredrar bekvämligheten av att bara dyka upp för lektioner eller träningspass.”

”Och vilken sort är bäst för hästen?” frågade Ben, genuint nyfiken.

Kates uttryck mjuknade något vid frågan. ”De flesta hästar knyter an djupare till den person som tillbringar mest tid med dem. Ägare som gör det drar nytta av den konsekventa relationen.”

”Jag önskar att hon lät mig arbeta med den stackars stressade hästen”, inflikade Zoe och anslöt sig till deras lilla krets. ”Hans rygg är som betong, och hans TMJ är så spänd att jag är förvånad över att han kan äta ordentligt.”

”TMJ?” frågade Ben och sträckte sig återigen efter sin anteckningsbok.

”Temporomandibularleden”, förklarade Zoe och gestikulerade mot området strax under sitt öra. ”Hos hästar påverkar spänningar där allt från flexibilitet till humör. Mina Masterson Method-tekniker skulle kunna hjälpa honom att släppa så mycket fysisk och emotionell stress, men Vanessa ...” Hon himlade menande med ögonen.

”Vanessa anser att Zoes metoder är ’i stort sett häxkonst’”, avslutade Kate med ett snett leende. ”Trots överväldigande bevis på motsatsen.”

”Bevis som Phoenix”, lade Emma till och anslöt sig till dem med en tallrik efterrätt. ”Kommer ni ihåg hur han var när han först kom? Kunde inte ens bli berörd utan att få panik. Nu vinner han på tävlingar.”

Ben klottrade en till anteckning, de rika möjligheterna i denna värld expanderade med varje ny detalj. Kontrasten mellan Vanessas inställning till sin dyra häst och familjen McKenzies filosofi verkade symbolisk för bredare värderingar; pengar kontra omsorg, sken kontra substans, kontroll kontra partnerskap.

"Ni antecknar igen", konstaterade Kate, hennes ton inte anklagande men inte heller helt bekväm.

"Yrkesrisk", medgav Ben och stoppade undan anteckningsboken. "Den här världen ni har är fascinerande. Relationerna, investeringarna både känslomässiga och finansiella, de olika filosofierna kring träning och vård. Det är ett rikt territorium för en författare."

"Kom bara ihåg att det är riktiga människor och riktiga djur", påminde Kate honom, även om hennes uttryck hade mjuknat något från den öppna fientligheten vid deras första möten. "Inte bara karaktärer i er nästa bästsäljare."

"Noterat", sa Ben med ett leende. "Även om jag skulle hävda att de bästa karaktärerna alltid är inspirerade av verklig mänsklig komplexitet, men jag lovar, ingen skulle någonsin känna igen sig i en karaktär jag skriver." Inte ens Vanessa, hur frestande det än var, men hon var nästan en karikatyr med sin snobbighet och svartsjuka. Hans redaktör skulle säga att hon var för överdriven för att vara trovärdig.

Medan samtalet gled över på andra ämnen, fann Ben sig själv reflekterande över hur snabbt han hade blivit uppslukad av denna värld han inte hade vetat något om för två veckor sedan. Han hade kommit till Ridgewater för att söka isolering för att avsluta sitt manuskript, men hade istället funnit sig omgiven av exakt den typ av rika, komplexa mänskliga dynamiker som gav bränsle åt hans kreativa process.

Och, tänkte han lite ångerfullt, medan han såg Kate McKenzies ansikte mjukna i ett skratt åt en av Pips hilariösa historier, den mest fascinerande karaktären här var den som önskade att han inte alls var här.

Kapitel fem

BEN VAKNADE STRAX EFTER gryningen, då den ovana morgonfågelsången väckte honom tidigare än han hade tänkt sig. Efter två veckor på Ridgewater hade lantlivets rytmer börjat ställa om hans storstadskroppsklocka. Med en kopp starkt kaffe i handen vandrade han från The Shack mot det stora stallkomplexet, medveten om att det redan skulle vara fullt av liv och rörelse. Gyllene morgonljus föll snett genom de höga fönstren i ladan, kastade långa rektanglar över betonggolvet och lyste upp dammkorn som dansade i luften som pyttesmå stjärnbilder.

Den rika, jordiga doften av hästar, hö och läder omslöt honom när han klev in genom den breda dörröppningen. Det var en komplex doft som först hade verkat överväldigande men som nu kändes märkligt tröstande. Flera hästar såg honom passera, deras nyfikna ögon följde hans rörelser, och några gnäggade mjukt till hälsning, eller mer troligt, tänkte Ben, i hopp om att få godis av den långe främlingen.

Han följde de rytmiska, skrapande ljuden tills han nådde en stor box där Kate, Jake och Pip arbetade i samordnade rörelser. De hanterade varsin skyffel och grävde i vad som såg ut att vara smutsigt träspån och slängde det i väntande skottkärror. Kates blonda hår var uppsatt i en praktisk hästsvans, och hon bar gamla jeans och en urtvättad t-shirt, en slående kontrast mot hennes vanliga välvårdade utseende under lektionerna. Jake hade kavlat upp ärmarna på sin flanellskjorta och blottade muskulösa underarmar, medan lilla Pip på något sätt lyckades hantera en skyffel nästan lika hög som hon själv med förvånansvärd styrka.

"God morgon", ropade Ben och stannade i boxöppningen. "Vårstädning?"

Kate sneglade upp, och en skymt av förvåning syntes i hennes ansikte innan hon nickade. "Den här boxen måste mockas ur helt innan en ny häst kommer senare. Vi byter ut allt gammalt spån."

"Behöver ni hjälp?" frågade Ben, förvånad över sitt eget erbjudande. Han hade aldrig mockat en box i hela sitt liv, men något i deras bekväma kamratskap fick honom att vilja delta istället för att bara titta på från sidlinjen.

"Du kommer att förstöra skorna", påpekade Pip och gestikulerade mot hans lediga loafers med sin skyffel.

Ben ryckte på axlarna. "De har varit med om värre." Det var inte helt sant, men han ställde sin kaffemugg på en närliggande avsats och såg sig omkring. "Vad ska jag göra?"

Jake pekade på en extra skyffel som lutade mot väggen. "Ta den där och sätt igång. Vi skrapar ända ner till betongen innan vi lägger in nytt strö."

Ben kände hur Kate iakttog honom, och hon förväntade sig uppenbarligen att han skulle dra sig ur nu när verkligheten i det manuella arbetet stod klar. Istället kavlade han upp ärmarna, tog skyffeln och klev in i boxen.

Den milt chockade minen i hennes ansikte var värd de oundvikliga blåsorna.

"Börja i det där hörnet", instruerade Kate och pekade med hakan. "Arbeta dig in mot mitten."

De första skyffeltagen var klumpiga, och hans teknik var uppenbarligen bristfällig när han kämpade för att hitta rätt vinkel. Jake lade märke till hans svårigheter och demonstrerade diskret den rätta rörelsen, ett mjukt tag och ett lyft istället för den stötande rörelse Ben hade försökt med.

"Du kommer att få kläm på det", kommenterade Jake utan att döma. "Det tog inte lång tid för mig."

Snart föll de in i en rytm och arbetade alla fyra i gemytlig tystnad, som bara bröts av skrapet av metall mot betong och ett enstaka mjukt, ansträngt grymtande. Bens rygg protesterade mot den ovana rörelsen, och han kände hur svetten började fukta hans skjorta trots morgonkylan. Men det fanns något tillfredsställande med det fysiska slitet, så annorlunda från skrivandets mentala gymnastik.

"Så", sa Pip efter ett tag och stannade upp för att fösa undan en slinga mörkt hår från ansiktet, "har Jake berättat för dig ännu om vårt äventyr tidigare i år? Avelsbedrägeriet?"

Ben blev genast intresserad, och hans instinkter väcktes omedelbart. "Avelsbedrägeriet?"

Jake flinade och fortsatte att skyffla medan han pratade. "Ett av de mer intressanta fall jag har hanterat, och jag hade inte kunnat lösa det utan Pips kunskap. Någon stal dräktiga ston."

"Stal dräktiga hästar?" Ben lutade sig på sin skyffel, fascinerad. "Hur fungerar det?"

"Främst med förfalskade transportpapper", förklarade Pip. "De tog värdefulla ston precis innan de skulle föla, behöll dem tills de hade fött, och sålde sedan fölen utan papper, som om de var gårdsuppfödda, till skrupelfria köpare."

”Det var en förbaskat smart idé”, fortsatte Jake, med en antydan till yrkesmässig beundran i rösten trots sitt tydliga ogillande. ”Några av fölen kunde ha varit värda hundratusentals dollar, och ingen skulle ha insett det. De stulna stona var alla dräktiga med föl efter de främsta hingstarna inom westernsport, betäckta efter att deras ägare hade betalat ansenliga språngavgifter.”

Ben kände den där välbekanta gnistan av kreativt intresse, den som alltid följde med en bra historia med kriminella inslag. ”Hur fick ni fast dem?”

”Polisen hade inte ens insett att det bara var ston som stals”, sa Pip med ett ursäktande leende mot Jake. ”Jag råkade få en titt på en fallakt och lade märke till det. Sedan blev några av mina vänner bestulna på sina ston, och vi började pussla ihop allt – de var dräktiga, eller skulle betäckas, med några mycket värdefulla hingstar.”

”Det var riktigt smart”, sa Jake. ”Insiderkunskap, med en ridskoleägare och hans bror som drev ett transportföretag som skötte det hela, och en lokal person med många kontakter som gav dem information om vilka ston de skulle stjäla. Ärligt talat håller saker och ting fortfarande på att nystas upp, men de hade definitivt ett nätverk av köpare som var redo och villiga att ta emot några mycket värdefulla föl för en bråkdel av vad de egentligen var värda, och sedan tävla med dem som okända hästar i hopp om att vinna en förmögenhet. Det finns mycket mer pengar i westerngrenar än du inser; prispengarna bara för barrel racing kan lätt ligga på tusentals dollar vid ett enda evenemang.”

Ben tog in detaljerna, fascinerad. Bedrägeriets finesser intresserade honom; kunskapen som krävdes, fräckheten, kalkylerna av risk och belöning. ”Vad avslöjade dem, förutom Pips skarpa öga?”

”Girighet”, sa Kate enkelt och tog till orda för första gången sedan berättelsen började. ”De valde fel mål.” Hon log mot Pip. "De tog ett av Pips ston. Pip skulle aldrig låta det passera."

"Och det gjorde vi inte", sa Pip stolt. "Vi fick tillbaka dem allihop, inklusive mitt sto Honey. Fast de betäckte henne med en okänd hingst, och vi måste vänta ytterligare sex månader för att se vad vi får!"

"Och straffen?" frågade Ben, alltid intresserad av konsekvenserna.

"Väntar fortfarande på rättegång för hjärnorna bakom", svarade Jake. "Men de riskerar allvarliga fängelsestraff. Det är inte bara stöld, det är bedrägeri, urkundsförfalskning och grovt bedrägeri. För att inte tala om djurskyddsfrågorna med att transportera högdräktiga ston och hålla dem under undermåliga förhållanden."

Ben nickade och funderade redan på hur han skulle kunna använda dessa element i sitt skrivande. Hästvärlden utgjorde en perfekt miljö för kriminallitteratur, med värdefulla djur, intensiv konkurrens, stora summor pengar som bytte ägare och komplicerade papperssystem som kunde manipuleras av de som förstod dem. Han kunde redan se en karaktär ta form, någon med insiderkunskap om ridsportvärlden som utnyttjade dess komplexitet för egen vinning. Ladan runt honom, med sin blandning av dyra djur och hårt fysiskt arbete, verkade plötsligt rik på berättarpotential.

"Du har den där blicken", konstaterade Kate och avbröt sitt arbete för att studera honom.

"Vilken blick?" frågade Ben, även om han misstänkte att han visste.

"Den där du förvandlar oss alla till karaktärer", svarade hon, men det fanns mindre irritation i hennes ton än han förväntat sig. Kanske höll de på att nå en sorts vapenvila.

"Yrkesrisk", erkände han med ett leende. "Men jag lovar att alla hästar i mina böcker kommer att behandlas med största möjliga fiktiva omsorg."

Detta lockade fram ett motvilligt skratt från Kate, och Ben räknade det som ett framsteg. När de återgick till att skyffla kände han en märklig tillfredsställelse som inte hade något att göra med hans skrivande, utan allt att göra med att vara inkluderad i detta lilla ögonblick av gemensamt arbete och berättelser.

"Det är därför DNA-registren är så avgörande", sa Jake medan han slängde en skyffel med smutsigt strö i skottkärran. "För det är inte så vanligt bland westernhästar ännu..." Han avbröt sig mitt i meningen, då hans uppmärksamhet fångades av en rörelse utanför boxen de höll på att rensa. Ben vände sig om och såg Vanessa Hughes försiktigt kliva in i stallgången. Hon såg ut som om hon hade kommit för en fotografering snarare än en morgonlektion i ridning. Kontrasten mellan hennes fläckfria utseende och deras svettiga, dammiga arbetslag kunde inte ha varit mer slående.

Vanessa bar kritvita ridbyxor utan en enda fläck, en ljusblå teknisk tröja som förmodligen kostade mer än hela Bens outfit, och höga, polerade svarta stövlar som blänkte i morgonljuset. Hennes korta mörka hår var perfekt stylat, och Ben lade märke till att hon till och med hade sminkat sig – diskret men elegant – för en morgon i stallet. Inte en dammfläck förstörde hennes utseende, och hon rörde sig med avsiktlig försiktighet för att hålla det så.

"Något sådant skulle aldrig kunna hända med en renrasig hannoveranare som Cavalier", inflikade hon, och hennes röst hade den där utmärkande tonen av överlägsenhet som Ben hade observerat vid gårdagens grillfest. "Alla de *riktiga* raserna har DNA lagrat; det finns en anledning till att folk betalar för kvalitet."

Den bekväma stämningen försvann omedelbart. Ben kände snarare än såg hur Kate stelnade till bredvid honom, hennes axlar rätades upp nästan omärkligt. Pips ansikte genomgick en fascinerande förvandling; hennes vänliga uttryck slöts som persienner som dras ner för ett fönster. Jakes avslappnade hållning övergick till något mer formellt, mer polismässigt.

"God morgon, Vanessa", sa Kate neutralt. "Ni är tidig till er lektion."

"Jag ville diskutera vårt tävlingsschema", svarade Vanessa och placerade sig försiktigt mot den rena väggen flera meter från deras arbetsområde. "Men jag ser att ni är ... upptagna." Hon sneglade på deras smutsiga kläder och de halvfulla skottkärrorna med knappt dold avsmak.

Ben iakttog hur hon justerade de dyra ridhandskarna hon bar i handen snarare än på, det smidiga lädret spändes när hennes manikyrerade fingrar slätade ut inbillade rynkor. Hon kontrollerade tiden på sin Audemars-klocka i roséguld med en avsiktlig gest som antydde att deras manuella arbete inkräktade på hennes schema.

Fascinerad av den sociala dynamiken som utspelade sig framför honom, lutade Ben sin skyffel mot boxen och tog ett litet steg framåt. Som författare var det just den här typen av autentiska interaktioner han försökte förstå och fånga.

"Jag är nyfiken på den DNA-verifiering du nämnde", sa han till Vanessa. "Hur fungerar det med renrasiga hästar?"

Vanessas uttryck skiftade omedelbart från uttråkat förakt till animerad överlägsenhet, tydligt nöjd över att bli positionerad som experten. "Det är ganska omfattande", förklarade hon och blev varm i kläderna. "För hannoveranare som Cavalier tas DNA-prover vid födseln och sparas hos avelsföreningen. Båda föräldrarna måste vara DNA-verifierade för att säkerställa att blodslinjerna är exakt som de påstås vara."

"Så det finns ingen möjlighet att förfalska föräldraskap?" frågade Ben, genuint intresserad trots den nedlåtande tonen i hennes förklaring.

"Inte med seriösa uppfödare och korrekta register", svarade Vanessa med den säkerhet som någon som aldrig ifrågasatt de system som gynnade henne hade. "Varje föl mikrochippas också, och fysiska inspektioner utförs av representanter från föreningen. Pappersexercisen följer hästen livet ut. Och hingstar måste förstås vara registrerade... som Cavalier. Han är en hannoveranerhingst, så han var tvungen att klara licensieringen i Tyskland innan han registrerades i stamboken och fick tillåtelse att avla. Endast de bästa blir godkända. Det handlar inte bara om utseende, utan också om deras rörelser, temperament och hur de presterar under sadel. Om de inte klarar det kan de inte bli fäder till registrerade hannoveranare."

Ben nickade tankfullt och katalogiserade mentalt dessa detaljer. De komplicerade verifieringssystemen, betoningen på dokumenterade blodslinjer, de betydande investeringarna som skyddades av dessa processer; allt detta kunde ge rikt material för hans fiktion.

"Vad händer om det finns en avvikelse?" frågade han, medveten om att Kate, Jake och Pip hade återupptagit sitt skyfflande, även om han misstänkte att de lyssnade noga.

"Hästen diskvalificeras från registret", sa Vanessa, och hennes läpp kröktes som om hon beskrev en socialt utstött. "Den förlorar alla avelsrättigheter och tävlingsberättiganden inom föreningen. Värdet sjunker omedelbart, ibland med hundratusentals dollar."

Hon justerade sin position för att hålla avstånd till arbetsområdet och kollade sin klocka igen med tydlig otålighet. "Självklart spelar inget av detta någon roll med räddningshästar och korsningar. Ingen bryr sig särskilt mycket om deras blodslinjer eftersom det inte finns något av värde att skydda."

Den nonchalanta avfärdandet var tydligt riktat mot McKenzies egenuppfödda hästar, Emmas före detta galopphästar och Pips ponnyer. Ben lade märke till att Jakes axlar spändes vid den underförstådda förolämpningen, även om polisen höll sitt uttryck noggrant neutralt.

"Ändå har jag förstått att det går ganska bra för Emma med Phoenix på tävlingar", observerade Ben milt. "Han är väl en räddningshäst?"

Vanessas leende stelnade en aning. "Hoppning är annorlunda. Det handlar om fysisk förmåga, inte avelspotential. I dressyr är blodslinjer allt. Man kan inte träna fram det som inte finns genetiskt."

"Intressant perspektiv", svarade Ben och lade undan hennes reaktion tillsammans med hennes förklaring. "Och verifieringsprocessen för tävling, hur fungerar den?"

"Passkontroller vid större evenemang", förklarade Vanessa, tydligt nöjd över att visa upp sin kunskap. "Avläsning av mikrochip, bekräftelse av fysiska tecken. För internationella tävlingar finns det ytterligare hälsointyg och tillfälliga importtillstånd."

Ben nickade och föreställde sig hur dessa system skulle kunna manipuleras i hans fiktiva värld. Möjligheterna till bedrägeri, svek och kriminell verksamhet med höga insatser verkade rikliga i en värld där djur värda miljoner bytte ägare baserat på pappersarbete och DNA-tester.

"Skillnaden är omedelbart uppenbar när man ser kvalitet", fortsatte Vanessa och gestikulerade vagt mot boxarna där McKenzies hästar stod. "Jämför Cavalier med några av dessa... korsningsprojekt. Riktig avel syns i varje rörelse, varje linje i kroppen."

Ben iakttog henne noggrant och lade märke till hur hon lyckades framföra dessa påståenden med ett leende som antydde att hon bara konstaterade objektiva fakta snarare än att förolämpa. Det var en mästerlig uppvisning i passiv aggressivitet, den typ av karaktärsdrag som skulle översättas vackert till papperet.

"Så hela Cavaliers värde är bundet till hans verifierade blodslinjer?" frågade han och pressade lite längre.

"Hans blodslinjer garanterar hans potential", rättade Vanessa, och hakan lyftes något. "Hans värde kommer från vad han kan producera när han tränas och hanteras på rätt sätt." Hennes betoning på "på rätt sätt" var omisskännlig.

Ben tog till sig detta och gjorde mentala kopplingar mellan de finansiella insatserna i Vanessas värld och pressen det skapade. Inte undra på att lektionerna han hade observerat hade varit så spända; med hundratusentals dollar investerade och framtida avelsintäkter på spel, bar varje träningspass på en enorm press.

"Jag borde nog låta er alla återgå till ert... skyfflande", sa Vanessa och sneglade på sin klocka en gång till. "Kate, vi ses i ridhuset klockan nio för min lektion." Med det vände hon sig om och gick försiktigt nerför stallgången, och bibehöll sitt oklanderliga utseende med varje steg.

Ben såg henne gå, och formade redan om hennes manér och attityder till en karaktär i sitt sinne. Berättigandet, den nonchalanta snobbigheten, den absoluta övertygelsen om dyra sakers överlägsenhet – allt var fantastiskt rikt material. Inte för att han skulle använda Vanessa rakt av; hans karaktärer var alltid sammansättningar, hämtade från flera källor och omformade av fantasin. Men hennes essens, den där speciella blandningen av privilegium och nedlåtenhet, skulle definitivt hitta sin väg in i hans arbete.

När Vanessas fotsteg försvann nerför stallgången lade sig en tung tystnad över boxen. Ben såg hur Kate och Pip utbytte en blick så laddad med gemensam innebörd att den lika gärna kunde ha varit en hel konversation. Pip rullade uttrycksfullt med ögonen, hennes lilla kropp vibrerade nästan av undertryckta kommentarer. Kates reaktion var mer subtil, en lätt spänning runt ögonen, en knappt märkbar huvudskakning som tydligt kommunicerade: *inte nu, inte här.* Den tysta växlingen varade bara några sekunder, men Ben uppfattade varje nyans av den.

Det som fascinerade honom mest var insikten som grydde när han observerade Kates noggrant neutrala uttryck: hon ogillade Vanessa Hughes grundligt på ett personligt plan men upprätthöll en strikt professionell relation med henne. Spänningen mellan dessa motstridiga positioner måste vara utmattande att upprätthålla, tänkte Ben. Särskilt med tanke på Vanessas talang för att leverera förolämpningar insvepta i leenden.

”Tja”, sa Jake till slut och bröt tystnaden när han återupptog skyfflandet, ”det där var lika subtilt som en slägga.”

Pip fnös, hennes små händer grep om skyffeln med förnyad kraft. ”En vacker dag, jag svär...”

”Hon betalar full stallhyra för Cavalier”, avbröt Kate tyst, hennes röst noggrant avvägd. Ben lade märke till hur hennes käke spändes mellan meningarna, den lätta vitheten runt hennes knogar när hon grep om skyffelhandtaget. ”Och fullt pris för fyra lektioner i veckan. Dessutom har hon varit kund i två år.”

”Det betyder inte att hon får prata om våra hästar sådär”, muttrade Pip, även om hon verkade acceptera Kates underförstådda begäran att låta det vara.

Ben iakttog Kates andning, det medvetna sättet hon andades in genom näsan och långsamt andades ut genom lätt isärade läppar. Det var en kontrollerad reaktion på stress som han kände igen från sina egna tekniker under deadlinestress, en medveten ansträngning att hantera känslor snarare än att uttrycka dem. Hennes axlar förblev spända, hennes rörelser något mer precisa än före Vanessas avbrott, vilket avslöjade den spänning hon arbetade för att undertrycka.

"Jag har tre lektioner till idag efter Vanessa", sa Kate och bytte medvetet ämne. "Elise Sutherland klockan elva, Jillian Carmichael klockan två, och tvillingarna Sullivan för deras ponnyklubbsförberedelser klockan fyra." Hennes röst hade återfått sitt professionella lugn, även om Ben fortfarande kunde upptäcka den underliggande anspänningen.

"Jag har en potentiell köpare som kommer för att titta på några ponnyer vid tolv", tillade Pip och följde Kates signal att gå över till säkrare ämnen. "Och jag håller i Emmas juniorgrupp i hoppning halv fyra eftersom hon ska ta med Jemima till tandläkaren."

Ben tog in detta utbyte med tyst intresse och gjorde mentala anteckningar om den komplexa sociala hierarkin som spelades upp. Kate, trots att hon var tydligt irriterad över Vanessas attityd, prioriterade affärsrelationen framför personliga känslor. Det fanns en ekonomisk verklighet som låg till grund för interaktionen; Vanessa representerade betydande intäkter för Ridgewater med Cavaliers fulla stallhyra och täta lektioner. Den professionella nödvändigheten att tolerera svåra kunder skapade en fascinerande spänning som Ben omedelbart kände igen som rikt berättelsematerial.

"Jag kan hjälpa till med hoppningen om du behöver", erbjöd Jake och tömde sin skyffel i den nu fulla skottkärran. "Men du får tala om för mig hur högt. Jag börjar vänja mig vid de där skrämmande, nästan-lika-höga-som-mig-hindren som Emma hoppar på Phoenix."

Detta lockade fram ett äkta skratt från Pip. "Herregud, nej, de här barnen hoppar max femtio centimeter! Knähöjd. De skulle dö av skräck om vi ens lät dem se Emmas hinder; du kan följa med mig ut till hoppbanan efter det här så sänker vi allt långt innan de kommer."

Ben återgick till att skyffla och funderade på hur han skulle kunna översätta denna dynamik till papperet. De ekonomiska påfrestningarna, värderingskonflikten mellan Vanessas renrasiga prioriteringar och familjen McKenzies uppenbara kärlek till sina räddningshästar, de professionella anpassningarna för svåra men värdefulla kunder; allt talade om bredare teman som kompromiss och principer som skulle kunna driva en fängslande berättelse.

"Vi borde bli klara med det här innan din prinsessa är redo för sin lektion", sa Pip till Kate, hennes röst lägre men fortfarande hörbar för Ben. "Vill inte att hon ska tro att du faktiskt smutsar ner händerna."

Kates läppar ryckte till i vad som kunde ha varit ett undertryckt leende. "Hon vet att jag gör jobbet. Hon väljer bara att tro att det är valfritt."

"För henne är det det", påpekade Jake och började på en annan del av boxen. "Det är vad pengar köper dig; alternativet att välja vilka delar av hästägandet du vill delta i."

Ben uppfattade den filosofiska undertonen i Jakes kommentar. "Det verkar vara ett återkommande tema i den här världen", observerade han och testade om de skulle fortsätta konversationen med honom. "Skillnaden mellan de som ser hästar som investeringar och de som ser dem som partners."

Kate sneglade på honom, och hennes uttryck antydde en lätt förvåning över att han hade snappat upp denna distinktion. "Det är inte alltid så svartvitt", sa hon efter ett ögonblick. "Vissa människor med dyra hästar älskar dem djupt. Och inte alla som har häst på bakgården behandlar sina djur väl."

"Men det finns definitivt en skillnad i tillvägagångssätt", insisterade Pip. "Man kan se på fem minuter av att se någon hantera sin häst om de ser den som en levande varelse eller en sportbil med ben."

Ben nickade och lade till denna insikt i sin mentala samling. "Och åt vilket håll lutar Vanessa?"

Den korta tystnaden som följde sa honom allt. Till slut svarade Kate med försiktig diplomati: "Vanessa har mycket specifika mål för Cavalier. Hennes fokus ligger främst på hans tävlingspotential."

"Och hans avelsvärde", tillade Pip rakt på sak. "Hon pratar mer om hans framtida språngavgifter än om hans välbefinnande. Trots allt hennes prat om hannoveranarrasens renhet vet vi alla att hon absolut längtar efter att vi ska fråga om vi kan para honom med en av Legends döttrar eller dotterdöttrar, även om hon insinuerar att de alla är blandraser på grund av sin blandade avel. Hon vet att du tittar på potentiella hingstar för att bli far till Duchess nästa föl; jag skulle bli mycket förvånad om hon inte snart börjar hinta om att Cavalier är så bekvämt tillgänglig."

Kate grimaserade. "Han skulle vara ett bra alternativ på många sätt", sa hon motvilligt. "Jag vill bara ... inte hamna i en position där jag står i tacksamhetsskuld till Vanessa."

"Det skulle inte jag heller vilja om jag var du!" sa Pip med ett hjärtligt skratt. Hon sneglade på Ben, som lyssnade ivrigt, och kastade honom några fler informationssmulor. "Med Cavaliers blodslinjer borde Vanessa håva in pengar från språngavgifter. Men tills han har bevisat sig på Grand Prix-nivå kommer ingen seriös uppfödare att betala toppris, oavsett om han har två världsmästare som föräldrar. Allt handlar om prestation. Just nu är han bara ett dyrt kanske."

Den outtalade undertonen, från Pips sneda leende, var att Vanessa helt enkelt inte var en tillräckligt bra ryttare för att få Cavalier till den högsta nivån. Och kanske skulle hon aldrig bli det.

Ben arkiverade dessa observationer; de kontrasterande perspektiven skapade en rikare bild av ridsportvärlden än någon forskning hade kunnat ge. De personliga konflikterna, professionella kompromisserna och underliggande värdesystemen var precis de element som gav fiktiva världar djup och äkthet. Han behövde ta fram sin anteckningsbok och börja skriva ner anteckningar innan han blandade ihop allt, men han tänkte inte sluta mitt i det här jobbet. De var nästan klara.

"Fem minuter till så borde vi vara klara här, och jag kan gå och tvätta av mig och byta om för att se så professionell ut som Vanessa kommer att förvänta sig att jag ska vara", sa Kate och övervägde deras framsteg. "Ben, du har varit förvånansvärt hjälpsam för att vara en stadsbo."

Han flinade åt den tvetydiga komplimangen och såg den som ett framsteg i deras försiktiga vapenvila. "Jag rymmer många sidor", svarade han. "Även om jag måste erkänna att mina axlar kommer att påminna mig om det här imorgon."

"Författarmuskler", retades Jake. "Annorlunda än polismuskler eller hästfolksmuskler."

Den lättsamma jargongen återställde den bekväma stämningen som hade funnits före Vanessas ankomst, men Ben hade inte missat lärdomen i mellanspelet. Under ytan av Ridgewaters dagliga verksamhet löpte strömmar av spänning, kompromisser och motstridiga prioriteringar som speglade den mänskliga dynamik han utforskade i sina romaner. Kates professionella hantering av en kund hon personligen ogillade, de ekonomiska realiteter som krävde sådana kompromisser, konflikten mellan olika synsätt på samma passion; allt var underbart komplext material för en författare vars levebröd var mänsklig motivation och konflikt.

När de slutligen rensat boxen kunde Ben inte låta bli att reflektera över att hans vistelse på Ridgewater visade sig vara oväntat värdefull. Världen han hade snubblat in i var mycket rikare och mer nyanserad än han hade kunnat föreställa sig, befolkad av karaktärer vars komplexitet aldrig skulle passa in i de stereotyper han kunde ha skapat utan denna direkta exponering.

Och i centrum för allt stod Kate McKenzie, vars lager han bara hade börjat avslöja; professionell tränare, tävlingsidrottare, motvillig värdinna och en kvinna som kunde svälja sina personliga känslor för affärsnödvändighetens skull. Han hade inte kunnat uppfinna en mer fängslande karaktär om han så hade försökt.

Kapitel sex

KATE BACKSTEGADE ÖVER ÄNNU en otillräcklig mening, med spända käkar medan hon stirrade på den lysande datorskärmen. Förslaget till hennes nyaste potentiella sponsor borde ha varit klart för flera timmar sedan, men något med det kändes ihåligt, fabricerat. Utanför fönstren i The Shack hade mörkret lagt sig helt över Ridgewater, endast brutet av de avlägsna säkerhetsljusen från huvudstallkomplexet. Hon rullade på axlarna och försökte lätta på spänningen som hade byggts upp där under de senaste timmarnas arbete, och sträckte sig efter sitt vattenglas utan att ta blicken från skärmen.

Den lilla skrivbordslampan kastade en pöl av varmt ljus runt hennes arbetsplats, som knappt sträckte sig till där Ben låg utbredd över soffan, hans långa lemmar arrangerade i vad som såg ut som obekväma vinklar.

Hans bärbara dator balanserade osäkert på hans knän, och skärmen lyste upp hans rynkade panna och den växande samlingen av hopknycklade papper som omgav honom som fallna löv. Trots hans tidigare påståenden om att behöva perfekt tystnad för att arbeta hade han muttrat för sig själv och suckat dramatiskt den senaste timmen.

Kate tvingade tillbaka sin uppmärksamhet till sitt dokument. "Ridgewaters tävlingsprogram kombinerar klassiska träningsprinciper med innovativa tekniker", läste hon mjukt högt för sig själv och stönade sedan. "Innovativa tekniker? Vad betyder ens det?" Hon raderade meningen och försökte igen, skrivandes snabbt.

Sanningen var att Kate visste exakt vad hon gjorde och varför det fungerade. Hennes resultat talade för sig själva; nationella mästerskap, internationella placeringar, hästar utvecklade från gröna unghästar till Grand Prix-konkurrenter. Men att översätta det till ett marknadsföringsspråk som skulle tilltala ett internationellt märke av exklusiva lädervaror – mer känt för handväskor än sadlar – verkade omöjligt. Sponsorer ville ha glansiga berättelser om resan och varumärkesanpassning, inte verkligheten med starter klockan fem på morgonen och noggrann journalföring.

"Det låter som att du utkämpar en förlorad strid mot det där tangentbordet", bröt Bens röst igenom hennes koncentration.

Kate tittade upp, för ett ögonblick förvånad över att finna honom iakttagande henne. "Jag jobbar bara på ett sponsoravtal", svarade hon och förvånade sig själv med sin villighet att svara. För två veckor sedan skulle hon ha ignorerat honom eller gett ett kort, avvisande svar. "Det är inte min favoritdel av jobbet."

Ben nickade och kastade sin penna på soffbordet med en besegrad gest. "Vad är stötestenen? Kanske skulle ett par nya ögon hjälpa. Gud vet att jag behöver tänka på något annat än det här utkastet ett tag."

Kate tvekade. Förslaget var personligt och representerade inte bara hennes träningsprogram utan också hennes professionella identitet. Att dela det kändes märkligt sårbart. "Det är till ett stort internationellt varumärke. Jag har fått höra att de kanske överväger att sponsra några australiska ryttare för den nationella touren i år, och jag måste förklara varför de ska välja mig."

"Och det tycker du är svårt för att...?" uppmanade Ben och satte sig rakare.

"För att de inte vill ha sanningen", sa Kate, med frustration i rösten. "De vill ha en inspirerande historia om resan och partnerskapet med hästen och att leva mina drömmar. De vill inte höra om timmar av videoanalys eller det faktum att jag har kalkylblad som följer Mistys diet på grammet när."

Ben sträckte på sig, hans långa kropp vecklades ut när han reste sig. "Okej om jag tar en titt?"

Kates första instinkt var att vägra, att stänga sin bärbara dator och insistera på att hon kunde hantera det själv. Men det började bli sent, och dokumentet skulle in imorgon, och hon hade skrivit om inledningsparagrafen sju gånger redan.

"Okej", medgav hon och vände skärmen en aning när han närmade sig. "Men kom ihåg, poängen är att övertyga dem om att jag är värd att investera i, inte att skriva nästa stora australiska roman."

Ben småskrattade och rörde sig bakom hennes stol för att läsa över hennes axel. Han var så nära att hon kunde känna doften av hans rakvatten, något träaktigt och subtilt. Kate fokuserade bestämt på skärmen, obekvämt medveten om hans närhet.

"Du har alla meriter här", sa han efter en stund och gestikulerade mot hennes punktlista med prestationer. "Men det läser som ett cv, inte en berättelse. Sponsorer köper inte bara dina resultat; de köper din berättelse."

”Det är exakt det som är problemet”, svarade Kate och gestikulerade frustrerat mot skärmen. ”Jag är inte en berättelse. Jag är en dressyrryttare. Jag tränar hästar. Jag tävlar. Jag vinner ibland. Det borde vara tillräckligt.”

Ben knackade lätt på skärmen där hon hade detaljerat sin kvalificeringsstrategi. ”Men det är inte så marknadsföring fungerar, och det vet du. Titta, vad händer om du istället för att bara lista dina framgångar, omformulerar det? Visa dem inte bara resan, visa dem motgångarna. Kampen är det som får folk att heja på dig.”

Kate rynkade pannan. ”Vill du att jag ska betona mina misslyckanden?”

”Inte misslyckanden. Utmaningar”, rättade Ben. ”Dramatiken i tävlingen. Ridgewaters generationsuppfödningsprogram som dina föräldrar startade, som har lett till där du är nu. Din relation med Misty, inklusive de svåra delarna.”

Kate tvingade sig själv att överväga hans ord. Motvilligt var hon tvungen att erkänna att det fanns logik i hans förslag. Sponsorer ville inte bara ha mästare; de ville ha berättelser som folk kunde relatera till.

”Du behöver inte blotta din själ”, sa Ben tyst och verkade nästan läsa hennes tankar. ”Bara tillräckligt för att göra det mänskligt. Folk knyter an till kamp mer än till perfektion.”

Kate stirrade på dokumentet och tänkte. Sedan, långsamt, började hon skriva, och arbetade om sin introduktion för att inkludera historien om Mistys mamma, ett räddat engelskt fullblod, stoets intelligens och busiga personlighet, och motgångarna de hade övervunnit tillsammans. Till sin förvåning flödade orden lättare, berättelsen tog form på ett sätt som kändes både autentiskt och engagerande.

”Så där?” frågade hon efter flera minuter, förvånad över sitt eget begär efter hans godkännande.

Ben läste den nya paragrafen med ett tankfullt uttryck. ”Mycket bättre. Nu känns det som något någon faktiskt skulle vilja läsa. Du har meriterna, men nu har du också hjärtat.”

Kate läste om det hon hade skrivit, motvilligt imponerad av hur mycket starkare det var. De professionella prestationerna fanns fortfarande där, men inramade i ett sammanhang som gav dem mening bortom bara statistik.

”Jag antar att du kan det där med narrativ struktur”, medgav hon och sparade dokumentet.

”Det är liksom mitt jobb”, svarade Ben med ett leende som mjukade upp hans trötta drag. ”Folk minns inte fakta; de minns känslor. Även när du säljer lädervaror.”

Kate nickade, och ett litet, genuint leende fann sin väg till hennes läppar. ”Tack”, sa hon, orden kom lättare än hon hade förväntat sig. ”Det hjälpte faktiskt.”

För ett ögonblick såg de på varandra, en ny förståelse bildades i det tysta utrymmet mellan dem. Sedan vände Kate tillbaka till sitt dokument, fingrarna rörde sig över tangentbordet med förnyat syfte, frustrationen från tidigare ersatt av en fokuserad klarhet. Kanske fanns det något att säga om ett nytt perspektiv, även när det kom från det mest oväntade håll.

Kate sparade dokumentet en sista gång och kände en våg av tillfredsställelse när hon stängde filen. Sponsorförslaget var starkare än något hon skrivit tidigare, med ett narrativt flöde som kändes både professionellt och autentiskt. Hon kastade en blick på Ben, som hade återvänt till soffan men stirrade på sin datorskärm med samma frustrerade uttryck som hon hade haft tidigare. Rätt ska vara rätt, antog hon. Han hade hjälpt henne; kanske kunde hon återgälda tjänsten.

"Och du då?" frågade hon och vände sin stol för att möta honom. "Du verkar utkämpa din egen strid ikväll."

Ben tittade upp, överraskning blixtrade till i hans ansikte. Kanske var han inte van vid att hon inledde samtal. "Är det så uppenbart?"

"Muttret och hårslitandet avslöjade dig", svarade Kate och förvånade sig själv med den lätt retsamma tonen i sin röst. "Plus alla de där hopknycklade pappren. Jag trodde författare gjorde allt på datorer nuförtiden."

"Vissa saker måste arbetas ut för hand först", sa Ben och gestikulerade mot de utspridda anteckningarna som omgav honom. "Jag lyckas inte riktigt få till min karaktärs inre motiv. Han är en professionell fotbollsspelare som av misstag dras in i olaglig matchfixning. Jag vet vad som händer med honom, men jag kan inte lista ut varför han gör de val han gör."

Kate funderade på detta och lutade på huvudet. "Vad är han för slags fotbollsspelare? Jag menar, hans personlighet."

"Talangfull men ingen superstjärna", svarade Ben och satte sig rakare när Kate visade intresse. "Någon som är tillräckligt bra för att vara professionell men inte riktigt exceptionell. Han har blivit förbisedd för landslagsuttagning flera gånger."

Kate nickade långsamt, igenkänning rörde sig inom henne. "Så han lever i det där mellantinget. Tillräckligt bra för att vara där, inte riktigt tillräckligt bra för att vara fantastisk."

"Exakt", sa Ben och lutade sig framåt, hans hasselnötsbruna ögon plötsligt intensiva. "Vad skulle få någon som han att passera en gräns de vet att de inte borde?"

Kate gick till köksdelen och fyllde vattenkokaren. Frågan kändes märkligt personlig och ekade tankar hon hade haft under sin egen karriär. Medan hon väntade på att vattnet skulle koka formulerade hon sitt svar.

"Det handlar inte bara om att vinna", sa hon slutligen, och gjorde två koppar te innan hon sträckte sig upp till ett skåp och tog fram sin hemliga snackburk. "Det handlar om bekräftelse. När du har ägnat ditt liv åt något, lagt allt du har i det, och du fortfarande inte riktigt når den högsta nivån..." Hon tystnade och letade efter de rätta orden. "Det finns en konstant rädsla för att du kanske bara inte är tillräckligt bra. Att oavsett hur hårt du arbetar, kommer du aldrig att överbrygga den sista klyftan."

Ben iakttog henne intensivt nu, alla spår av hans tidigare frustration borta. "Fortsätt", uppmanade han tyst.

Kate tog med de två muggarna tillbaka till skrivbordsområdet och räckte en till Ben. "Så du börjar leta efter förklaringar. Kanske är det din utrustning. Kanske är det din tränare. Kanske är det politik eller favorisering. Och när dessa förklaringar inte lindrar smärtan, börjar du tänka på genvägar."

"Har du någonsin varit frestad?" frågade Ben, och tillade sedan snabbt, "Inte för boken, bara nyfiken."

Kate hämtade snackburken och funderade på frågan. "Inte på det sätt du menar. Det finns inga prestationshöjande droger för dressyrryttare; det är hästen som måste prestera. Men jag har sett det hända med andra. Det har varit några uppmärksammade fall i media, ryttare avstängda på kort eller lång sikt. Frestelsen att använda tveksamma träningsmetoder, eller mediciner för att hålla en häst tävlande när den borde vila." Hon öppnade burken och erbjöd den till Ben. "Gränsen blir suddig när man är desperat."

Ben sträckte sig efter sin anteckningsbok och bläddrade till en tom sida. "Det här är exakt vad jag har saknat", sa han och klottrade snabbt ner. "Det är inte bara girighet eller ambition, det är den där giftiga blandningen av desperation och rättfärdigande."

"Och när du väl börjar på den vägen blir varje kompromiss lättare", tillade Kate och såg honom skriva. "Du säger till dig själv att det är tillfälligt, bara tills du kommer dit du behöver vara. Men det finns alltid ett nytt mål, en annan anledning att fortsätta."

Ben tittade upp från sin anteckningsbok, hans uttryck upplyst av kreativ energi. "Och trycket från andra? I min karaktärs fall har han en far som var en fotbollsstjärna, förväntningar han känner att han aldrig kan möta."

Kate kände en fläkt av igenkänning. "Det lägger till ytterligare ett lager helt och hållet. När din identitet är knuten till din prestation, och någon annans förväntningar är inblandade, är misslyckande inte bara en besvikelse, det är existentiellt."

"Du låter som om du vet något om det", observerade Ben tyst.

Kate mötte hans blick och tvekade innan hon svarade. "Namnet McKenzie betyder något i australiska ridsportkretsar. Mina föräldrar träffades bokstavligen när de båda tävlade i OS; pappa i hoppning för Australien och mamma i dressyr för Sverige. Excellens uppmuntras inte bara; det förväntas."

Ben nickade och fortsatte att anteckna. "Och om din karaktär redan har offrat allt annat – relationer, andra karriärmöjligheter – för denna enda väg..."

"Då blir tanken på att allt skulle vara förgäves outhärdlig", avslutade Kate. "Du kan rättfärdiga nästan vad som helst för att undvika att möta den möjligheten."

"Det här är fantastiskt." Ben pausade för att tänka ett ögonblick och tittade på burken som Kate hade ställt på skrivbordet. "Vad exakt är de där sakerna?"

Hon flinade, tog en av godsakerna och stoppade den i munnen. "Mina bollar."

Hans ögonbryn sköt i höjden och han skrattade. "Dina... bollar?"

"Energibollar", förtydligade hon. "Mitt eget recept. Havre, macadamianötter, torkad mango, kokosflingor... och ett par hemliga ingredienser." Hon blinkade.

Ben tog en av de pingisbollstora godsakerna med en tveksam blick och nafsade på den. Ett ögonblick senare vidgades hans ögon, och han stoppade hela i munnen.

"Vi kommer att behöva fler av de här", mumlade han, vilket fick Kate att skratta.

Under nästa timme mumsade de sig igenom burken med energibollar och fortsatte sitt utbyte, där Kate erbjöd insikter från sina erfarenheter av högtryckstävlingar, och Ben översatte dem till karaktärsmotivationer. Spänningen som hade definierat deras tidigare interaktioner ersattes av ett flytande givande och tagande, idéer som byggde på varandra. Bens kreativa blockering löstes upp synligt, och hans anteckningsbok fylldes med observationer och handlingspunkter.

Kate upptäckte att hon njöt av processen mer än hon hade förväntat sig. Det var något tillfredsställande med att se sina erfarenheter omformulerade genom Bens författarlins, förvandlade till material som kunde hjälpa honom att förstå den mänskliga naturen på ett djupare plan. Hon hade alltid avfärdat fiktion som en distraktion från verkliga prestationer, men när hon såg Ben arbeta började hon uppskatta konstnärskapet i det han gjorde.

"Vad sägs om det här", sa Ben och gick fram och tillbaka i det lilla utrymmet mellan skrivbordet och soffan, hans långa kropp energisk av kreativt momentum. "Tänk om vår fotbollsspelare tror att matchfixningsplanen faktiskt kommer att hjälpa hans lag på lång sikt? Ett missriktat försök att skydda något han älskar?"

"Det känns sant", svarade Kate, nu hopkurad i sin stol med en andra kopp te. "De farligaste kompromisserna kommer alltid inslagna i goda avsikter."

Deras blickar möttes över rummet, ett ögonblick av delad förståelse passerade mellan dem. Kate kände en oväntad värme blomma i bröstet, något bortom tillfredsställelsen av ett löst problem. Detta samarbete, detta möte mellan två sinnen från så olika världar, kändes förvånansvärt rätt.

Den lilla skrivbordslampan kastade ett varmt sken över deras arbetsplats, ljuset nådde knappt rummets hörn. Kate sneglade på klockan: 00:45. De hade hållit på i timmar, men ändå kände hon sig mer energisk än trött.

”Vi är ett ganska bra team”, sa Ben, som om han läste hennes tankar. Han log, ett genuint uttryck som mjukade upp hans drag och nådde hans ögon. ”Vem hade kunnat ana det?”

”Verkligen inte jag”, erkände Kate med ett litet leende. ”Jag planerade att få dig vräkt, du vet.”

”Jag hade mina misstankar”, svarade han, med lätt ton. ”Betyder det här att jag får stanna lite längre?”

”Nu ska vi inte ryckas med”, sa Kate, men det fanns ingen udd i hennes ord. ”Jag har bara bestämt mig för att du kanske är marginellt användbar att ha i närheten.”

Ben skrattade, ljudet fylligt och varmt i det tysta rummet. ”Det tar jag som beröm av högsta rang, när det kommer från dig.”

Kate kände sig le igen, bredare den här gången, oförbehållsam på ett sätt som hon sällan tillät sig att vara. Den territoriella irritation som hade definierat hennes första intryck av Ben hade förvandlats till något nytt; respekt, kanske, eller början på en vänskap. Hursomhelst kunde hon inte längre riktigt förmå sig att ogilla hans närvaro i The Shack, inte när det hade lett till denna oväntade förbindelse.

”Jag borde göra klart”, sa hon och stängde sin bärbara dator. ”Det är min tur att göra den sista nattkollen på hästarna innan jag går och lägger mig.”

”Vid den här tiden? Har ni inte stallpersonal för det?”

”Jo, det har vi, men den sista kollen görs alltid av familjen”, förklarade Kate, reste sig och rullade på nacken för att bli av med stelheten. "Det är tradition. Dessutom gillar jag den tysta stunden med hästarna när ingen annan är i närheten."

Ben stängde sin anteckningsbok och lade den åt sidan. "Okej om jag följer med? Jag skulle behöva lite frisk luft för att rensa huvudet."

Kate tvekade bara en kort stund innan hon nickade. "Det är ganska kyligt där ute", varnade hon när de gick mot dörren. "Septembernätter kan vara kalla."

"Det är fixat", svarade Ben och sträckte sig efter deras jackor som hängde vid ingången. Han räckte Kate hennes, en sliten vaxad bomullsjacka som utan tvekan hade sett otaliga tidiga morgnar och sena nätter i stallet. Hans egen var en elegant läderjacka som såg mer lämpad ut för stadsliv än en lantlig egendom.

Nattluften slog emot dem med en uppfriskande kyla när de klev ut på verandan. Ovanför dem spreds stjärnor över den klara Queenslandhimlen, mer synliga här borta från stadens ljus. Deras andedräkt bildade små moln i månskenet när de gav sig av längs stigen mot huvudstallkomplexet.

"Gör du det här varje kväll?" frågade Ben och anpassade sina långa steg till hennes mer avmätta takt.

"Någon i familjen gör det", svarade Kate. "Vi turas om."

De gick i kamratlig tystnad ett ögonblick, deras fotsteg knastrade mjukt på grusgången. Egendomen såg annorlunda ut på natten, den välbekanta dagsjäktet ersatt av en fridfull stillhet. Säkerhetsljusen kastade pölar av mjukt ljus över gården, medan månen försilvrade hage-staketen som sträckte sig ut i fjärran.

"Det är vackert här", sa Ben tyst. "Jag förstår varför du var så territoriell om The Shack. Hela den här platsen känns... speciell."

"Det är den", erkände Kate, förvånad över hans insikt. "Ridgewater är inte bara ett företag för oss. Det är vårt arv, vår framtid. Allt som McKenzies har byggt upp över generationer."

Inne i huvudstallet var luften varmare, fylld med den söta doften av hö och de mjuka ljuden av hästar som rörde sig i sina boxar. De flesta sov, även om några nyfikna huvuden dök upp över halvdörrarna när Kate och Ben passerade.

"Jag vill kolla till någon speciell först", sa Kate och ledde Ben mot den bortre änden av stallet. Hon stannade vid en box där ett fuxsto stod och slumrade, huvudet sänkt i fridfull vila. "Det här är Duchess."

Stoets öron spetsades framåt vid Kates röst, och hon vaknade till för att stiga mot dörren. Kate sträckte ut handen och klappade ömt hästens mjuka mule.

"Hon är vacker", sa Ben och höll ett respektfullt avstånd.

"Hon var min OS-dröm", sa Kate mjukt, hennes hand flyttade sig för att klia bakom stoets öra på exakt den plats Duchess älskade. "Vi tävlade i Europa, uttagna i bruttotruppen till OS i Paris. Allt jag hade arbetat för hela mitt liv var precis där, inom räckhåll."

Ben förblev tyst och kände tyngden av det Kate delade med sig av.

"Sedan under ett träningspass attackerade en annan tävlandes häst henne på framridningen. Träffade hennes bakben. Slet av senan." Kates röst förblev stadig, även om hennes hand på Duchess hals hårdnade något. "Veterinärerna gjorde allt de kunde, men tävling var uteslutet. Vi hade tur som kunde rädda henne för en bekväm pension och avel."

I den intilliggande boxen fångade en rörelse deras uppmärksamhet. Ett litet brunt huvud med en vit stjärna dök upp, ögonen ljusa av nyfikenhet när den unga hästen undersökte de sena besökarna.

"Och det här", sa Kate, hennes röst blev varmare, "är Miracle. Duchess son. Han har precis blivit avvand nyligen."

Fölet sträckte ivrigt fram sin nos, i uppenbar förhoppning om godis. Kate skrattade mjukt och tog fram en äppelbit från sin ficka och erbjöd den på en platt handflata.

"Så när Duchess blev skadad, var du tvungen att komma hem?" frågade Ben försiktigt.

Kate nickade och såg fölet tugga entusiastiskt. "Jag betäckte henne med den bästa hingsten jag kunde hitta först, en dubbel fransk OS-mästare vid namn Chiaroscuro. Och jag var tvungen att börja om med Mystery."

"Mystery?" frågade Ben.

"Ridgewater Mystery. Misty", förtydligade Kate. "Det gråa stoet jag jobbar med nu. Hon var redan i träning med mamma, tack och lov. Mamma har i tysthet ridit upp henne under de senaste fyra åren."

"Din mamma är något alldeles extra", observerade Ben.

"Hon representerade Sverige i OS innan hon träffade pappa", svarade Kate. "Hon vet vad som krävs för att komma dit, och hon har lärt mig bokstavligen allt jag kan. Utan hennes grundarbete med Misty skulle jag vara år från en ny chans till kvalificering." Hon gav Duchess en sista klapp. "Som det är nu är Misty tillräckligt talangfull, om jag kan hantera hennes... unika personlighet."

De fortsatte genom stallet, Kate kontrollerade vattenhinkar, såg till att täckena satt fast och letade efter tecken på obehag hos hästarna. Ben följde efter och ställde enstaka frågor som visade genuint intresse snarare än bara artighet.

"Saknar du Europa?" frågade han när de närmade sig de sista boxarna. "Tävlingscirkusen där?"

Kate övervägde frågan, en lyx hon sällan unnade sig själv. "Ibland", erkände hon. "Anläggningarna, tävlingsnivån, intensiteten i allt... det finns inget som liknar det. Men Ridgewater är hemma. Efter Duchess skada behövde jag den stabiliteten. Och jag ger inte upp OS-drömmen. Tar bara en annan väg för att komma dit."

När de slutfört kontrollerna och var på väg tillbaka mot huvudbyggnaden, fann Kate sig själv undrande över hur lätt hon hade delat dessa delar av sig själv med Ben. Kanske var det den sena timmen, eller den tysta intimiteten i nattstallet, eller sättet han lyssnade utan att pressa henne. Oavsett anledning kände hon sig lättare för att ha talat om Duchess och sina havererade drömmar, ämnen hon vanligtvis undvek.

"Tack för att du visade mig det här", sa Ben när de nådde vägskälet där de skulle skiljas åt, han till The Shack, hon till Stora huset. "Jag vet att du förmodligen tror att jag bara samlar material till min nästa bok."

Kate log svagt i månskenet. "Gör du inte det?"

"Jo, visst", erkände Ben med ett mjukt skratt. "Men det betyder inte att jag inte också är genuint intresserad. Författare är nyfikna av naturen. Vi kan inte låta bli att samla på berättelser, även när vi inte arbetar."

"Jag börjar förstå det", svarade Kate. Och det gjorde hon, på ett sätt som förvånade henne. Den Ben Crossley som hade invaderat hennes utrymme för två veckor sedan verkade nu som en annan person än mannen som gick bredvid henne, hans långa gestalt en siluett mot den stjärnklara himlen. Eller kanske såg hon bara mer av vem han hade varit hela tiden.

"Godnatt, Kate", sa han, hans röst tyst i den stilla nattluften.

"Godnatt, Ben", svarade hon, och fann att hon menade det uppriktigt.

När hon gick den återstående sträckan till Stora huset kände Kate en obekant värme som inte hade något att göra med den fysiska ansträngningen. På något sätt, under loppet av en enda kväll, hade författaren förvandlats från

en ovälkommen inkräktare till något som liknade en vän.
Och medan en del av henne förblev försiktig, välkomnade
en annan del, en del hon sällan erkände, förändringen.

Kapitel sju

Ben lutade sig mot ridbanans staket och såg på när Vanessas lektion med Cavalier släpade sig fram till ännu ett otillfredsställande slut. Den fuxfärgade hingstens öron ryckte nervöst bakåt när Vanessa manade honom till ännu ett försök till galoppombyte, med ansiktet spänt av frustration när rörelsen föll samman i ett klumpigt virrvarr av ben, varpå Cavalier tappade galoppen helt och föll i trav. Kates röst förblev stadig och erbjöd tekniska korrigeringar som Vanessa bekräftade med korta nickar och alltmer spröda svar. Spänningen mellan häst, ryttare och tränare var påtaglig, som luftfuktigheten före en storm.

”Jag tror det räcker för idag”, sa Kate till slut, och hennes professionella ton dolde vad Ben misstänkte var lättnad. ”Cavalier har gjort bra ifrån sig som har behållit fokus så här länge.”

Vanessas läppar pressades samman till ett tunt streck. "Vi har knappt börjat med piruetterna."

"Han talar om för oss att han är mentalt trött", replikerade Kate och gestikulerade mot hingstens stela hållning och snabba andning. "Det är bättre att sluta på topp än att pressa honom över hans koncentrationströskel."

Ben såg det subtila maktspelet utvecklas, fascinerad av dynamiken. Han hade observerat tillräckligt många av dessa pass för att nu känna igen mönstret: Vanessa som pressade på för mer, Kate som värnade om hästens begränsningar och Cavalier som hamnade i kläm, med prestationer som försämrades i takt med att spänningen ökade.

"Okej då", medgav Vanessa och satt av med en stelhet som antydde ett fysiskt obehag hon aldrig skulle erkänna. Hon lämnade över tyglarna till en väntande hästskötare med knappt en blick på Cavalier. "Samma tid på torsdag?"

"Jag är här", bekräftade Kate, medan hennes uppmärksamhet redan hade flyttats till skimmelstoet som leddes in på ridbanan av en stallanställd.

Vanessa stegade förbi Ben utan att uppmärksamma honom, med ansiktet stramt och argt. Ben var inte ledsen över att hon inte hade återupptagit sina tafatta flirtförsök efter grillfesten. Hon var uppenbarligen smart nog att inse hans totala brist på intresse och inte utsätta sig själv för ett pinsamt, nesligt misslyckande.

Kontrasten mellan hennes avfärd och Kates uppträdande när hon närmade sig Misty var slående. Hela Kates kroppsspråk förändrades, axlarna slappnade av och ansiktet mjuknade i ett genuint leende när hon sträckte sig efter skimmelstoets grimma.

"Där är min tjej", mumlade hon och klappade Mistys apelkastade hals. Stoet sänkte huvudet och puffade med mulen mot Kates ficka med uppenbar förtrogenhet. "Ja, jag har din minttablett, din skamlösa tiggare."

Ben kom på sig själv med att le åt samspelet. Kate McKenzie rymde många sidor: den stränga, tekniskt precisa instruktören med Vanessa, den organiserade affärskvinnan på sina sponsormöten, och nu denna mjukare, tillgivna version som pratade med sin häst som man skulle tilltala en älskad vän.

Kate tittade upp och lade märke till att Ben var där. "Samlar du mer material?" frågade hon, även om hennes ton saknade den försvarsinställning den kunde ha haft för två veckor sedan.

"Njuter bara av utsikten", svarade Ben med en nonchalant axelryckning. "Stör det om jag stannar och tittar?"

"Gör som du vill", sa Kate och återgick till att fokusera på Misty. "Men jag ska bara rida igenom vårt kürprogram. Inget särskilt."

Ben lutade sig bekvämare mot staketet medan Kate sadlade och tränsade Misty själv. Hon kontrollerade noggrant varje rem och spänne innan hon böjde sig ner för att sätta lindor på Mistys långa ben. Zoe kom in med en glad nick till hälsning åt Ben, bärande på vad som såg ut som en bärbar högtalare och en surfplatta.

"Allt klart, Zoe?" frågade Kate.

Den brittiska kvinnan nickade. "Laddat och klart."

Ben såg på när Kate svingade sig elegant upp i sadeln. Hon ägnade flera minuter åt att skritta Misty längs ridbanans fyrkantsspår. Stoets hals var avslappnad och hennes steg långa och vägvinnande. Då och då gjorde Kate halt, gjorde en liten justering av sin position och fortsatte sedan. Det var som att se en musiker stämma sitt instrument före ett framträdande.

"Redo när du är", ropade Zoe från sin plats bredvid högtalaren.

Kate nickade och styrde Misty mot ridbanans mitt. Hon slöt ögonen en kort stund, tog ett djupt andetag och gav Zoe en liten nick. Ridbanan fylldes av de inledande tonerna från ett pianostycke Ben inte kände igen, något klassiskt men med moderna undertoner. Förändringen hos Misty var omedelbar. Hennes öron spetsades och hennes hållning höjdes som om musiken flödade rakt in i hennes kropp.

Och sedan började de dansa.

Det fanns inget annat ord för det. Ben hade sett Kate undervisa, hade sett henne demonstrera rörelser på olika hästar, men detta var något helt annat. Kate och Misty rörde sig som en enda enhet, stoets kraftfulla ben träffade marken i perfekt rytm med musikens tempo. De flöt fram över ridbanan i svepande kurvor och oklanderligt raka linjer, varje övergång sömlös, varje rörelse som flödade in i nästa som vatten.

Musiken svällde, och Misty gick över i en travökning som tycktes trotsa gravitationen, hennes framben sträcktes långt framåt medan bakbenen sköt på med uppenbar kraft. Kate förblev fullständigt stilla i sadeln, hennes händer stadiga, hennes kropp tycktes sväva över stoets böljande rörelse. Ben kom på sig själv med att hålla andan, trollbunden av den rena idrottsprestationen och konstnärligheten som visades upp.

Det som slog honom mest var Kates ansikte. Borta var den mask av professionell koncentration hon bar under lektioner, ersatt av ett uttryck av ren glädje blandat med intensivt fokus. Hennes ögon glänste och hennes läppar rörde sig ibland i vad som kunde ha varit räkning eller tyst uppmuntran till Misty. I detta ögonblick uppträdde hon inte för domare eller demonstrerade för elever; hon skapade konst av ren kärlek till det.

Musiken övergick till något mer dramatiskt, och Misty samlade sig i en galopp så kontrollerad att hon verkade sväva över marken. Kates hjälper var osynliga för Bens otränade öga; vilka signaler hon än gav stoet var de så subtila att de verkade telepatiska. Misty inledde en serie rörelser som Ben kände igen som de galoppombyten

Vanessa kämpade så mycket med, men Kate och Misty fick dem att se enkla ut. De bytte ledande ben smidigt i varje språng, perfekt synkroniserade med musikens takt.

Ben kom att tänka på sin egen kreativa process, de sällsynta, perfekta stunderna när orden flödade utan medveten ansträngning, när historien tycktes skriva sig själv genom honom snarare än av honom. Kate och Misty hade funnit samma svårfångade tillstånd, där gränsen mellan tekniskt utförande och konstnärligt uttryck upplöstes i något transcendent.

När musiken byggdes upp mot sin höjdpunkt styrde Kate Misty in i vad Ben nu visste var en piruett, där stoet i princip snurrade på stället samtidigt som hon bibehöll sin samlade galopp. Precisionen som krävdes övergick hans förstånd, men de fick det att se enkelt ut. Mer än ett halvt ton häst vände på vad som verkade vara en enda punkt, med Kates kropp perfekt balanserad genom hela rörelsen.

Den sista rörelsen förde dem tillbaka till ridbanans mitt, där Misty övergick från ökad trav till upphöjd passage och en oklanderlig halt, perfekt tajmad med musikens sista toner. För ett ögonblick rådde fullkomlig stillhet på ridbanan. Sedan frustade Misty mjukt, och förtrollningen bröts.

Ben insåg att han hade hållit andan och andades långsamt ut. Han hade kommit till Ridgewater för att slutföra sin bok, för att finna lugn och isolering för sitt arbete. Istället hade han snubblat in i denna värld av passionerat engagemang och partnerskap mellan människa och djur som överträffade allt han hade kunnat föreställa sig. Och i centrum av allt stod Kate McKenzie, med handen ömt klappande Mistys svettiga hals, hennes ansikte upplyst av tillfredsställelsen från ett väl genomfört framträdande.

I det ögonblicket, när han såg henne i det mjuka eftermiddagsljuset, omgiven av gyllene dammkorn som dansade i ridbanans luft, visste Ben med absolut säkerhet att hans nästa bok skulle utspela sig i denna värld. Inte för att den erbjöd intressant bakgrundsmaterial, utan för att han i Kates relation med Misty hade skymtat något djupsinnigt om engagemang, partnerskap och strävan efter excellens som förtjänade att utforskas.

Och om han skulle vara ärlig mot sig själv, var det inte bara den konstnärliga uppenbarelsen som fängslade honom. Det var Kate själv.

Kates leende var strålande när hon satt av. Skimmelstoet vände på huvudet och gnäggade mjukt medan Kate slog armarna om hästens muskulösa hals och borrade in ansiktet i Mistys silverfärgade man. "Det är min briljanta tjej", mumlade hon, och hennes röst bar över den tysta ridbanan. "Fullständigt perfekt."

Ben kom på sig själv med att le åt den ohämmade ömhetsbetygelsen.

Kate sträckte sig ner i fickan och tog fram en annan minttablett som Misty tog emot med försiktiga läppar, hennes ögon halvslutna i uppenbar njutning.

"Det där var vackert", ropade Zoe. "Övergången från ökad trav till piaff är mycket mjukare nu."

"Hon börjar förstå hur hon ska balansera sig", svarade Kate och lossade på sadelgjorden. "Fortfarande lite tveksam i vänsterpiruetten dock."

"Såg tamejfan perfekt ut för mig", kontrade Zoe med ett leende.

Ben sköt ifrån staketet och gick mot Kate med en märklig motvilja mot att störa stunden. Det var något nästan heligt över den tysta efterdyningen av ett sådant framträdande, den privata gemenskapen mellan Kate och hennes häst. Ändå kände han sig dragen framåt av en impuls han inte riktigt kunde sätta ord på.

"Det där var enastående", sa han när han närmade sig och höll rösten låg. "Jag har aldrig sett något liknande."

Kate tittade upp, hennes uttryck fortfarande mjukt. "Tack", sa hon enkelt. "Hon var verkligen med mig idag."

Misty sträckte halsen mot honom, med näsborrarna utvidgade när hon undersökte denna bekanta-men-inte-helt-betrodda människa. Ben stod stilla och lät henne avgöra om han var värd hennes uppmärksamhet.

"Hon är nyfiken på dig", konstaterade Kate, med handen frånvarande smekande Mistys bog. "Hon brukar inte bry sig om främlingar."

"Jag känner mig hedrad", svarade Ben och sträckte försiktigt fram handflatan som han hade sett andra göra. Mistys morrhår kittlade hans hud när hon nosade, tappade sedan intresset och återvände till att puffa på Kates ficka. "Hon vet var godsakerna finns."

Kate skrattade, ett genuint ljud som Ben insåg att han sällan hade hört. "Hon är en opportunist. Alltid varit. Hon skulle stjäla de andra hästarnas foder om vi inte höll ett öga på henne hela tiden."

Zoe ursäktade sig för att ställa undan musikutrustningen och lämnade dem ensamma med Misty. Kate började skritta stoet i långsamma cirklar för att kyla ner henne efter ansträngningen. Ben slog följe med dem och anpassade sig till deras lugna tempo.

"Skillnaden mellan hur hon presterar för dig jämfört med hur Cavalier arbetar med Vanessa är slående", sa Ben efter en stund.

Kates uttryck blev mer fundersamt. "Det är inte riktigt en rättvis jämförelse. Vanessa lär sig fortfarande, och Cavalier..." Hon tystnade och verkade välja sina ord med omsorg. "Cavalier kan rörelserna, men han behöver en självsäker ryttare. Han är känslig, och han tolkar tvekan som en anledning till oro."

”Men det är mer än teknik, eller hur?” insisterade Ben. ”Det jag just såg, det fanns glädje i det. För er båda.”

Kate nickade, blicken mjuknade när hon såg på Misty. ”Det är kärnan i det hela, egentligen. Man kan nöta rörelserna i åratal, finslipa varje teknisk detalj, men utan den där kontakten...” Hon ryckte på axlarna. ”Är det bara en väldigt dyr häst som gör konster.”

”Hur lång tid tar det?” frågade han. ”Att bygga upp den sortens partnerskap?”

”Det finns ingen fast tidsram”, svarade Kate. ”Vissa hästar klickar man med direkt. Andra tar år. Och vissa...” Hon log snett. ”Vissa fungerar bara aldrig. Jag fick en gång chansen i Europa att rida en OS-medaljör, en tysk häst. Han hatade mig vid första ögonkastet. Försökte flera gånger att bokstavligen skrapa av mig mot väggen.”

Ben nickade och tänkte på sina egna kreativa relationer med karaktärer, med berättelser som ibland flödade utan ansträngning och andra gånger kämpade emot honom varje steg på vägen. ”Låter lite som att skriva”, sa han. ”Vissa böcker skriver nästan sig själva. Andra är en kamp från första till sista sidan.”

Kate gav honom en fundersam blick. ”Jag hade inte trott att det fanns paralleller.”

”Fler än du kanske anar”, sa Ben. ”Disciplinen, den dagliga övningen även när inspirationen saknas, de enstaka stunderna av flow när allt klickar...” Han gestikulerade mot ridbanan. ”Men min process saknar definitivt elegansen i det jag just bevittnade.”

Något i Kates uttryck mjuknade ytterligare, en knappt märkbar avslappning runt hennes ögon. ”De flesta ser bara framträdandet”, sa hon tyst. ”De förstår inte åren av vardagligt slit bakom det.”

”Det gör jag”, svarade Ben, och deras blickar möttes för ett ögonblick.

Den sena eftermiddagssolen föll snett in genom den öppna sidan av ridhuset, fångades i Kates blonda hår och förvandlade det till guld. Med rodnande kinder av ansträngning och sin gard tillfälligt sänkt såg hon yngre och mer tillgänglig ut. Ben kände en oväntad åtstramning i bröstet, en värme som inte hade något att göra med deras samtalsämne och allt att göra med kvinnan framför honom.

Det var inte bara respekt för hennes skicklighet eller uppskattning för hennes engagemang, även om båda delarna definitivt fanns där. Det var något mer elementärt, en dragningskraft mot den äkta personen under den polerade ytan. Ben hade alltid dragits till komplexa karaktärer, till motsägelserna och de dolda djupen som gjorde människor fascinerande. Kate McKenzie, med sitt brinnande engagemang för excellens och sina stunder av ohämmad ömhet, var mer fängslande än någon karaktär han någonsin hade skapat.

Insikten slog honom med oväntad kraft: hans intresse hade utvecklats bortom professionell nyfikenhet eller motvillig respekt. Han var attraherad av henne; inte bara fysiskt, även om det elementet säkerligen fanns där, utan av hela henne, av den passionerade kärnan under den disciplinerade ytan.

"Jag borde kyla ner henne ordentligt", sa Kate och bröt ögonblicket. "Hon behöver en ordentlig dusch och lite elektrolyter efter att ha arbetat så hårt."

Ben nickade och klev tillbaka. "Självklart. Låt mig inte hålla kvar dig."

När hon ledde Misty mot spolspiltan stod Ben kvar där han var och såg dem gå. Stoets apelkastade päls fångade ljuset, hennes kraftfulla muskler rörde sig smidigt under den svettiga glansen. Kate gick bredvid henne, med ena handen vilande lätt på stoets hals, hennes hållning avslappnad men ändå alert, redo att reagera på varje förändring i sin partners beteende.

Ben hade kommit till Ridgewater för att söka isolering för att slutföra sitt manuskript. Istället hade han funnit en värld rik på precis den sortens mänskliga komplexitet som gav bränsle åt hans bästa skrivande. Och, insåg han med en blandning av förväntan och försiktighet, hade han funnit något han inte alls letat efter: en oväntad attraktion till den sista kvinnan som skulle välkomna sådan uppmärksamhet.

Kate McKenzie, med sina olympiska drömmar och sitt målmedvetna fokus, hade inget utrymme i sitt liv för distraktioner. Och Ben, med sin annalkande deadline och sin tendens att använda sitt privatliv som material, var inget annat än en vandrande distraktion.

Men när han vände sig om för att lämna ridbanan kunde Ben inte riktigt övertyga sig själv om att detta var en komplikation han borde undvika.

Kate stirrade på tävlingsanmälningarna på sin laptopskärm, orden blev lite suddiga efter timmar av fokuserat arbete. Den digitala klockan i hörnet visade 23:37, men hon kände sig märkligt pigg trots den långa dagen. På andra sidan stugans öppna planlösning satt Ben hopkurad i soffan över sin egen laptop, hans långa gestalt hopvikt, fingrarna rörde sig över tangentbordet i oregelbundna skurar, omväxlande mellan snabbt skrivande och eftertänksamma pauser. Ljudet var märkligt tröstande, en rytmisk bakgrund till hennes eget arbete som på något sätt gjorde de sena timmarna mindre ensamma.

Hon lutade sig tillbaka och sträckte armarna över huvudet för att släppa på spänningarna i axlarna. Dagen hade varit produktiv, från Mistys briljanta kürframträdande till sponsoransökan hon just hade slutfört, där hon bifogat videor från dagens träningspass för att stärka sin ansökan. Kate kände den där sällsynta tillfredsställelsen av att allt föll på plats, av att framstegen var mätbara och konkreta.

Ben tittade upp när hon rörde sig, med blicken lite ofokuserad på det där sättet som hon hade lärt sig känna igen och som betydde att han mentalt fortfarande var kvar i sin fiktiva värld. "Förlåt", sa han och blinkade sig tillbaka till verkligheten. "Sa du något?"

"Sträcker bara på mig", svarade Kate och stängde sin bärbara dator. "Du har ett riktigt flyt ikväll."

Ett trött leende sprack upp i hans ansikte. "Karaktären bestämde sig äntligen för att samarbeta. När jag väl förstod hans motiv föll resten på plats." Han lade undan datorn och förde en hand genom sitt redan rufsiga hår. "Jag har skrivit nästan fem tusen ord sedan middagen."

Kate nickade och förstod tillfredsställelsen i genombrott. "Bra ord? Eller bara ord?"

"Bra, tror jag", sa Ben och hans leende blev bredare. "Åtminstone kändes de rätt när de kom ut. Morgondagens genomläsning blir det verkliga provet."

En bekväm tystnad lade sig mellan dem, den sorten som hade blivit allt vanligare under de senaste veckorna. Kate kom på sig själv med att studera hans ansikte i det varma skenet från lampan. Fåran mellan hans ögonbryn hade slätats ut och ersatts av det avslappnade uttryck han hade när skrivandet gick bra. Det fanns skuggor under hans ögon, ett bevis på de sena timmar han hade jobbat, men hans blick var alert, nästan fylld av energi från det kreativa genombrottet.

"Te?" frågade Kate och reste sig från stolen.

"Gärna", svarade Ben och sträckte ut sina långa ben framför sig.

Kate gick till köksdelen, fyllde på vattenkokaren och ställde fram muggar. Ett par minuter senare bar hon båda muggarna till vardagsrumsdelen, gav en till Ben innan hon slog sig ner i fåtöljen mittemot honom.

"Tack", sa han och kupade den stora muggen med händerna. "Du har inte med dig några av energibollarna, antar jag?"

Hon log. "Tyvärr. Jag har inte haft en minut över till att vara i köket. Jag ska göra några snart."

De smuttade på sitt te i samförstånd utan att säga något. Kate fann sig i att studera den månsilvrade sjön som syntes genom fönstren, och tänkte på dagens träningspass och vad det innebar för hennes ambitioner. Efter veckor av försiktiga framsteg kändes dagens genombrott med Misty betydelsefullt, ett påtagligt steg mot att kvala in.

"Tiden håller på att rinna ut för mig", sa hon plötsligt, och orden slapp ut innan hon helt hade bestämt sig för att säga dem. "För VM-kvalet."

Ben tittade upp, med ett uppmärksamt men inte krävande uttryck, och väntade på att hon skulle fortsätta.

"Efter att Duchess blev skadad, tänkte jag ..." Kate tystnade och letade efter de rätta orden. "Jag sa till mig själv att det bara var ett bakslag. Att jag skulle hitta en annan häst, bygga upp ett nytt partnerskap. Men kvalperioden håller på att ta slut, och Misty och jag är inte tillräckligt jämna än för att bli uttagna till landslaget." Hon stirrade ner i sitt te och såg ångan stiga i skira spiraler. "Idag var underbart, men vi måste vara så bra varje gång, inte bara på våra bästa dagar."

"Och om du inte kvalar in?" frågade Ben mjukt.

Kate kände hur det oväntat snörde sig i halsen. "Om jag inte kan komma tillbaka till landslaget är jag inte säker på vem jag är längre." Bekännelsen kändes rå och blottade en sårbarhet hon sällan erkände ens för sig själv. "McKenzie-arvet, mina föräldrars förväntningar, mina egna drömmar ... allt har lett fram till det här. Vad var alla uppoffringar för utan det?"

Ben nickade långsamt, med ett fundersamt uttryck. "Jag förstår den rädslan", sa han efter en stund. "Annat sammanhang, men liknande känsla."

”Din bok?” undrade Kate, tacksam för hans villighet att möta hennes sårbarhet med sin egen.

”Den här, nästa, alla.” Ben ställde ner sin mugg och lutade sig fram med armbågarna på knäna. ”Tänk om jag inte kan skriva en till bästsäljare? Tänk om jag redan har nått min topp?” Hans leende var självnedvärderande men hon kunde se den genuina oron under det. ”Min första bok sålde bra, den andra ännu bättre, och den tredje fick filmfolket att höra av sig. Pressen att hålla den utvecklingen är ...” Han skakade på huvudet. ”Ibland tittar jag på den tomma sidan och tänker: 'Idag är dagen då alla upptäcker att jag är en bluff'.”

Kate kände en överraskande våg av samhörighet. ”Det är precis så det är. Rädslan att man har bluffat hela tiden och att alla till slut kommer att inse det.”

”Impostorsyndromet”, sa Ben. ”Vanligt bland högpresterande individer, enligt min terapeut.”

”Har du en terapeut?” frågade Kate, oförmögen att dölja sin förvåning.

”En deckarförfattare med barndomstrauman och missbruksproblem i familjen? Självklart har jag en terapeut”, svarade Ben med ett mjukt skratt.

Kate fann sig själv le som svar. ”Och hjälper terapin mot rädslan?”

”Ibland”, erkände Ben. ”Andra gånger är det bara själva arbetet som hjälper. Att skriva något jag vet är bra, som påminner mig om att jag faktiskt kan det här.”

”Som Mistys framträdande idag”, mumlade Kate. ”Ett bevis på att vi är på rätt spår, även om vi inte är där än.”

”Precis.” Bens ögon mötte hennes, varma och förstående i det svaga ljuset. ”De ögonblick som påminner oss om varför vi kämpar så hårt, varför vi bryr oss så mycket.”

Kate kände hur något skiftade mellan dem, en fördjupning av den försiktiga samhörighet de hade etablerat. Det fanns en tröst i att bli förstådd, i att få sina rädslor bekräftade utan att bli dömd. Ben Crossley, med sin egen kreativa press och osäkerhet, fick henne på något sätt att känna sig mindre ensam i sina svårigheter.

"Det hjälper att veta att någon annan förstår", sa hon tyst. "De flesta ser bara slutresultatet, inte tvivlen längs vägen."

"En bästsäljande författares glamorösa liv", sa Ben med ett snett leende. "Bara champagne och bokturnéer, enligt min Instagram. Som jag för övrigt inte ens sköter. Allt är förlagets marknadsavdelning."

"Och den perfekta livsstilen som ryttare", tillade Kate. "Vackra hästar, skinande vita ridbyxor, ingen mockning klockan fem på morgonen i regnet."

De utbytte en blick av ömsesidig förståelse som gradvis förlängdes till något mer, en koppling som överskred deras initiala vaksamhet gentemot varandra. Kate kände hur pulsen ökade något när Bens blick höll fast hennes, och luften mellan dem blev plötsligt laddad med outtalade möjligheter.

"Tack", sa hon mjukt. "För att du förstår. För att du inte avfärdar det som löjligt."

"Dina rädslor skulle aldrig kunna vara löjliga för mig", svarade Ben med lika låg röst. "Inte när jag förstår dem så väl."

Tystnaden sträckte ut sig mellan dem, annorlunda än den bekväma tystnad de hade delat tidigare. Kate blev akut medveten om små detaljer: den stadiga höjningen och sänkningen av Bens bröstkorg när han andades, sättet lampljuset fångades i hans ögon, den lätta kurvan på hans mun när han såg på henne. Hon borde röra på sig, det visste hon, resa sig och meddela att det var dags att sova, återställa det försiktiga avstånd de hade upprätthållit de senaste veckorna. Men något höll henne kvar, en osynlig tråd av samhörighet som hade stärkts av deras gemensamma förtroenden.

”Det börjar bli sent”, sa hon till slut, med en röst som var mjukare än hon hade tänkt sig.

Ben nickade, men gjorde ingen ansats att resa sig. ”Det är det.”

Ännu en tystnad föll, tung av outtalade möjligheter. Kate kom på sig själv med att studera hans ansikte och lade märke till hur hans drag hade blivit bekanta under veckorna de bott tillsammans. Rynkan som dök upp mellan hans ögonbryn när han koncentrerade sig, skrattrynkorna i ögonvrårna, sättet hans hand frånvarande strök genom håret när han tänkte. När hade hon katalogiserat dessa detaljer? När hade hans närvaro övergått från att vara ett intrång till något hon såg fram emot?

”Mer te?” frågade hon, trots att båda deras muggar fortfarande var halvfulla.

”Jag är nöjd”, svarade Ben, utan att släppa henne med blicken.

Kate ställde ner sin mugg på sidobordet, och det svaga klicket var onaturligt högt i det tysta rummet. Utan den keramiska barriären mellan händerna kände hon sig plötsligt exponerad, osäker på vad hon skulle göra med fingrarna. Hon strök handflatorna mot låren, men den praktiska denimen i hennes jeans erbjöd föga taktil distraktion.

Ben lutade sig fram något och minskade avståndet mellan dem. ”Kate”, sa han, och hennes namn var nästan en fråga.

Hon mötte hans blick och kände ett fladder av något under revbenen, en känsla så obekant att det tog henne en stund att känna igen den som förväntan blandad med nervositet. ”Ja?”

”Vi borde nog säga godnatt”, sa han, trots att han inte gjorde någon ansats att gå.

”Antagligen”, instämde hon, lika orörlig.

Luften mellan dem verkade tjockna, laddad med potentiell energi. Kates hjärtslag blev snabbare, en fysisk reaktion hon inte kunde kontrollera. Detta var inte en del av hennes plan, denna oväntade attraktion till mannen som hade stört hennes noggrant ordnade liv. Ben Crossley var tillfällig, en övergående närvaro på Ridgewater. Hennes fokus behövde ligga kvar på Misty, på uttagningen till det australiska landslaget, på de mål hon hade strukturerat hela sitt liv kring.

Och ändå.

Hon upptäckte att hon lutade sig framåt och speglade hans hållning utan ett medvetet beslut. Utrymmet mellan deras stolar verkade plötsligt både enormt och obetydligt. Om hon reste sig, om han reste sig, skulle de vara inom en armlängds avstånd från varandra. Tanken skickade ännu ett fladder genom hennes bröst.

"Kate", sa Ben igen, och hennes namn bar mer tyngd den här gången.

Innan hon hann börja tveka reste sig Kate från sin stol. Ben gjorde detsamma, och hans längd blev mer påtaglig när han stod upp, hans närvaro fyllde det lilla utrymmet mellan dem. De stod nära nu, så nära att hon kunde se de gröna fläckarna i hans nötbruna ögon, kunde känna den svaga doften av hans rakvatten under de örtiga noterna från teet de hade druckit.

Ingen av dem talade. Kate kände sig svävande i ett ögonblick av fullkomlig ovisshet, balanserande mellan reträtt och framryckning. Bens blick sänktes kort till hennes läppar, för att sedan återvända till hennes ögon, en tyst fråga i hans uttryck.

Senare skulle hon inte vara säker på vem som rörde sig först. Kanske gjorde de det båda två, dragna till varandra av samma oundvikliga dragningskraft. Ena stunden stod de åtskilda av en hårsmån av luft, och i nästa var hans läppar på hennes, varma och överraskande mjuka. Kontakten sände en stöt av sensation genom henne, en ström av samhörighet som gjorde henne tillfälligt andlös.

Kyssen fördjupades, och Bens hand kom upp för att kupa hennes kind, hans beröring trevande som för att ge henne alla möjligheter att dra sig undan. Kate fann sig i stället i att luta sig mot beröringen, hennes egna händer sträckte sig mot hans axlar och kände den solida värmen från honom under det mjuka tyget i hans skjorta.

Det var något oväntat rätt med ögonblicket, en känsla av att bitar föll på plats som Kate inte hade förutsett. Ben kysste henne med en grundlighet som antydde att han hade tänkt på detta ett tag, hans läppar utforskade hennes med noggrann uppmärksamhet som fick hennes puls att slå ännu snabbare.

Den rationella delen av hennes sinne, den del som upprätthöll träningsscheman och beräknade tävlingsplaceringar, slog larm över denna oväntade utveckling. Men den rösten verkade avlägsen, överröstad av de mer omedelbara förnimmelserna av Bens hand som gled från hennes kind till hennes nacke, fingrar som flätades genom hennes hår med ett mjukt tryck som drog henne närmare.

Verkligheten gjorde sig gradvis påmind. Kate drog sig tillbaka något, med ojämn andning och förvirrade tankar. Bens ögon öppnades, hans uttryck en blandning av förundran och oro när han sökte hennes ansikte.

”Jag ...”, började Kate, men tystnade, osäker på vad hon skulle säga. Det plötsliga avståndet mellan dem kändes både nödvändigt och ovälkommet.

”För mycket?” frågade Ben tyst, och lät handen falla från hennes hår till sin sida.

Kate skakade på huvudet och försökte samla sig. ”Nej, det är inte det. Det är ...” Hon tog ett steg tillbaka, i behov av utrymme för att kunna tänka klart. ”Det här kan inte hända.”

Orden hängde mellan dem, i strid med den kvardröjande värmen från kyssen som fortfarande pirrade på hennes läppar. Bens uttryck skiftade subtilt, förståelse ersatte oron, även om hon uppfattade en skymt av besvikelse innan han dolde den.

"Antagligen inte", höll han med, med låg röst. "Dålig tajming. Komplicerad situation."

"Exakt", sa Kate, lättad över att han förstod så snabbt. "Jag har kommande tävlingar att fokusera på. Du har din deadline för boken."

"Och jag är bara här tillfälligt", tillade Ben.

"Just det", bekräftade Kate, och påminnelsen om hans övergående status var konstigt nog oroande. "Så det här skulle vara ..."

"En distraktion som ingen av oss behöver", avslutade Ben åt henne.

Kate nickade, även om ordet "distraktion" verkade otillräckligt för intensiteten i det som just hade passerat mellan dem. "Vi borde vara förnuftiga."

"Absolut", instämde Ben, fast hans ögon fortfarande höll fast vid hennes med en intensitet som motsade hans nonchalanta ton. "Förnuftiga."

Ingen av dem rörde sig. De praktiska orden de hade utbytt hängde i luften mellan dem, rimliga och logiska och helt i strid med elektriciteten som fortfarande sprakade i utrymmet de delade. Kate visste att hon borde vända sig bort, säga godnatt, dra sig tillbaka till sitt rum i stora huset. I stället blev hon kvar där hon stod, akut medveten om Bens närvaro bara några steg bort, tillräckligt nära för att röra vid om hon sträckte ut handen.

"Så vi är överens", sa hon, med en röst som inte var helt stadig. "Det här var ... ett ögonblick. Inget mer."

Bens läppar böjdes i ett svagt leende. "Ett ögonblick", upprepade han. "Men ett ganska minnesvärt sådant, om jag ska vara ärlig."

Kate kände ett svagt leende rycka i mungipan trots sina bästa ansträngningar. "Det var ... inte vad jag förväntade mig när jag gick med på att dela min arbetsplats med dig."

"Livet ger oss sällan vad vi förväntar oss", svarade Ben, med en lättare ton men med fortfarande allvarliga ögon. "Ibland ger det oss vad vi inte visste att vi ville ha i stället."

Orden hängde mellan dem, laddade med innebörd. Kate kände sin beslutsamhet vackla, och det förnuftiga beslutet att avsluta detta innan det ens börjat kändes plötsligt som det svårare valet. Det skulle vara så lätt att ta ett steg framåt igen, att låta sig själv uppleva vad denna samhörighet än kunde bli.

I stället tog hon ett steg till bakåt och placerade soffbordet mellan dem. "Godnatt, Ben", sa hon, och slutgiltigheten i hennes ton var lika mycket riktad mot henne själv som mot honom.

"Godnatt, Kate", svarade han, utan att göra någon ansats att minska avståndet hon hade skapat.

När Kate samlade ihop sin bärbara dator och sina anteckningar för att gå, kände hon hur Bens blick följde hennes rörelser. Kyssen hade förändrat något grundläggande mellan dem, öppnat en dörr som ingen av dem hade erkänt existerade. Och även om de, åtminstone i ord, hade kommit överens om att inget skulle komma av det, visste Kate med absolut säkerhet att möjligheten nu dröjde sig kvar mellan dem, alltför stark för att avfärdas med några rationella meningar.

Vad som än hände härnäst skulle det inte finnas någon återvändo till den försiktiga neutralitet de hade etablerat. Frågan var om de skulle ha styrkan att upprätthålla de gränser de just verbalt hade konstruerat, eller om denna nya medvetenhet skulle visa sig vara alltför lockande för att motstå.

Och när Kate från dörröppningen sneglade tillbaka på Ben och fångade intensiteten som fortfarande var tydlig i hans blick, var hon inte helt säker på vilket av alternativen hon verkligen ville ha.

Kapitel åtta

BENS FÖRSTA INTRYCK AV Lockyer Indoor Equestrian Centre var att det liknade en flygplats mer än en idrottsanläggning. Den vidsträckta anläggningen sträckte sig över hektar av mark, med flera ridhus, stallbyggnader och tillfälliga försäljningsstånd. Hästtransporter och lastbilar i alla storlekar stod uppradade på parkeringsplatserna, från anspråkslösa enkeltransporter till massiva långtradare med glänsande krom och speciallackering. Han stod ett ögonblick bredvid Kates praktiska lilla tvåhästarslastbil, rättade till solglasögonen mot Queenslands starka morgonsol och tog in vidden av vad som uppenbarligen var ett stort ridsportsevenemang.

”Kulturchock?” frågade Kate med neutral men inte ovänlig röst. De hade hållit ett försiktigt avstånd sedan den där kyssen tre kvällar tidigare, professionella och artiga, och ingen av dem nämnde ögonblicket då deras gränser tillfälligt hade suddats ut. Men när Ben hade frågat om han fick följa med henne till tävlingen för att "insupa atmosfären" hade hon bara tvekat en aning innan hon nickade.

"Är det så uppenbart?" svarade Ben med ett litet leende. "Det känns som om jag har hamnat i en annan värld."

"Det har du", sa Kate, sänkte ner lastbilens ramp och gick in för att hälsa på Misty och förbereda sig för att lasta ur henne. "Välkommen till ridsportens elit."

Det gråa stoet backade ut utan brådska, med öronen spetsade av intresse för den nya omgivningen. Trots den febrila aktiviteten runt omkring dem förblev Misty lugn, även om hennes näsborrar vidgades när hon kände doften av främmande hästar.

"Hon verkar avslappnad", konstaterade Ben och slog följe med Kate när de gick mot stallområdet.

"Hon har tävlat här förut", svarade Kate, med uppmärksamheten riktad på att guida Misty genom de livliga gångarna. "Hon kan rutinerna."

Det stora inomhusridhuset tornade upp sig framför dem, en imponerande byggnad med sittplatser för hundratals åskådare. I anslutning till det arbetade ryttare med sina hästar på framridningsbanor, vilket skapade ett virvlande mönster av rörelse som påminde Ben om konstsimmare, där varje par höll ett noggrant avstånd till de andra trots det begränsade utrymmet.

"Där är vår box", sa Kate och nickade mot en rad med boxar. "Nummer 47."

När de närmade sig lade Ben märke till Zoe som väntade på dem och packade upp utrustning ur en stor plastlåda. Den brittiska equiterapeuten log hälsande.

"Jag har gjort i ordning allt", ropade hon. "Vattenhinken är fylld och jag har hängt upp hönätet."

"Perfekt, tack", svarade Kate och ledde in Misty i boxen. Hon började omedelbart ta av stoets transportskydd och kontrollerade Mistys ben noggrant för att försäkra sig om att hon inte hade skadat sig under transporten.

Ben lutade sig mot stalldörren och betraktade interaktionerna runt omkring dem. Till skillnad från Kates fokuserade, självständiga förberedelser verkade de flesta andra tävlande befinna sig i centrum av små virvelvindar av aktivitet. I stallet mittemot dem dirigerade en ryttare i skinande vita ridbyxor tre olika hästskötare som var och en tog hand om varsin häst. En annan tävlande i närheten satt och scrollade på sin telefon medan två personer ryktade hennes häst.

"Är det bara ni två på den här tävlingen?" frågade Ben och gestikulerade för att inkludera Zoe, som nu höll på att lägga fram Kates utrustning på en närliggande sadelhängare.

Kate nickade och drog en borste över Mistys glänsande päls. "Ja, och jag har tur att Zoe blev ombedd att komma hit för att ge behandlingar åt en annan tävlandes hästar och kan hjälpa mig. Oftast sköter jag allt själv."

"Men nästan alla andra verkar ha en mindre armé", observerade Ben. "Är det normalt?"

"På den här nivån? Ganska så", sa Kate och slutade rykta för att titta på sin klocka. "De flesta Grand Prix-ryttare har två eller tre hästar på toppnivå och flera till på lägre nivåer. De större verksamheterna kan ha åtta eller fler tävlingshästar, heltidsanställda hästskötare och beridarelever."

"Och jag som trodde att skrivande var en tävlingsinriktad bransch", mumlade han.

Kates läppar ryckte till i vad som kunde ha varit ett undertryckt leende. "Sporten blir mer professionell för varje år. Mer specialiserad. Dyrare." Hon klappade Misty ömt på halsen innan hon tog en kam, delade upp manen i sektioner och började fläta. "Vi är en liten verksamhet i jämförelse. Jag har en unghäst som är på medelsvår nivå, men han vilar ett par månader efter en elakartad hovböld som spruckit, så just nu är det bara Misty för mig."

"Kvalitet framför kvantitet", sa Zoe och vecklade ut Kates tävlingskavaj ur dess skyddande fodral.

Deras samtal avbröts av ett tumult i slutet av stallgången. En elegant, svart specialbyggd lastbil med guldbokstäver hade stannat, och en liten folksamling hade samlats för att se på när den lastades ur. Ben kände igen Vanessa Hughes när hon klev ner från förarhytten och gick mot stallarna, klädd i vad som såg ut att vara helt ny tävlingsutrustning, från hennes blanka stövlar till hennes skräddarsydda kavaj.

En kvinna som bara kunde vara Vanessas mor följde efter, hennes designerkostym passade bättre för en fotografering än ett stall i drift. Bakom dem fällde en hästskötare ner rampen och ledde ut Cavalier, och fuxhingstens päls glänste som om den hade polerats.

"På tal om påkostade satsningar", sa Zoe med ett halvt skratt.

Vanessas ankomst skapade en våg av intresse. Tävlande sneglade ditåt och utvärderade både häst och ryttare. Hästskötaren ledde Cavalier till hans anvisade box medan Vanessa och hennes mor granskade omgivningen med matchande uttryck av noggrann bedömning.

"Vilken entré", kommenterade Ben tyst till Kate.

"Familjen Hughes missar aldrig ett tillfälle att göra ett intryck", svarade Kate med neutral ton, hennes händer rörde sig oavbrutet medan hon vävde ytterligare en prydlig fläta och fäste den med ett gummiband innan hon sydde upp den. "Cavalier förtjänar åtminstone uppståndelsen. Han är ett vackert djur. Jag erbjöd mig att ta med honom – Misty är inte i brunst, och de skulle ha rest bra tillsammans – men de sa nej." Hennes läppar ryckte till. "Den där lastbilen är helt ny. Kostade nästan lika mycket som Cavalier. Och hästskötaren är en österrikisk backpacker de hittat ... vars far råkar rida på Spanska ridskolan i Wien."

Ben såg hur Vanessa dirigerade sin hästskötare med auktoritära gester och pekade på var varje del av utrustningen skulle placeras. Kontrasten mellan hennes passiva inställning och Kates personliga omsorg om Misty kunde inte ha varit skarpare.

Det tog inte lång tid för Kate att bli klar med Mistys knoppar, och snart sadlade hon stoet och ledde henne mot en av framridningsbanorna. Ben och Zoe följde efter och bar på den lilla utrustning Kate skulle behöva för sin uppvärmning. Inne på framridningsbanan satt Kate upp på Misty med smidig elegans, fann sig tillrätta i sadeln och justerade tyglarna med tyst självförtroende. Runt omkring henne utförde andra ryttare flashiga rörelser, vissa uppenbart för åskådarnas skull lika mycket som för att förbereda sina hästar.

Kate, i kontrast, började med enkla skrittövningar, helt fokuserad på Misty.

"Nu är hon i sin egen bubbla", sa Zoe och ställde sig bredvid Ben. "När Kate rider försvinner resten av världen för henne."

Ben nickade och förstod precis. Det var samma tillstånd han hamnade i när skrivandet flöt på bra, en tunnel av koncentration där yttre bekymmer föll bort. När han såg Kate arbeta sig igenom sin uppvärmningsrutin, hennes kommunikation med Misty så subtil att den var nästan osynlig, kände Ben en förnyad uppskattning för hennes skicklighet och för det målmedvetna fokus som gjorde henne till både en utmanande inneboende och ett fängslande studieobjekt.

"Jag tror jag tar en sväng och ser mig omkring", sa Ben tyst till Zoe, som nickade.

"Visst." Hon gav honom en snabb blick från sidan. "Jag hörde precis att de ropade upp de tävlande till collecting ring för Prix St. Georges-klassen. Om du får chansen att se Vanessas ritt är Kate säkert intresserad av att höra hur det går."

"Jag är inte säker på att mitt lekmannaperspektiv kan ge henne något användbart", sa Ben, "men jag ska gå och titta."

Tävlingen hade pågått i några timmar redan, med klasser på lägre nivå schemalagda först för att så småningom kulminera i Grand Prix-klassen under mitten av eftermiddagen. Ben hittade en plats vid staketet till huvudarenan, hans längd gav honom fri sikt över de andra åskådarnas huvuden. Han såg Vanessa och Cavalier cirkla i collecting ring i väntan på klockan som skulle signalera starten på deras Prix St. Georges-ritt. Fuxhingstens rörelser var exakta men något styltiga då Vanessa höll honom i en hårt samlad form som såg mer begränsad ut än vanligt.

Klockan ringde och Vanessa styrde Cavalier uppför medellinjen, deras entré framkallade uppskattande mummel från publiken. Ben var tvungen att erkänna att de var en imponerande syn, den dyra hästens kopparfärgade päls skimrade i ljuset, hans knoppar ännu mer oklanderligt perfekta än Mistys, och Vanessas hållning rak ovanpå honom. De gjorde halt vid X, Cavalier stod fyrkantigt och uppmärksamt, innan Vanessa utförde en smidig hälsning till domarna.

Det som följde var en tekniskt skicklig uppvisning, där varje rörelse utfördes med noggrann precision. Ben, som fortfarande höll på att lära sig att urskilja finesserna i dressyr, kunde se att Cavalier svarade korrekt på Vanessas kommandon. Galoppombytena som hade varit så problematiska under träningen kom nu på given signal, och hingsten bytte ledande galoppben i luften som krävdes av programmet.

Ändå saknades något. Efter att ha sett Kate och Mistys träningspass kunde Ben se skillnaden direkt. Där Kate och Misty rörde sig som en enda enhet, fungerade Vanessa och Cavalier som ryttare och fordon, deras kommunikation rent mekanisk. Cavalier utförde varje rörelse som han blev ombedd, men hans öron fladdrade osäkert fram och tillbaka, hans uttryck spänt snarare än engagerat, och Vanessas händer var konstant hårda på tyglarna, hennes min stelnad och spänd.

"Hon får honom att svara, men det finns ingen glädje i det", kommenterade en åskådare nära Ben till sin kamrat.

Ben tittade på talaren, en medelålders kvinna i ridkläder som uppenbarligen var kunnig inom sporten. Hennes bedömning stämde överens med hans eget oerfarna intryck, vilket bekräftade hans växande förståelse för vad som gjorde dressyr till mer än bara en häst som utförde trick.

Vanessa slutförde sin sista rörelse och gjorde halt vid X, och hälsade på domarna med ett självsäkert leende som antydde att hon förväntade sig bra poäng. Hon lättade inte ens på tyglarna eller klappade Cavaliers svettiga hals när de lämnade arenan, hennes hållning fortfarande stel även i detta ögonblick av avslutning.

Ben tittade upp på resultattavlan, nyfiken på att se hur domarna skulle bedöma prestationen. Runt omkring honom spekulerade tävlande och åskådare i dämpade toner.

"De tekniska poängen blir nog bra, men de konstnärliga..." mumlade en kvinna och avslutade meningen med en lätt huvudskakning.

"Jag är inte ens säker på de tekniska poängen", sa en annan ryttare ganska högt. "Domarna börjar bli ganska hårda mot rollkur nuförtiden, och han gick bakom hand större delen av tiden; stackars kraken såg ut som om hans hals var vikt på mitten! Tränar hon inte för Kate McKenzie? Kate kommer att läxa upp henne om hon såg det där!"

Poängen dök upp på den digitala displayen och en reaktionsvåg gick genom den samlade folkmassan. Fyrtioåtta komma två procent. Poängen placerade Vanessa näst sist av tio ryttare hittills, med tre kvar att rida.

Från sin position kunde Ben se Vanessa titta tillbaka på resultattavlan, se ögonblicket då Vanessa registrerade poängen. Hennes ansikte förvandlades från ett spänt leende till raseri på ett ögonblick.

Utan att uppmärksamma de artiga applåderna vände Vanessa Cavalier tvärt och red tillbaka mot stallarna, hennes mor marscherade bredvid med en stram min som antydde att någon mycket snart skulle få höra om denna besvikelse.

Ben tvekade, följde sedan efter på diskret avstånd. Han kände att ett avslöjande ögonblick höll på att utspela sig, den typ av rå reaktion som belyste en karaktär långt mer än någon seger kunde, och han kunde inte motstå att följa efter för att se vad som skulle hända.

När han nådde stallbyggnaden hade Vanessa suttit av och såg sig omkring efter sin hästskötare, som nu var spårlöst försvunnen. Hennes mor hade också försvunnit, kanske för att tala med funktionärerna; hon verkade vara typen som skällde ut domarna, tänkte Ben. Vanessa stormade ensam in i Cavaliers box, och hingsten följde nervöst efter henne.

Det som hände sedan fick det att vända sig i magen på Ben. Vanessa vände sig om mot Cavalier, hennes röst höjdes precis tillräckligt för att nå dit Ben stod.

"Du ska vara värd en halv miljon dollar!" fräste hon, hennes behärskade fasad helt borta. "Varför kan du inte bara ge mig vad jag behöver? Ett enkelt program, det är allt jag bad om!"

Cavalier backade så långt boxens utrymme tillät, hans öron fladdrade snabbt fram och tillbaka i förvirring. Hingstens näsborrar vidgades när han försökte förstå sin ryttares ilska, hans huvud höjt och ögonvitorna syntes, uppenbart plågad av hennes ton men oförmögen att undkomma den.

"All den träningen, alla de lektionerna, och du kan fortfarande inte prestera när det gäller", fortsatte Vanessa, hennes röst darrande av frustration. "Har du någon aning om hur pinsamt det här är? Nästan sist! Efter allt vi har investerat i dig!"

Cavalier flyttade sig nervöst och stötte emot boxens bakre vägg. Hans reaktion verkade bara öka på Vanessas ilska, och hon gestikulerade skarpt medan hon fortsatte att skälla ut det förvirrade djuret. Den inhyrda österrikiska hästskötaren kom upp bredvid Ben, den unge mannens mun öppen av chock när han hörde Vanessa. Pojken verkade inte veta var han skulle ta vägen.

"Han gör sitt bästa för dig, Vanessa", Kates lugna röst bröt igenom tiraden när hon dök upp från den angränsande stallgången. "Kanske du skulle försöka berömma det han gjorde rätt istället?"

Vanessa vände sig blixtsnabbt om, hennes ansikte blossade upp i en djupröd färg när hon insåg att hon hade blivit hörd. För ett kort ögonblick flammade äkta skam över hennes drag innan den snabbt maskerades av defensiv ilska.

"Det här är ett privat samtal", sa hon stelt. "Jag kan inte minnas att jag bad om din åsikt."

"Hästar förstår inte 'privata samtal'", svarade Kate bestämt. "De förstår bara att någon de litar på plötsligt är arg på dem av skäl de inte kan begripa."

Cavalier hade lugnat sig något vid Kates ankomst, hans öron nu spetsade uppmärksamt framåt som om han hoppades att hon skulle kunna förklara hans ryttares upprördhet.

"Jag behöver ingen föreläsning i hästpsykologi", fräste Vanessa, även om hennes röst hade sänkts betydligt. "Vi hade en dålig ritt, och jag har rätt till mina känslor om det."

"Självklart har du det", instämde Kate. "Men att rikta de känslorna mot Cavalier kommer inte att förbättra din nästa prestation. Berätta något som gick bra."

Vanessas hållning förblev stel, men något i Kates ord verkade tränga igenom hennes ilska. Hon sneglade tillbaka på Cavalier, som stod och iakttog henne vaksamt, och hennes axlar sjönk en aning.

"Galoppombytena var bättre", erkände hon motvilligt.

"Då är det ett framsteg värt att fira", sa Kate jämnt.

En spänd tystnad lade sig. Ben mötte Kates blick ett kort ögonblick. Hon gav honom en knappt märkbar huvudskakning, hennes uttryck antydde både att hon visste exakt varför han dröjde sig kvar och att hon föredrog att hantera situationen utan publik.

"Jag borde gå tillbaka till Misty", sa Kate efter ett ögonblick. "Min klass börjar. Jag startar näst sist, men jag måste göra mig redo."

Vanessa nickade stelt och vände sig tillbaka till Cavalier med vad som verkade vara en ansträngning att återfå fattningen. När Kate gick därifrån lade Ben märke till hur hennes fokus omedelbart skiftade till hennes egna förberedelser, och lämnade Vanessas besvikelse bakom sig lika fullständigt som om hon hade stängt en dörr.

"Ta hand om den där hästen", sa Ben tyst till den unge österrikiska hästskötaren. "För jag tror inte att hans ryttare kommer att göra det."

Atmosfären i huvudarenan hade intensifierats när det var dags för Kate att rida. Läktarna hade fyllts på avsevärt, och åskådarna insåg att dagens främsta tävling ägde rum. Ben säkrade en plats vid staketet nära ingången, han ville ha en fri sikt över Kate och Mistys ritt. Insatserna kändes högre nu, de dämpade samtalen runt honom var späckade med referenser till uttagningar till landslaget. Detta var inte bara ännu en tävling; för ryttare som Kate representerade den ett avgörande steg mot deras högsta ambitioner.

Ben tog fram sin telefon, öppnade kameraappen och justerade inställningarna. Han intalade sig själv att detta var enbart för research, referensmaterial för sitt skrivande, men han kunde inte förneka det personliga engagemang han kände för Kates framgång. Trots deras överenskommelse att upprätthålla gränser efter den där kyssen, fann han sig alltmer dragen till hennes fokuserade beslutsamhet, hennes tysta kompetens, hennes sällsynta men äkta leenden.

De tidigare ryttarna hade varit imponerande, deras hästar hade utfört komplexa rörelser med precision. Men när speakern ropade upp Kates namn gick en våg av igenkänning genom publiken, och några mumlanden antydde att Kate McKenzie var ett känt namn i den här världen, en tävlande värd att uppmärksamma.

Kate och Misty kom in i samlad trav och stoets silverglänsande päls glimmade under arenans belysning. Men även för Bens nu något mer tränade öga var kvaliteten på Mistys rörelser omedelbart uppenbar; hennes ben lyfte med ett naturligt lyft som några av de andra hästarna hade verkat anstränga sig för att uppnå.

"Det där är ordentlig kadens", kommenterade någon i närheten uppskattande. "Inte konstgjord. Och titta på mjukheten i halsen!"

Det som följde var olikt allt annat Ben hade bevittnat under de tidigare rittererna. Där andra ekipage hade demonstrerat teknisk skicklighet, visade Kate och Misty upp uttryck och grace i en uppvisning i äkta partnerskap. Varje övergång flöt sömlöst in i nästa, stoets uttryck var alert och villigt, och hennes öron rörde sig hela tiden bakåt mot Kate som om hon ivrigt väntade på nästa begäran från sin ryttare.

Piaffen, den där traven på stället som hade sett ansträngd ut när den utfördes av andra hästar, blev en dans av kontrollerad kraft under Mistys hovar. Hon verkade sväva, hennes ben lyfte och sattes ner med rytmisk precision medan hon knappt rörde sig framåt, och rörelsen kom från djupt inom henne snarare än att vara artificiellt skapad.

Det som slog Ben mest var hur nästan osynliga Kates hjälper var. Där Vanessas händer och ben hade rört sig tydligt under hennes program, förblev Kates kropp så stilla att kommunikationen mellan häst och ryttare verkade nästan telepatisk. Endast en och annan subtil förskjutning av hennes vikt eller en nästan omärklig rörelse av fingrarna på tyglarna antydde att hon aktivt dirigerade Misty genom programmet.

Publiken hade blivit allt tystare allt eftersom programmet fortskred, och det vanliga prasslandet och mumlet från åskådarna ersattes av en uppmärksam tystnad. Ben slet blicken från sin mobilskärm för att notera uttrycken runt omkring sig och såg samma hänförda uppskattning han kände återspeglas i andra ansikten.

"Det är så det ska se ut", kommenterade en äldre herre i närheten till sitt sällskap. "De tekniska elementen tjänar det konstnärliga uttrycket, inte tvärtom."

När Kate och Misty närmade sig den svåraste delen, en serie byten i varje galoppsprång på diagonalen, fann Ben att han höll andan igen. Han hade sett tillräckligt många träningspass för att veta hur utmanande dessa rörelser var, då de krävde att hästen bytte ledande ben i varje språng i ett slags hoppande mönster i luften. Misty utförde dem med en sådan flytande grace att de verkade nästan ansträngningslösa, varje byte perfekt tajmat till en osynlig rytm som Kate säkerligen kände men inte gav något yttre tecken på att räkna.

Nästa rörelse förde dem tillbaka till mitten, där Misty utförde piruetten, vände på stället medan hon bibehöll galoppen i en uppvisning av balans som verkade trotsa fysikens lagar. Sedan, som programmet krävde, övergick hon smidigt till passage, därefter till en ökad trav som visade upp hennes marktäckande steg, innan hon återvände till samlad trav och den sista halten vid X.

Misty stod perfekt jämnställd, med halsen stolt välvd, medan Kate hälsade på domarna en gång till. För ett kort ögonblick rådde perfekt stillhet i arenan. Sedan, som om en förtrollning hade brutits, bröt publiken ut i spontana applåder. Ben fann sig själv delta, hans telefon tillfälligt bortglömd när han klappade tillsammans med den uppskattande publiken.

Kates ansikte sprack upp i ett leende av ren glädje, och hon släppte tyglarna helt för att slå armarna om Mistys hals och kramade stoet hårt. ”Vilken duktig tjej. Vilken underbar tjej!”, kunde Ben höra henne utbrista även från sin position halvvägs över den stora arenan.

”Åh”, sa någon strax bakom Ben.

”Trevligt att se ett sådant band”, instämde den äldre herren och nickade. ”Och titta på det där stoet; rör inte en muskel trots att ryttaren släppte tyglarna! Det är sådant jag gillar att se.”

Kate tog till slut upp tyglarna, manade Misty vidare och ut ur arenan för att göra plats för nästa tävlande. Hennes ansikte var fortfarande ett enda stort leende.

Ben tittade upp på resultattavlan och bet sig i underläppen i väntan. När den slutliga procentsatsen dök upp var publikens reaktion omedelbar och entusiastisk.

”Sjuttioåtta komma fyra procent”, sa den äldre herren imponerat. ”Det borde placera henne stadigt på landslagsledningens radar.”

Ben log, genuint glad för Kates skull. Poängen representerade uppenbarligen en betydande prestation, en som avsevärt kunde främja hennes tävlingsambitioner. Hans blick gled från resultattavlan, skannade publiken av åskådare och tävlande och fångade deras reaktioner för sin mentala anteckningsbok.

Inte långt borta, delvis skymd av en stödpelare, fick han syn på Vanessa. Hennes ansikte var en komplex studie i motstridiga känslor, hennes läppar sammanpressade till ett hårt streck, hennes ögon smala när hon såg firandet utvecklas. Även på avstånd kunde Ben läsa av stormen av svartsjuka och bitterhet i hennes uttryck, vilket gjordes ännu mer slående av hennes försök att dölja det under en fasad av samlat ointresse.

Det var bara en tävlande kvar att rida i klassen, och när det programmet var avslutat visade resultattavlan de slutliga placeringarna. Kate och Misty toppade inte bara listan, de var mer än fyra procentenheter före det andraplacerade ekipaget.

När speakern kallade in de placerade ryttarna vände sig Vanessa abrupt bort. Hon trängde sig förbi en grupp åskådare, utan att bemöda sig med att be om ursäkt för kollisionen, och försvann mot stallbyggnaden innan Kate ens hade kommit in i arenan igen för sitt ärevarv.

Ben riktade sin uppmärksamhet tillbaka mot ingången när Kate och Misty dök upp igen. Stoet verkade förstå sin prestation, hennes steg var mer spänstigt, hennes hållning ännu stoltare än tidigare. Kates uttryck var nu professionellt samlat, men Ben kunde se gnistan i hennes ögon, kurvan i kanten av hennes läppar som sa att hon arbetade för att hålla tillbaka sina leenden.

Prisutdelningen fortskred med formell värdighet, där de placerade ryttarna cirklade arenan till förnyade applåder innan de ställde upp i formation för fotografering och för att få rosetter placerade på sina hästars träns, och ett speciellt vinnartäcke för Misty. Genom allt detta bibehöll Kate sin fattning, tog emot gratulationer med älskvärda nickar samtidigt som hon höll Misty perfekt positionerad. Först när de kallades att rida ett ärevarv skymtade Ben ett mer äkta leende bryta igenom, då Kate lutade sig framåt för att viska något privat i Mistys öra, hennes hand strök stoets hals med omisskännlig ömhet när de galopperade runt arenan till publikens entusiastiska applåder.

I det ögonblicket, när han såg Kates behärskade firande, förstod Ben något grundläggande om hennes karaktär. Segern betydde något, poängen betydde något, men viktigast av allt var partnerskapet som hade gjort båda möjliga, förbindelsen mellan kvinna och häst som sträckte sig bortom rosetter och procent. Och han fann sig själv hoppas, med oväntad intensitet, att världen skulle erkänna den kvaliteten lika tydligt som han nu gjorde.

Stallområdet surrade av energi efter tävlingen, en blandning av gratulationer, tröstande ord och den oundvikliga analysen som följde på varje betydande sportevenemang. Ben dröjde sig kvar i kanten av folksamlingen och såg hur Kate blev centrum för en liten men bestämd grupp. Misty stod tålmodigt vid Kates sida och knuffade ibland sin ryttares ficka i en tydlig begäran om godis, saligt omedveten om sin nyfunna status som en av Australiens mest lovande dressyrhästar.

Ben kände igen det beräknande sättet hos de välklädda individer som nu samlades kring Kate. Till skillnad från de avslappnade gratulationerna från medtävlare rörde sig dessa människor med ett syfte, och visitkort och broschyrer dök upp från dyra läderportföljer. Sponsorrepresentanter, deras företagslogotyper subtilt synliga på skräddarsydda pikétröjor eller diskreta kavajnålar. Bland dem stod en mer sober klädd trio lite avsides och överlade tyst innan de närmade sig Kate med samma allvar som domare som avkunnar en dom.

”Landslagsuttagare”, mumlade Zoe och dök upp vid Bens sida med Mistys sadel i armarna, efter att ha smugit sig genom folkmassan för att snabbt ta av den. ”Mannen i den marinblå kavajen är sportchefen för Equestrian Australia.”

Ben nickade och förstod betydelsen. Dessa var inte bara gratulanter; de representerade potentiella vägar till Kates ultimata ambitioner, väktarna till OS-drömmar och internationella tävlingar.

Det som imponerade mest på honom var Kates fattning. Trots att hon just hade avslutat en intensivt krävande prestation stod hon rak, hennes svar var avmätta, hennes uppmärksamhet verkade odelad när varje person närmade sig. Endast den svaga mörka fläcken av svett på hennes tävlingsskjorta och den svaga spänningen runt hennes ögon förrådde den fysiska och mentala utmattning hon måste känna.

"Hon är bra på den här biten", observerade Ben tyst till Zoe.

"Det måste hon vara", svarade Zoe. "Sponsorer vill inte bara ha prestanda; de vill ha rätt image. Kate kan spelet."

Landslagsuttagarna närmade sig slutligen, deras konversation med Kate var kortare men uppenbarligen mer betydelsefull. Sportchefen gestikulerade mot Misty med vad som verkade vara genuin beundran, medan hans kollegor nickade med professionell bedömning i sina uttryck.

"Det där är ett gott tecken", viskade Zoe, hennes kroppsspråk indikerade att hon ansträngde sig för att fånga fragment av konversationen.

Efter nästan fyrtio minuter av dessa interaktioner lyckades Kate äntligen dra sig undan och indikerade artigt men bestämt att Misty behövde tas om hand. Hon började leda stoet tillbaka mot stallen, och Zoe skyndade sig före för att hjälpa till att bana väg genom de kvarvarande gratulanterna.

Ben följde på diskret avstånd och observerade den subtila förändringen i Kates hållning när hon rörde sig bort från offentlighetens ljus; hennes axlar slappnade av en aning, hennes steg blev längre med beslutsamhet snarare än att bibehålla den avmätta takten för professionell representation. Hon såg trött ut nu, masken av tävlingsmässig fattning började glida i den relativa avskildheten på vägen tillbaka till Mistys box.

De hade nästan nått stallbyggnaden när Vanessas mor klev ut i deras väg.

"Kate, kära du", ropade hon, hennes röst bar den inövade värme som tillhörde någon som hade lärt sig charm som en taktisk färdighet. "Vilken underbar prestation. Helt enastående."

Kate stannade och uppbådade synbart sin professionella hållning igen. "Tack, Mrs Hughes."

"Elizabeth, är du snäll", insisterade kvinnan och placerade en manikyrerad hand kort på Kates arm. "Vanessa är så inspirerad av din framgång. Hon studerar din teknik religiöst, ska du veta."

Ben höll sig i bakgrunden och iakttog interaktionen med intresse. Det fanns något rovdjurslikt i Mrs Hughes sätt trots hennes vänliga ord, en känsla av beräknande syfte under de sociala artigheterna.

"Det var väldigt snällt sagt", svarade Kate, hennes hand strök frånvarande över Mistys hals. "Jag hörde att Vanessa red sina byten i varje mycket bra idag."

"Ja, hon utvecklas", instämde Mrs Hughes, hennes leende nådde inte riktigt ögonen. "Även om vi har investerat så mycket i Cavalier, och hans avelstjänster genererar inte det intresse vi förväntade oss." Hennes ton ändrades subtilt och blev mer direkt. "Kanske skulle du kunna dela med dig av några av dina marknadsföringsstrategier? Din familjs hingst Legend är ju så populär, har jag förstått, trots hans ... brokiga härstamning."

Ben märkte att Kates hållning stelnade nästan omärkligt, även om hennes uttryck förblev artigt neutralt.

"Vi har varit etablerade i avelsbranschen i årtionden", sa Kate försiktigt. "Det tar tid att bygga upp ett rykte. Cavalier är fortfarande ung, han befäster fortfarande sin position."

"Självklart, självklart", instämde Mrs Hughes snabbt. "Men det måste väl finnas tekniker, kontakter som du kan dela med dig av? Professionell artighet mellan kollegor?" Hon lutade sig närmare och sänkte rösten. "Vi skulle gärna se till att det är värt besväret för dig. Kanske ett särskilt arrangemang? Cavalier skulle komplettera ett av dina ston vackert."

Misty valde just det ögonblicket att skaka otåligt på huvudet, vilket fick bettet i tränset att klinga och effektivt avbröt konversationen. Kate grep tillfället.

"Jag måste verkligen ta hand om Misty nu", sa hon bestämt. "Hon har arbetat hårt idag och förtjänar ordentlig vård."

Mrs Hughes leende stelnade en aning. "Självklart, hästarna måste komma först. Men kanske kan vi fortsätta denna diskussion senare? Över en drink, kanske? Det finns så mycket potential för ömsesidigt fördelaktigt samarbete."

Ben kände igen den instängda blick som fladdrade kort över Kates ansikte; hennes trötthet gjorde det svårare att upprätthålla sina vanliga diplomatiska barriärer. Han klev fram och infogade sig medvetet i samtalet.

"Ursäkta att jag stör", sa han och sträckte fram handen mot Mrs Hughes med ett vänligt leende. "Ben Crossley. Jag är Kates researchprojekt."

Mrs Hughes blinkade, tillfälligt ställd av den oväntade introduktionen. "Researchprojekt?"

"För min nästa bok", fortsatte Ben smidigt. "Jag är en kriminalförfattare som gör bakgrundsresearch om ridsportvärlden. Kate har varit vänlig nog att låta mig skugga henne, för att få de autentiska detaljerna. Ni vet hur läsare märker när man får fakta fel."

"En författare?" Mrs Hughes uppmärksamhet skiftade och hon omvärderade Ben med nytt intresse. "Jaså. Ja, Vanessa nämnde dig. Vad var det för slags böcker igen?"

"Kriminalthrillers", svarade Ben och betonade medvetet sin längd genom att räta på sig till sina fulla två meter och en centimeter. "Min senaste handlade om den högt spelade världen av konstförfalskning. Den nuvarande utforskar hur passion och besatthet kan sudda ut etiska gränser." Han log intetsägande. "Du skulle bli förvånad över vad till synes vanliga människor är kapabla till när de är tillräckligt motiverade."

Kate utnyttjade ögonblicket av distraktion. "Om du ursäktar oss, Mrs Hughes. Ben, skulle du vilja hjälpa Zoe med utrustningen?"

"Självklart", instämde Ben och nickade artigt mot Mrs Hughes innan han följde efter Kate, som redan bestämt ledde Misty mot sin box.

När de gick iväg lade Ben märke till spänningen i Kates axlar, stramheten runt hennes mun som inte hade funnits där ens under tävlingens press. Glansen från hennes seger verkade redan blekna under tyngden av andras förväntningar och krav.

"Tack för räddningen", sa hon tyst när de var utom hörhåll. "Jag var inte säker på att jag hade ett till artigt avvisande i mig."

"Det var ett nöje", svarade Ben. "Även om jag misstänker att jag nu har gjort mig själv till ett mål för Mrs Hughes nätverksambitioner."

"Bättre du än jag", sa Kate med ett trött leende. "Du åker åtminstone om några månader. Jag måste hantera familjen Hughes på obestämd tid."

Ben såg på när hon vände sin uppmärksamhet tillbaka till Misty, hennes händer var varsamma när hon började ta av stoets träns och tog upp en fuktig trasa för att torka bort svetten runt Mistys öron. Även nu, efter sin triumf och med tröttheten synlig i varje linje i hennes kropp, låg Kates fokus kvar på sin hästs välbefinnande, medan hennes egna behov kom i andra hand.

"Du var magnifik idag", sa han enkelt. "Båda två."

Kate tittade upp, överraskning fladdrade över hennes ansikte vid uppriktigheten i hans ton. För ett ögonblick föll den professionella masken helt, och ett genuint leende som nådde hennes ögon avslöjades, vilket förvandlade hennes trötta drag med oväntad värme.

"Tack", svarade hon mjukt. "Det betyder mer än du kanske tror."

Ögonblicket dröjde sig kvar mellan dem, en tyst förbindelse som kändes mer meningsfull än de offentliga hyllningarna eller det professionella erkännandet. Sedan knuffade Misty otåligt på Kates axel, bröt förtrollningen och lockade fram ett mjukt skratt från sin ryttare.

"Ja, jag vet", sa Kate till stoet och sträckte sig efter en borste. "Du är den verkliga stjärnan här, och du förtjänar att bli bortskämd."

När Ben gick för att hjälpa Zoe att börja stuva undan allt säkert i lastbilen, fann han sig själv reflektera över den komplexa värld han hade bevittnat idag, med dess blandning av konstnärskap och kommersialism, genuin passion och beräknande fördelar. Och i centrum av allt detta, Kate McKenzie som navigerade dess strömmar med en grace som inte hade något att göra med hennes ridskicklighet och allt att göra med hennes karaktär.

Kapitel nio

S TALLET VAR TYST SÅ när som på de stillsamma ljuden av hästar som gjorde sig hemmastadda för natten. Kate stod i Mistys box och strök den gråa stoets hals medan dagens händelser spelades upp i hennes huvud i en oändlig slinga. De hade varit hemma från tävlingen i flera timmar nu, och den timslånga bilresan tillbaka till Ridgewater hade passerat i en belåten men utmattad tystnad. Utanför hade natten fallit helt och svept in egendomen i ett mörker som endast bröts av säkerhetsbelysning och det silvriga skenet från en halvmåne. Inne i stallet omslöt de välbekanta dofterna av hö och häst Kate som en skön filt.

”Du var fantastisk idag, tjejen”, mumlade Kate, med en röst som knappt var hörbar över det mjuka knastrandet av Mistys tänder som bearbetade sitt kvällshö. Stoets öron vickade bakåt vid ljudet av Kates röst och sedan framåt igen, mer intresserad av att äta än av beröm hon redan hade fått många gånger den dagen.

Kates kropp värkte av den särskilda trötthet som kommer efter en tävling; inte bara fysisk utmattning, utan den mentala och känslomässiga ansträngningen av att upprätthålla perfekt fokus genom varje rörelse, varje övergång. Hennes armar och ben kändes som kokt spagetti, men hennes sinne vägrade att tystna. Hon såg hela tiden arenan framför sig, kände Mistys kraftfulla rörelser under sig, hörde publikens uppskattning och domarnas avmätta komplimanger.

Sedan, som en ovälkommen skugga, dök Vanessas strama, sammanbitna min upp i hennes minne. Den yngre kvinnan hade helt undvikit prisutdelningen men hade lyckats fälla en särskilt bitsk kommentar när Kate lastade in Misty i transporten.

"Hemmauppfödda klarar sig tillräckligt bra på den här nivån", hade Vanessa sagt, med blicken fäst på sin hästskötare, men med rösten precis lagom hög för att höras. "Men internationellt?" Skrattet som följde var fullt av förakt.

Kates fingrar stannade på Mistys hals. Hon hade skakat av sig kommentaren i stunden, alltför fokuserad på att få hem sin häst säkert för att bry sig om Vanessas avundsjuka. Men nu, i det tysta mörkret, smög sig tvivel in och naggade hennes visshet i kanten. Hade dagen varit en lyckträff? Kunde hon och Misty upprepa den prestationen tillräckligt konsekvent för att säkra en plats i laget, och om de gjorde det, skulle de hålla måttet på internationell nivå?

Ljudet av stövlar mot betong bröt igenom hennes tankar. Kate behövde inte titta upp för att veta vem som närmade sig; hon kände igen den särskilda takten i Bens steg med sina långa ben.

"Där är du", sa Ben mjukt och dök upp vid boxdörren. Han lutade sin långa gestalt mot dörrkarmen. "Jag anade att du fortfarande var här ute."

Kate lyckades få fram ett trött leende men rörde sig inte från Mistys sida. "Ser bara till att hon har det bra. Tävlingsdagar är stressiga för hästar också."

"Hon ser fullkomligt nöjd ut för mig", observerade Ben och nickade mot Misty, som knappt hade uppmärksammat hans ankomst, alltför upptagen med sitt hönät. "Hennes människa, däremot, ser ut som om hon skulle behöva lite vila."

"Det är bra med mig", svarade Kate automatiskt, svaret kom så inövat att det inte krävde någon eftertanke.

Bens ögonbryn höjdes en aning. "Du var otrolig där ute idag", sa han, med sänkt röst, mer intim i det tysta stallet. "Ni båda var det."

Kate försökte vifta bort komplimangen med en axelryckning, men något i hans ärliga min fick hennes vanliga undanflykt att kännas ihålig. Hon vände sig bort och låtsades kontrollera Mistys vattenhink, ovillig att låta honom se tårarna som plötsligt sved i ögonen.

"Var jag?" frågade hon med en röst som var spädare än hon avsett. "Vanessa påstår redan för alla att jag bara hade tur. Kanske hade jag det." Hon tog ett skakigt andetag, förvånad över orden som vällde ur henne. "Jag är så trött på att kämpa för varje uns av respekt, på att behöva bevisa mig själv om och om igen för att jag inte köper hästar för sexsiffriga belopp."

"Du hade inte tur", sa Ben, med en röst som var mild men bestämd. "Du har förtjänat det, alltihop. Alla som såg er idag kunde se det."

Kate blinkade snabbt och försökte återfå fattningen. Dagens triumfer och spänningar hade gjort henne oväntat skör, och hennes vanliga känslomässiga barriärer hade nötts tunna av utmattning.

"Jag såg domarnas ansikten", fortsatte Ben. "De tittade inte på någon som hade tur. De tittade på någon exceptionell, med en exceptionell häst som hon inte betalat någon annan för att lära alla de tjusiga tricken."

En förrädisk tår rann nerför Kates kind innan hon hann torka bort den. Hon höll ryggen mot Ben, generad över denna otypiska uppvisning i sårbarhet.

"Hallå", sa Ben mjukt. Boxdörren knarrade när han sköt upp den och klev in, obekymrad över halmen och dammet som skulle fastna på hans jeans och stövlar. "Det är okej att vara trött, du vet. Även mästare behöver vila."

Hans närvaro bakom henne kändes solid, stadig. Kate förblev som förstenad, fångad mellan sin instinkt att hålla avstånd och en överväldigande önskan att bara luta sig tillbaka mot honom, att låta någon annan vara stark för en stund.

"Alla vill ha något av mig", viskade hon med ojämn röst. "Sponsorerna vill ha en polerad fasad, domarna vill ha konsekventa resultat, mina föräldrar lämnade mig ansvarig för deras arv, och Vanessa ..." Hon skakade på huvudet. "Vanessa vill bara att jag ska få henne till toppen medan jag själv misslyckas."

"Och vad vill du?" frågade Ben, nu så nära att hon kunde känna värmen som strålade från honom i den svala kvällsluften.

Frågan fick henne att falla samman. Kate vände sig om, utan att riktigt möta hans blick, och lät sig luta mot honom, först bara med axeln, och prövade denna obekanta kapitulation. När han inte drog sig undan vände hon sig längre in och pressade ansiktet mot hans bröst medan hennes andning fastnade i halsen.

Bens armar slöts om henne utan att tveka, starka och trygga. Ena handen lades på hennes svank medan den andra kupades runt hennes nacke, och fingrarna flätades varsamt genom hennes hår, som fortfarande var lite stelt av hårspray från tävlingen.

"Jag håller dig", mumlade han mot hennes hjässa. "Du måste inte alltid vara den starka."

Kate kände hur hon sjönk ihop mot honom, alltför utmattad för att upprätthålla sin vanliga fattning. Hans skjorta var mjuk mot hennes kind, och under den kunde hon höra den stadiga rytmen från hans hjärta. Enkelheten i mänsklig kontakt, att bli omhållen utan förväntningar, fick det att tjockna i halsen av känslor.

De stod så i flera långa ögonblick, medan Bens hand ritade långsamma cirklar på hennes rygg och Kates andning gradvis blev stadigare. Misty, oberörd av det mänskliga dramat som utspelade sig i hennes box, fortsatte metodiskt att mumsa på sitt hö.

"Kom nu", sa Ben till slut, med en röst som var ett muller hon kände lika mycket som hörde mot sitt öra. "Du är klar för idag. Låt mig ta hand om dig för en gångs skull." Han lutade sig tillbaka precis tillräckligt för att se ner på henne, och hans blick var så öm att det värkte i hennes bröst. "Misty har fått sin middag; låt henne vila."

Kate nickade, plötsligt alltför slut för att argumentera. Med en sista klapp på Mistys solida skuldra lät hon Ben leda henne ut, med hans stadiga hand vid sin midja. För en gångs skull behövde hon inte vara den kapabla, den starka, den som hade alla svar. Åtminstone för ikväll kunde hon bara vara Kate, trött och triumferande och inte helt ensam.

Stigen från stallet till The Shack skimrade silverfärgad i månskenet, och den välbekanta vägen hade förvandlats av natten till något nästan magiskt. Kate gick långsamt, tacksam för Bens stadiga närvaro vid sin sida, hans hand ett mjukt stöd vid hennes armbåge. Hennes ben kändes som om de hade blivit urholkade och fyllda med bly, varje steg krävde medveten ansträngning. Segerns eufori hade bleknat för timmar sedan och lämnat efter sig en benkrossande trötthet som fick även den korta promenaden att verka skrämmande.

"Försiktigt här", mumlade Ben när de närmade sig en svacka i stigen. "Det regnade medan vi var på tävlingen."

Kate nickade, alltför trött för att svara med ord. Hon lutade sig mot hans solida gestalt och lät sig acceptera hans hjälp utan den reflexmässiga självständighet som vanligtvis höll henne på armlängds avstånd från andra. Ben anpassade sina steg till hennes, och hans ansenliga längd böjde sig något mot henne som för att skydda henne från den svala nattluften.

En uggla ropade i fjärran, ett kusligt hoande, det enda andra ljudet utöver vinden som prasslade mjukt i träden.

"Jag kan inte minnas när jag var så här trött senast", erkände Kate, med en röst som var lite mer än en viskning. "Inte bara i kroppen. Allt."

Ben klämde försiktigt hennes armbåge. "Du har gått på adrenalin hela dagen. Kraschen var oundviklig."

"Är det vad det här är? En krasch?" Hon snubblade till på en ojämn grusfläck, och Bens arm gled omedelbart runt hennes midja och stadgade henne.

"Den tekniska termen är 'postkompetitiv dekompression'", svarade han, och den lätta retsamheten i hans ton värmde henne trots hennes utmattning.

"Lite forskningsinformation?" frågade Kate, och ett leende ryckte i hennes läppar trots henne själv.

"Absolut", bekräftade Ben. "Jag har så många intressanta småsaker i min hjärna. Vi borde gå på pubquiz någon gång; jag är portad från de flesta tävlingarna i Sydney, men de känner inte mig här."

Hon skrattade utmattat och kunde föreställa sig hur han roade hela puben genom att vara en sådan outhärdlig besserwisser. "Kanske inte. Vill inte bli portad från The Exchange. Det är den enda puben inom trettio minuters bilresa."

De rundade den sista kröken på stigen, och The Shack kom inom synhåll, dess väderbitna timmer silverfärgat av månskenet. Men det som fångade Kates uppmärksamhet var de varma gula ljusen som lyste upp altanen. Ben måste ha lämnat dem på innan han kom för att leta efter henne.

När de kom närmare såg Kate ånga stiga från bubbelpoolen som var inbäddad i hörnet av altanen. Locket hade tagits bort, och vattenytan krusade sig inbjudande i den milda nattbrisen.

"Du planerade det här", sa hon och tittade upp på Ben med förvåning.

Han ryckte på axlarna, och ett drag av självmedvetenhet syntes i hans ansikte. "Jag tänkte att du kanske skulle behöva koppla av efter idag. Bubbelpoolen har funnits här hela tiden, men din familj sa att ingen har använt den sedan dina föräldrar åkte på sin resa. Jag fyllde den igår och satte på den innan vi åkte i morse så den skulle bli varm. Tänkte att du skulle behöva den oavsett hur tävlingen gick."

Omtanken bakom gesten rörde henne djupare än hon förväntat sig. När de klev upp på altanen omslöts de av den fuktiga värmen från bubbelpoolen, som bar med sig den svaga klordoften från behandlat vatten.

"Jag har inte ens en baddräkt här", sa Kate och stirrade längtansfullt på det ångande vattnet.

"Jag ska inte titta", erbjöd Ben och vände sig redan bort. "Du kan ha på dig vad du känner dig bekväm i. Eller så kan jag gå in medan du ..."

Kate var för trött för blygsel eller förställning. Hon sparkade av sig sina stövlar och drog sedan av sig sina ridbyxor. Hennes ridskjorta följde efter, drogs över huvudet och släpptes utan krusiduller ovanpå högen; hon lade till sin klocka och hårsnodden, och stod nu bara i sin enkla sport-bh och trosor, med huden knottrig i den svala nattluften.

När hon tittade upp, såg hon hur Ben tittade på henne innan han snabbt vände bort blicken, med en rodnad som kröp uppför hans hals. Hans adamsäpple guppade till när han svalde hårt.

"Du tänker väl inte svimma, Crossley?" frågade Kate och förvånade sig själv med den retsamma tonen i sin röst. Trots sin utmattning, eller kanske på grund av den, hade hennes vanliga filter lösts upp och lämnat henne mer direkt än hon normalt skulle vara.

Ben vände sig tillbaka med ett något ansträngt leende, och hans ögon var noggrant fästa vid hennes ansikte. "Inte om du inte vill att jag ska det", svarade han, och antydan till ett flin dolde inte helt hans förvirring.

Kate kände en fladdrande tillfredsställelse över hans reaktion, en oväntad värme spred sig genom henne som inte hade något att göra med bubbelpoolen. Hon hade tillbringat så många år med att bli värderad för sin ridning, sina träningsfärdigheter, sitt efternamn – inte för kvinnan under alla dessa prestationer. Den oförställda uppskattningen i Bens ögon, hur mycket han än försökte dölja den, fick henne att känna sig sedd på ett sätt som inte hade något att göra med dressyrresultat.

"Hjälper du mig i?" frågade hon och sträckte ut sin hand mot honom. "Mina ben känns fortfarande som om de tillhör någon annan."

Ben kom till hennes sida och tog hennes hand i sin mycket större. Hans andra arm gled runt hennes midja och stödde henne när hon försiktigt klättrade upp för de två stegen till bubbelpoolens kant. Hans beröring var respektfull men bestämd, praktisk snarare än förmäten, även om Kate inte kunde undgå att märka den lätta darrningen i hans fingrar mot hennes hud.

Den första kontakten av varmt vatten mot hennes trötta muskler framkallade ett ofrivilligt stön från Kates läppar. Hon sjönk sakta ner i poolen, värmen omslöt henne som en flytande omfamning och började omedelbart arbeta med sin magi på hennes värkande kropp. Hon satte sig på undervattensbänken, lutade huvudet bakåt mot poolens kant och slöt ögonen.

”Det här var precis vad jag behövde”, suckade hon och kände hur spänningen i hennes axlar började lösas upp. ”Du är kanske ett geni.”

”Knappast”, svarade Ben, hans röst varm av munterhet. ”Bara observant.”

Kate öppnade ögonen och fann honom sätta sig på kanten av poolen, med sina jeans upprullade och sina bara fötter dinglande i vattnet. Han sträckte sig bakom sig och trollade fram en ångande mugg, som han erbjöd henne.

”Kamomill med honung”, förklarade han när hon tog den. ”Emma sa att det är din favorit efter en lång dag.”

Den oväntade omtanken bakom gesten, inte bara bubbelpoolen, utan det specifika teet förberett precis som hon gillade det, fick en klump att bildas i Kates hals. Hon kupade händerna runt den varma muggen och andades in den lugnande doften av kamomill.

”Tack”, sa hon enkelt, medveten om att orden var otillräckliga men alltför överväldigad för att erbjuda mer.

Ben log, och det fanns något mjukt och öppet i hans uttryck. ”Varsågod.”

Ånga steg upp runt dem i delikata spiraler och skingrades i den svala nattluften. Kate smuttade på sitt te och kände hur värmen arbetade sig igenom henne inifrån medan det varma vattnet löste upp hennes muskler utifrån. För första gången på flera dagar kände hon hur spänningsknutarna i hennes kropp började lösas upp, och hennes andning saktade ner för att matcha den milda rytmen av vattnet som skvalpade mot poolens sidor.

Tyngden från dagen, pressen, triumferna, beräkningarna och tävlingarna både i och utanför arenan, verkade lösas upp i det varma vattnet. Kate slöt ögonen igen och överlämnade sig åt den enkla njutningen av att bli omhändertagen, om så bara för en liten stund.

”Berätta om domarna”, sa Ben efter några minuter av fridfull tystnad, hans röst låg och mild i den tysta natten. ”Vad sa de till dig efter prisutdelningen?”

Kate öppnade ögonen och såg ångan stiga från vattenytan. "Högsta prestationschefen nämnde kommande träningsläger för laget. Sa att de skulle höra av sig om att inkludera Misty och mig." Hon tog en klunk till av sitt te, värmen spred sig genom hennes bröstkorg. "Det är ingen garanti, men det är ett steg närmare."

Ben nickade, med ett eftertänksamt uttryck. "Det är betydelsefullt, eller hur?"

"Det skulle det kunna vara", medgav Kate. "Eller så kan det bara vara artig uppmuntran. I den här världen vet man aldrig om man hålls på halster förrän man plötsligt inte gör det längre." Hon suckade och lät huvudet vila mot poolens kant. "Varje ryttare där ute kämpar för samma få platser. En dålig dag, ett misstag, och du får titta på från sidlinjen."

"Är det vad som hände med Duchess?" frågade Ben försiktigt.

Kates bröst snördes ihop vid omnämnandet av hennes skadade sto. "Med Duchess var det inte ens ett misstag, eller inte mitt misstag i alla fall. Bara otur. Fel plats, fel tid." Hon stirrade ner i sitt te och mindes. "Ena stunden var jag på väg mot allt jag hade arbetat för, och i nästa ... ingenting. Års arbete borta på sekunder."

"Och ändå är du här", observerade Ben tyst. "Och bygger upp något nytt med Misty."

"För vad skulle jag annars göra?" Kates röst brast en aning. "Ge upp? Lämna allt jag har tränat för sedan jag var barn?" Hon skakade på huvudet. "Det här är den jag är, Ben. Utan ridning, utan tävling ... vet jag inte vem jag skulle vara."

"Du skulle fortfarande vara Kate McKenzie", sa han enkelt. "Envis, briljant, kompetent Kate som skulle utmärka sig i allt hon bestämde sig för."

Hon tittade upp på honom, förvånad över säkerheten i hans röst. "Du låter väldigt säker på det."

”Det är jag.” Bens ögon mötte hennes stadigt. ”Ridningen, tävlingarna; det är vad du gör, inte vem du är.”

Kate kände något lossna i bröstet vid hans ord. ”Ibland är jag inte säker på att jag vet skillnaden längre.”

”Det är fällan, eller hur?” sa Ben och ritade mönster i vattnet med fingrarna. ”När man har ägnat sitt liv åt något, suddas gränsen mellan identitet och aktivitet ut. Jag kände det när min första bok blev en framgång. Plötsligt var jag inte bara Ben som skriver böcker; jag var Ben Crossley, bästsäljande författare.”

”Och förväntningarna som följer med det”, lade Kate till och förstod omedelbart.

”Exakt. Pressen att upprepa framgången, att leva upp till bilden.” Han log snett. ”Men du behöver inte imponera på någon här. Inte på mig, inte på din familj. Särskilt inte på Vanessa.”

Kate slöt ögonen igen och lät hans ord sjunka in. Det var något djupt vilsamt i att vara med någon som såg henne, verkligen såg *henne*, under prestationerna och familjenamnet. Någon som förstod tyngden av förväntningar eftersom han bar på sin egen version av samma börda.

Vattnet skvalpade mjukt runt hennes axlar när hon rörde på sig och sträckte ut, och kände hur musklerna gradvis släppte spänningar hon hade burit på så länge att hon hade glömt att de fanns där. För just detta ögonblick behövde hon inte planera sin nästa tävling, analysera sin prestation eller upprätthålla McKenzies arv. Hon kunde helt enkelt existera i denna fridfulla miljö, med denna man som inte bad om något annat än hennes närvaro.

Utan att öppna ögonen sträckte Kate ut handen, och hennes våta hand fann Bens där den vilade på kanten av poolen. Hennes fingrar slöt sig om hans, och vatten droppade från hennes hud ner på hans underarm.

”Kom i”, sa hon mjukt. ”Du förtjänar också ett bad.”

Hon kände hans hand spännas under sin. "Kate", sa han med en plötsligt sträv röst. "Om jag kliver i är jag inte säker på att jag kommer att kunna uppföra mig."

Den nakna ärligheten i hans erkännande sände en hetta genom henne som inte hade något att göra med det varma vattnet. Kate öppnade ögonen och mötte hans blick, som var fäst på henne med en intensitet som fick henne att tappa andan. Deras kyss från flera dagar sedan flammade upp i hennes minne, ögonblicket då professionella gränser tillfälligt hade lösts upp och avslöjat attraktionen som sjudit under deras försiktiga artighet.

Kate kände ett leende sprida sig över sitt ansikte, vårdslöst och fritt. "Tänk om jag inte vill att du ska uppföra dig?" frågade hon och drog sedan hårt i hans hand innan han hann svara.

Ben föll framåt med ett förvånat ylande och landade i bubbelpoolen med ett enormt plask som skickade vatten kaskaderande över kanterna. Han dök upp hostande, med skjortan klibbande mot bröstet och håret droppande i ögonen.

"Du är en plåga, Kate McKenzie", flämtade han, men det fanns ett skratt i hans röst.

Kates eget skratt bubblade upp, ljust och ohämmat. "Du skulle se ditt ansikte just nu."

"Jag är fullt påklädd!" protesterade han och tittade ner på sina dyblöta kläder med komisk bestörtning.

"Inte mitt problem", svarade Kate, och hennes leende blev illmarigt. "Fast jag antar att de där blöta kläderna måste vara obekväma ..."

Bens ögon mörknade vid hennes antydande ton. För ett ögonblick stirrade de på varandra, och skrattet gav vika för något mer laddat. Sedan sträckte sig Ben efter fållen på sin genomblöta skjorta och drog den över huvudet i en enda smidig rörelse. Han slängde den på altanen med ett blött klatsch, och avslöjade en slank överkropp med mörkt hår.

Kate betraktade honom, och hennes munterhet övergick i uppskattning. Trots hans gängliga gestalt var hans axlar breda, hans armar seniga med diskreta muskler. Han tittade tillbaka på henne, med en utmaning i blicken när hans händer rörde sig mot knappen på hans jeans.

"Vänd dig om ifall du tänker rodna", retades han och ekade hennes tidigare ord.

"Jag rodnar inte", svarade Kate, även om hon kunde känna hur hettan steg i kinderna, en hetta som inte hade något att göra med det varma vattnet.

Ben höll ögonkontakt medan han arbetade ner de blöta jeansen över benen, en uppgift som var uppenbart svår i det trånga utrymmet. Efter lite okynnigt manövrerande lyckades han ta av sig både jeans och kalsonger och lade dem i den dyblöta högen på altanen. Han satte sig till rätta i vattnet mittemot henne, och hans långa ben snuddade vid hennes i det begränsade utrymmet.

"Bättre?" frågade Kate, med en röst som var lägre än hon avsett.

"Mycket", svarade Ben och höll hennes blick. Det lekfulla ögonblicket hade skiftat, och luften mellan dem var tjock av förväntan.

Kate rörde sig först och gled över utrymmet som skilde dem åt tills hennes knän snuddade vid hans lår. Ben satt stilla och betraktade henne med en intensitet som fick hennes hud att knottras trots värmen från vattnet. Hon lade händerna på hans axlar och kände den solida värmen från honom under sina handflator.

"Jag har tänkt på det här sedan den kvällen vi kysstes", erkände hon tyst.

"Det har jag också", Bens händer fann hennes midja, och fingrarna spretade över hennes revben med ett mjukt tryck. "Mer än jag borde ha gjort."

Kate lutade sig framåt och stängde det sista avståndet mellan dem. Denna kyss var annorlunda än deras första; ingen tvekan, ingen överraskning. Hon pressade sina läppar mot hans med avsiktlig beslutsamhet, och Ben svarade omedelbart, med ena handen glidande upp längs hennes ryggrad för att kupa baksidan av hennes huvud.

Kyssen fördjupades, och vattnet skvalpade runt dem när Kate rörde sig ännu närmare, hennes kropp fann sin plats mot hans. Bens hand vid hennes midja gled neråt och följde kurvan på hennes höft genom det tunna tyget på hennes trosor. Hans beröring var vördnadsfull men säker, utforskande snarare än ägande.

Kate suckade mot hans mun, och hennes egna händer rörde sig för att utforska konturerna av hans bröst, och lärde sig känslan av honom. Deras kroppar passade naturligt ihop, hennes lår lade sig på vardera sidan av hans medan kyssen blev mer intensiv. Den stadiga pulsen av åtrå som hade byggts upp mellan dem i veckor nådde sin kulmen, svepte bort det sista av hennes tvekan, och hon sträckte sig ner och styrde hans hand för att dra ner hennes trosor.

De förenades långsamt, med mjuka rörelser av hänsyn till hennes trötta muskler. Kate flämtade mot Bens axel när de förenades, hennes fingrar grävde sig in i hans armar. Hans händer styrde hennes höfter i en loj rytm, och vattnet skvalpade runt dem i mjuka vågor som matchade deras rörelser.

Det fanns ingen brådska, ingen desperat hetta, bara den gradvisa uppbyggnaden av njutning, avbruten av viskade ord och delade andetag. Ben betraktade henne med förundran när hon rörde sig ovanpå honom, hans händer både stödjande och sökande. När frigörelsen slutligen kom, sköljde den genom Kate som en våg och lämnade henne darrande och klamrande sig fast vid Ben när han följde henne över kanten.

Senare, insvepta i överdimensionerade handdukar på altansoffan, vilade Kate sitt huvud mot Bens axel. Hennes kropp surrade av behaglig trötthet, musklerna avslappnade och varma från både bubbelpoolen och deras älskog. Bens arm låg runt henne, hans fingertoppar ritade lata mönster på hennes arm genom handduken.

Natten förblev tyst förutom det milda suset från vinden i träden. Ovanför dem prydde stjärnor den klara Queensland-himlen, oräkneliga ljusprickar mot mörkret. Kate kände hur hon log, en djup tillfredsställelse spred sig genom henne, en känsla som hade varit frånvarande längre än hon kunde minnas.

"Jag kan känna att du tänker", mumlade Ben mot hennes hår.

Kate skrattade lågt. "Tänker inte. Bara... är."

Hans arm slöt sig lite hårdare om henne. "Och hur är det? Att bara vara?"

"Ovant", erkände hon. "Men skönt." Hon lyfte ansiktet för att se på honom och fann hans uttryck mjukt i det svaga ljuset. "Jag gör inte det här ofta, du vet."

"Sitter på altanen i en handduk?" retades Ben mjukt.

Hon knuffade till honom med armbågen. "Du vet vad jag menar."

"Det gör jag", erkände han, och hans ton blev allvarligare. "Och om det nu betyder något, så gör inte jag det heller. Inte så här."

Kate lutade sig tillbaka mot honom och förstod exakt vad han menade. Det här var inte bara fysisk attraktion eller bekväm närhet. Något djupare hade bildats mellan dem, en koppling som hade börjat med ömsesidig respekt och utvecklats till något ingen av dem hade förutsett.

För första gången på längre än hon kunde minnas kände sig Kate helt fri från förväntningar; sina egna, sin familjs, ridsportvärldens. Morgondagen skulle föra med sig ansvar och tävlingar och all den press som följde med hennes valda väg. Men ikväll fanns bara detta: stjärnorna, den milda natten och Bens stadiga närvaro vid hennes sida.

Kapitel tio

Soluppgången vid Ridgewater var alltid gyllene, men just den här måndagen lyckades den vara både spektakulär och på något sätt mild, där de första strålarna spred sig över sjön och förvandlade daggen på gräset till ett fält av små diamanter. Världen kändes renspolad. Kate, insvept i en mjuk morgonrock med håret fortfarande droppande från duschen, satt med benen i kors på schäslongen på The Shacks altan med sin laptop balanserad på knäna. Hon kisade, inte mot skärmen utan mot blänket som reflekterades från den, och muttrade några ord om begränsningarna med att "dra sig tillbaka till naturen" när man hade kvartalsrapportering till ett europeiskt företag.

Ben, som såg mer tilltufsad ut än vanligt, dök upp från köket med två omaka muggar. Den ena hade en bild av en häst som hoppade över ett hinder, den andra en skrikig slogan som löd *JAG PAUSADE MIN BOK FÖR DET HÄR?* i versaler. Båda ångade kraftigt i morgonkylan.

Han korsade försiktigt den breda verandan med tysta bara fötter på de gamla brädorna. "Kaffe", sa han och räckte henne hästmuggen som en fredsgåva. "Med mjölk och en sockerbit, som beställt."

Kate tog emot den med en tacksam nick och kupade händerna om den varma muggen ett ögonblick innan hon tog en klunk. "Du är en räddare i nöden", sa hon, och den första smaken fick ett äkta, oförställt leende att sprida sig över hennes läppar.

"Jag gjorde mitt bästa. Espressomaskinen där inne är en relik. Jag är rätt säker på att den är från före min födelse. Dina föräldrar borde unna sig en ny." Han sjönk ner bredvid henne på schäslongen, så nära att deras knän snuddade vid varandra ett kort ögonblick innan Kate flyttade benet till en mer professionell, mindre intrasslad position.

De satt i kamratlig tystnad och såg solen jaga bort dimman från sjöns yta. Någonstans bakom dem drillade en skata en invecklad aria, och då och då frustade en häst i hagarna sömnigt. Tystnaden var total, men inte tom.

"Sov du något?" frågade Ben till slut och vände sig om för att kika på henne över muggkanten.

"Till slut", sa Kate. "Vaknade vid fyra, vilket tekniskt sett är sovmorgon på tävlingshelger." Hon sneglade på honom och tittade sedan bort, plötsligt blyg. "Du då?"

Han ryckte på axlarna. "Ärligt talat lite omtöcknad. Jag är inte van vid att somna med någon annan i närheten, och ännu mindre att vakna upp med dem." Han tvekade och tillade sedan: "Men det var trevligt. Hemma-aktigt. På ett konstigt, post-atletisk-glans-sätt."

Kate skrattade till. "Är det en komplimang eller en recension?"

”Lite av varje”, sa Ben och bjöd på det där lediga, lite sneda leendet som hon kvällen innan hade bestämt var den farligaste delen av honom.

Hon smuttade på sitt kaffe och lät blicken vandra tillbaka till den glödande horisonten. ”Jag borde jobba”, erkände hon och nickade mot sin laptop. ”Om jag inte skickar in de här sponsoransökningarna idag missar jag deadline. Sarah kommer att ge mig Den Blicken.”

”Jag känner väl till den”, sa Ben, ”men jag börjar tro att du bryr dig mer om blicken än om pengarna.”

Kate gav honom en blick från sidan. ”Jag bryr mig om båda. Men blicken förföljer mig i mina drömmar.”

Ben flinade och lutade sig sedan över för att läsa på skärmen. ”Vem är det lyckliga företaget idag?”

”Equinova. Något svenskt bioteknikföretag. De vill expandera till den australasiatiska marknaden, och vi är tydligen ’en trovärdig partner för deras värderingsanpassade initiativ’.” Hon gjorde citationstecken i luften och rynkade sedan pannan åt frasen i sitt utkast. ”Jag kan inte bestämma mig för om jag ska pitcha in vårt hållbarhetsprogram eller framgången för våra egenuppfödda hästar. Båda låter lika falska i skrift.”

Ben funderade och knackade sedan på styrplattan för att rulla uppåt. ”De vill ha en berättelse, inte ett kalkylblad. Börja med ursprungsberättelsen: en internationell kärlekshistoria mellan olympier, döttrarna som för arvet vidare, drömmen om att bygga något som överlever dem. Världen älskar en dynasti, särskilt när det finns motgångar och triumfer.”

Kate fnös. ”Motgångar är bara ett annat ord för ’att vara pank medan alla dina konkurrenter flyger business class’.”

Ben ryckte på axlarna. ”Det är fortfarande en bra historia. Låt dem se din passion, inte bara dina resultat.”

Hon stängde laptopen och vände sig sedan om för att titta på honom. ”Du är inte helt kass på det här, du vet.”

”Beröm från högsta ort”, sa Ben och skålade försiktigt med sin mugg mot hennes. ”På tal om historier, kan jag få testa en sak på dig?”

Kate nickade, och hennes nyfikenhet väcktes. Ben sträckte sig mot sidobordet och grep tag i sin slitna anteckningsbok och bläddrade fram till en sida som var halvfylld med hans täta, sneda handstil.

”Jag började på det nya upplägget i går kväll”, sa han, ”efter... allt.” Hans hand svävade nesligt över sidan som om han var osäker på om han skulle ge över den, men till slut läste han bara högt. ”Bok ett: Outback Noir. Före detta polis återvänder till småstad för sin främmande systers begravning, hittar bevis på korruption i ett lokalt hästkapplöpningssyndikat. Problemen eskalerar: försvunna hästar, hemlig dopning, penningtvätt, lik i bushen. Teman: arv, upprättelse, tillit.”

Han tittade upp. ”Det är uppenbarligen inte Ridgewater, men...”

”Uppenbarligen”, sa Kate med neutral röst, ”eftersom ingen av oss är före detta polis eller död än.”

Ben flinade. ”Men ramverket finns där. Jag funderar på att göra huvudutredaren i den här serien till en kvinna. Hon är driven, stoisk, väldigt teknisk, men med ett behov av att bevisa sig i en macho-miljö.”

Kate flinade tillbaka. ”Ren fantasi, med andra ord.”

”Exakt”, sa Ben. ”Och det är här jag behöver din input: den utlösande händelsen är tänkt att vara en häst som hittas dopad och övergiven i en hage. Men jag är inte säker på om det är realistiskt. Dopning är dyrt, eller hur?”

Kate skakade på huvudet. ”Nej. Problemet är att man aldrig skulle komma undan med det på en riktig tävling. De testar på alla nivåer nu. Om din polis är smart, skulle hon veta att det hela var en fälla eller en avledningsmanöver.” Hon rynkade pannan. ”Gör hästens värde till nyckeln, inte drogerna. Kanske handlar det om avel, eller att hästen bytts ut, eller några förfalskade papper för att tvätta pengar... eller spel, även om jag vet att du har spel som tema i din nuvarande bok."

Bens ögon lyste upp. "Vänta. Men jag skulle faktiskt kunna använda det för att koppla ihop det... för att skapa en spin-off till den nya serien!" Han började klottra frenetiskt i sin anteckningsbok med läpparna sammanpressade i koncentration. "Perfekt. Ser du, jag visste att du hade insiderkunskapen. Jag skulle ha gjort tusen misstag annars."

"Förmodligen bara niohundra", retades Kate, och tillade sedan mjukare: "Det är bra, det du gör. Hur du tar allt det här och förvandlar det till något nytt."

Han tittade upp, och för ett ögonblick kändes luften tyngre, laddad med en outtalad tacksamhet. Kate var den första att titta bort, tillbaka mot utsikten.

Ett skarpt pling från hennes telefon fick dem båda att hoppa till. Hon kollade notisen och hennes mun blev ett hårt, tunt streck. "Ännu ett", sa hon. "Det är fem i morse, om man räknar med agentens 'brådskande påminnelse' om deadline."

Ben studerade hennes ansikte. "Stora erbjudanden, eller bara det vanliga?"

"Det vanliga", svarade Kate. "Mindre, lokala märken, eller de som bara vill ha ett par inlägg på sociala medier. Inte de stora namnen."

"Du kommer att få de stora namnen", sa Ben med självklar ton.

Hon skrattade ett kort, skarpt skratt. "Du säger det med den självsäkerhet som bara någon som aldrig har behövt ta emot sadeltvål eller flugspray i utbyte mot ett inlägg på Instagram kan ha."

Han sträckte sig ut och lade sin hand över hennes. Hans fingrar var varma, överraskande stadiga. "Jag säger det för att jag vet vad du är värd. Och för att resten bara är brus, Kate."

Hon tittade ner på deras händer, och hennes tumme började automatiskt att följa linjen på hans knoge. "Är det så enkelt?"

"Förmodligen inte", sa Ben, "men jag är envis. Så om världen inte kommer ikapp din talang kommer jag bara fortsätta att säga det tills du tror på det."

För ett ögonblick fanns inget annat än trycket från hans hand. Sedan andades Kate in, djupt och stadigt, och lät sig själv känna sig grundad och närvarande. Notiserna kunde vänta, deadlines kunde vänta, till och med sponsorerna kunde vänta. För tillfället var hon precis där hon ville vara.

Hon sneglade på honom. "Kommer du att ha med mig i boken?"

Ben flinade. "Tja, jag vill ju inte bli stämd för förtal."

"Eller för att du har fel fakta", sa hon och sträckte sig efter sin laptop med en förnyad känsla av beslutsamhet. "Jag kommer att faktagranska varje ord."

Ben låtsades bli skräckslagen, men när Kate tittade upp igen fanns inget annat än tyst beundran i hans ögon. Och i det stillastående ögonblicket, med solen som gick upp, kaffet som svalnade och världen på paus, verkade det fullt möjligt att vad som helst kunde hända.

Klockan 8.30 var septembersolen redan tillräckligt varm för att skära igenom den sista dimman. Kate drog upp dragkedjan på sin väst och gick uppför grusgången mot stallet, en kort promenad som kändes längre på grund av förväntan som knöt sig i magen. Morgnarna efter tävlingshelger var alltid ett febrilt pusslande med lektioner att ta igen, nya förfrågningar från föräldrar eller klienter, och dubbelt så många sysslor som vanligt, men det var en rytm hon kände utan och innan. Vad hon inte riktigt hade

listat ut än var hur hon skulle få in Ben i den rytmen, men hon började inse att hon ville det.

Hon fick syn på honom strax framför sig, där han stillsamt argumenterade med sin telefon i ett försök att fotografera en kookaburra som satt på en staketstolpe. Han tittade upp när hon gick förbi och flinade fåraktigt.

"Intervjuar du den lokala färgen?" frågade Kate och nickade mot kookaburran, som bredde ut sina vingar och flög iväg.

"Jobbar på min känsla för platsen", svarade Ben och slog följe med henne. "Det, och försöker få till en enda hyfsad bild till mitt förlags sociala medier. De ber hela tiden om 'autentiskt lantligt innehåll' men jag misstänker att de vill ha något med mig i en Akubra och dig som matar ett föl med nappflaska."

Kate fnös. "Lycka till. Jag kommer att vara i ridhuset och mata mitt koffeinberoende med flaska."

Bens leende blev bredare, men han vek av mot kaffemaskinen i sadelkammaren och lämnade Kate att skjuta upp den tunga stalldörren. Hon fann Emma redan i full färd med att jämna till den sista sandfläcken nära ridhusporten med en kratta, efter att uppenbarligen redan ha kört runt med harven.

"Du är tidig", sa Emma och tittade knappt upp.

"Det är Vanessa också", svarade Kate och nickade mot Range Rovern som redan stod parkerad vid stallet. "Inte likt henne. Kanske bestämde hon sig för att sadla Cavalier själv för en gångs skull."

Emma skrattade, men hennes uttryck blev en nyans allvarligare. "Hon är på dåligt humör. Såg henne skälla ut sin hästskötare på parkeringen. Jag sa till den stackars killen att gå och ta en kopp te och vänta ut det."

Kate suckade. "Perfekt."

Vanessa dök upp ögonblicket senare, med Cavalier i släptåg. Hingsten, trots sin storlek, gick med ett behärskat, nästan försiktigt steg, som om han väntade sig ett plötsligt kommando. Vanessas händer, med sina löjliga franskmanikyrerade naglar, grep om grimskaftet som om det vore en förlängning av hennes egen vilja.

Kate såg hur Vanessas blick for förbi stallet och landade på Ben, som just kom ut från sadelkammaren med en kaffemugg i handen, och bara för en sekund drog hela hennes ansikte ihop sig i en rynka. När hon kom in i ridhuset hade hennes uttryck dock slätats ut till en omsorgsfull, professionell mask.

"God morgon, Kate", sa Vanessa, och glättigheten i hennes röst var lika falsk som hennes naglar. "Vacker dag, inte sant?"

"Perfekt för träning", svarade Kate. "Hur var din återhämtning efter lördagens tävling?"

Vanessa gjorde en min. "Bra. Det är Cavalier som har problem. Han har varit stel på vänster sida sedan vi kom hem."

Kate observerade hästens rörelser när de cirklade i ridhuset. "Han ser bra ut härifrån. Varför travar du inte upp honom innan du sitter upp, bara för att kolla?"

Vanessas ögon smalnade, men hon nickade instämmande. "Du är experten", sa hon. "Även om jag är angelägen om att göra framsteg med piruetterna. Jag får inte de poäng jag vill ha."

"Vi kommer dit", försäkrade Kate henne, "men bara om vi tar hand om hans kropp och psyke. Det är det som ger konsekventa resultat."

Kate såg inga tecken på hälta när Vanessa travade upp Cavalier och gav henne klartecken att sitta upp. Hon försökte att inte rycka till när hon såg spänningen komma in i hingstens kropp redan när Vanessa satte foten i stigbygeln, och hur Vanessas händer drog åt tyglarna redan under den första skrattrundan.

Vid det här laget kom Ben fram, med kaffe i handen, och lutade sig diskret mot sargen i bortre änden av ridhuset med sin anteckningsbok. Kate kände en pytteliten irritation – han skulle smälta in i bakgrunden, inte göra sig till ett fast inslag – men hon tryckte ner den. Hon visste vid det här laget att Bens intensiva fokus kunde misstas för övervakning, men han förklarade sig alltid: research för nästa bok, för att få en känsla för språket och rytmerna i ryttarlivet. Och Vanessa verkade inte ens märka att han var där.

Lektionen började tillräckligt bra. Cavalier, lite på helspänn, var väldigt lyhörd för minsta vink, men i samma ögonblick som de övergick till sidvärtsrörelser ökade spänningen. Vid det andra försöket till skänkelvikning tappade Cavalier rytmen och tvekade. Vanessa ryckte omedelbart i tyglarna och pressade samman läpparna till ett tunt streck.

"Lätt i munnen på honom", ropade Kate. "Han lyssnar, han tappade bara balansen. Ge honom ett språng för att återhämta sig."

Vanessas leende fladdrade, av och på som en trasig glödlampa. "Förlåt. Jag är bara frustrerad. Han kan det här."

Kate gick in till mitten av ridhuset för att fånga både hästens och ryttarens uppmärksamhet. "Han har precis kommit tillbaka från två dagars vila och en lång resa. Det är som att springa ett maraton efter tre timmar i en bil. Låt oss börja om från början."

Vanessa nickade, men när hon red runt bakom Kate för att gå upp till början av ridhuset och börja om, hörde Kate det avslöjande snärtandet av Vanessas dressyrspö och virvlade runt för att titta. Cavaliers huvud sköt upp; hans käke spändes mot bettet, svansen klämdes hårt mellan bakbenen i ett tydligt tecken på obehag.

Kate undertryckte sin egen stigande ilska, besluten att föregå med gott exempel. "Du måste lita på honom", sa hon. "Han vill göra rätt."

"Jag litar på honom", insisterade Vanessa, "jag behöver bara att han litar på mig tillbaka."

Kate höll tyst, och litade inte på att hon kunde tala utan sarkasm. Istället fokuserade hon resten av lektionen på övningar som belönade mjukhet och samarbete, och berömde allt som Cavalier gjorde korrekt.

När timmen var slut gled Vanessa ur sadeln med sin vanliga grace, men hennes ansikte var fast i sin nya, vanliga min av missnöje.

"Jag ska jobba honom i pessoasele imorgon", meddelade hon utan att ge Cavalier ens en pliktskyldig klapp. "Han behöver mer engagemang bakifrån."

Kate bet ihop tänderna. "Du vet att jag inte är någon stor förespråkare av att använda utrustning för att tvinga och dra in hästar i en form. Cavalier har en vacker naturlig hållning."

"Om han bara kunde använda den när han blir tillsagd", sa Vanessa spydigt, men det var tydligt att hon skulle göra som hon ville, och Kate var maktlös att stoppa henne.

Vanessa ledde ut Cavalier med raska steg. Kate hörde henne snäsa order till hästskötaren innan dörren svängde igen. Luften i ridhuset kändes genast lättare, men också tyngre av allt som var osagt.

Ben dök upp vid hennes armbåge och stängde sin anteckningsbok. "Det där såg kul ut", sa han torrt.

"Hon är under stor press", svarade Kate, inte helt säker på vem hon försökte övertyga.

Ben tvekade och sa sedan: "Jag hörde något på tävlingen. Om hennes ridteknik?"

Kate kände en isande känsla i nacken. "Vad var det?"

"Någon kille på läktaren pratade om 'rollkur' och hur Cavaliers nos nästan nuddade hans bröst under halva programmet. Han verkade ganska irriterad över det, sa att det är ogillat nu och att det var därför domarna gav henne så låga poäng. Jag förstod inte riktigt detaljerna."

Kates ansikte stelnade. "Det är inte bara ogillat. Det är förbjudet i Europa och strider mot andan i alla regler vi lär ut här. Tvingar man in en hästs huvud sådär stänger man av deras luftvägar, deras ryggrad, hela deras kropp. Det är...", hon letade efter ett ord som inte innehöll svordomar, "... inhumant."

Ben väntade och lät tystnaden fyllas med allt som Kate inte sa. Han såg hur hon böjde sig ner för att plocka upp en tappad hovkrats, hennes käke som arbetade från sida till sida, en vana hon hade fått efter år av att bita tillbaka sitt första svar på dumhet.

"Tror du att hon gör det med flit?" frågade han med låg röst.

Kate skakade på huvudet. "Inte medvetet. Men hon blir desperat. Om hästen inte ger henne vad hon vill ha, tar hon det, och nästa sak du vet ser du blåa tungor och vita ögon på bilderna."

Ben såg bekymrad ut och knackade anteckningsboken mot sitt lår. "Kan du konfrontera henne om det?"

"Hon är min klient, inte min elev. Det är en skillnad. Om jag pressar för hårt kommer hennes mamma att sparka mig, och då går hon bara någon annanstans och gör det värre."

Bens blick var stadig, utan att blinka. "Så du ska bara se på?"

"Jag ska göra henne bättre, trots henne själv", sa Kate, med låg men intensiv röst. "Och se till att Cavalier inte går sönder innan han fyller tio."

Sarah stack in huvudet genom ridhusdörren. "Jag måste åka in till stan; kan du göra mig en jättetjänst och longera Legend?" frågade hon och syftade på Ridgewaters främsta hingst, som trots sin ålder fortfarande behövde regelbunden lätt motion för att hålla sig glad och lugn.

Kate rätade på sig och begravde sin ilska för stunden. "Ja, självklart. Min nästa lektion är inte förrän klockan tolv."

"Tack, gumman! Jag är skyldig dig en!" Sarah försvann med en vinkning.

Ben såg henne gå och vände sig sedan tillbaka till Kate. "Vill du att jag säger något, nästa gång? Till henne, eller någon?"

Frågan överraskade henne. "Varför skulle du det?"

"För att det stör dig", sa Ben, som om det var det enklaste svaret i världen. "Och för att jag gillar hästar, även om de bara är dyra husdjur för mig."

Kates ansikte mjuknade, bara litegrann. "Tack. Men om du vill hjälpa till, fortsätt bara att anteckna vad du ser. Ibland är det enda som förändrar världen bevis."

Ben nickade, nöjd. "Det ska jag göra."

Han stoppade anteckningsboken under armen, och när han lämnade ridhuset stannade han och tittade tillbaka. "För vad det är värt hanterade du henne perfekt. Som om hon vore en svår misstänkt. Jag gillar din stil."

Hon såg honom gå, och spänningen i hennes axlar lättade en aning. Kanske hade Ben rätt. Kanske var hennes jobb att göra vad hon kunde, under den tid hon hade, för de hästar som kom genom hennes liv. Kanske var det tillräckligt.

Hon slöt ögonen ett ögonblick, samlade sig för dagen som låg framför henne, och marscherade sedan mot dörren, med humöret något lyft vid tanken på att spendera den kommande halvtimmen med att hjälpa Legend att arbeta bort stelheten ur sin åldrande kropp.

Världen förändrade sig inte av sig själv. Men kanske, person för person, lektion för lektion, kunde man knuffa den i rätt riktning.

Middag i Stora huset var aldrig en tyst tillställning. Den här kvällen trängdes bordet av curryskålar, ett par överdimensionerade fat med ris och inte mindre än tre sorters hembakat bröd tack vare Sarah, som hävdade att även de mest professionella idrottarna behövde kolhydrater.

Ben satt mellan Pip och Marcus, med Kate mittemot och Sarah som presiderade från bordsänden. Pip, med armbågarna ogenerat på linneduken, attackerade sin biryani med den entusiasm som någon som hade tillbringat hela dagen med att hantera pigga ponnyer och förtjänade varje tugga. Marcus, mindre hemmastadd i den stökiga atmosfären, gjorde försiktiga framstötar mot sitt ris och sneglade då och då på sin telefon för att kolla tiden.

Det var nästan behagligt, den här känslan av att vara omgiven men inte pressad, tills Pip mitt i en tugga utbrast: "Konstigaste saken, men Miracles grind till hagen stod vidöppen när jag kom in från rundpaddocken. Fölet är smart, men inte riktigt 'släppa ut mig själv'-smart än. Som tur var var han för upptagen med sin rundbal för att ha märkt det."

Orden gled lätt in i samtalet, men Ben lade märke till hur Kates blick skärptes.

Marcus gav ifrån sig ett fundersamt ljud. "Grindlåsen är tröga. Om man inte hör dem klicka i kan de lura en."

"Tack, doktorn", sa Pip, "men det är inte första gången. Förra veckan var avelssto-hagen öppen hela morgonen tills Zoe hittade den vid lunchtid. Och dörren till foderkammaren stod och svängde i fredags."

Marcus rynkade pannan och lade ner sin gaffel. "Det är en hälsorisk, inte bara ett irritationsmoment. Vi kan inte ha slumpmässiga djur eller människor som vandrar in i foderkammaren."

Sarah suckade och lade till slut undan sin egen gaffel. "Jag ska skicka ett sms till alla. Men de här små olyckorna händer när man har så många som hjälper till, särskilt med ett par nya backpackers som nyligen kommit för gårdsarbetes-delen av sina visum, Vanessas nya hästskötare som inte kan våra rutiner än, och flera nya elever som kommer på lektioner."

Kate, som hade varit tyst under utbytet, talade äntligen. "Det är inte bara grindarna", sa hon med låg röst. "Tre gånger den senaste veckan har jag hittat medicinskåpet olåst i sadelkammaren. Inte vidöppet, men inte låst heller."

Bens hjärna klickade omedelbart igång och sammanställde händelsemönstret till Något Misstänkt Pågår. "Saknades det något?"

"Inte vad jag kunde se", sa Kate och puttade ihop sitt ris till en prydlig kulle. "Men i eftermiddags, när jag förberedde Mistys hovtillskott, stod det en burk med bute och en tub med bredspektrumantibiotika framme på bänken. Inget av dem var utkvitterat, och vi har inga hästar som ska ha något av det just nu."

"Kan vara någon som glömde att skriva upp det", föreslog Pip, även om hennes tonfall sa att hon inte trodde på det.

Marcus såg dock bister ut. "Fenylbutazon är receptbelagt. Ingen ska ta för sig utan godkännande. Antibiotikan ännu mindre. Jag gör en fullständig inventering imorgon."

Bordet föll in i en obekväm tystnad, endast bruten av skrapet från tallrikar och det låga, nervösa gnäggandet från en häst utanför, hörbart genom det öppna fönstret.

Ben, som hade gjort mentala anteckningar, försökte lätta upp stämningen. "Kanske är Miracle bara ett underbarn. Stora utbrytarkungar föds, inte skapas. Och Misty är ju hans faster; jag har hört alla historier om hennes rymningar, inklusive den om när hon invaderade Sarahs bröllopsmottagning!"

Skrattet utplånade inte riktigt den märkliga spänningen som hade smugit sig in i måltiden. Ben tittade på Kate, såg att hon iakttog honom, och gjorde en knappt märkbar ryckning på axlarna: *Tror du samma sak som jag?*

Efter desserten – en alltför mäktig kokosrispudding som alla klagade på och sedan ändå åt upp – skingrades gruppen. Marcus ursäktade sig först och mumlade något om klientjournaler att uppdatera. Sarah stannade för att städa undan och schasade iväg Pip till Jakes hus, för att vara där när han slutade jobbet klockan tio. Kate dröjde sig kvar vid bordet och ritade frånvarande cirklar i kondensen på sitt vattenglas.

Ben väntade tills de var ensamma innan han sa: "Du tror inte att det bara är slarv, eller hur?"

Hon skakade på huvudet. "Om det var en sak, eller ens två, kanske. Men alltihop tillsammans? Nej. Någon är slarvig, eller dum, eller värre."

Han lät orden hänga kvar i luften. "Har du någon misstänkt?"

Kates käke spändes. "För många. Det kan vara någon som bara vill ha gratis mediciner till sina egna hästar. Vi har mycket personal som kommer och går. Det kan till och med vara ett av barnen som tror att en ponny är sjuk och försöker behandla den."

Ben funderade över detta och knackade ett finger mot hakan. "Vill du att jag ska fråga runt? Spela ofarlig stadsbo, se vad folk säger när de tror att jag inte förstår nyanserna?"

Kate log. "Du är bättre på det än du medger. Men var försiktig. Det här är inte som en vändning i en bok. Det här är stora djur, och lite oaktsamhet kan få stora konsekvenser."

Han nickade och memorerade varningen.

Senare, tillbaka vid The Shack, följde Ben sitt eget råd och satte sig på verandatrappan, en sliten campinglanterna kastade en pöl av gult ljus över hans anteckningsbok. Natten var tjock av ljudet från grodor och det avlägsna mullret från ett tåg, men annars stilla.

Han öppnade en ny sida och skrev med versaler:
KONSTIGHETER PÅ RIDGEWATER
Medicinskåp olåst – två gånger
Miracles grind öppen
Avelssto-grind öppen – en gång, kanske två
Foderkammardörr öppen

Tillskott, antibiotika framme på bänk i sadelkammare

Han stannade och stirrade på listan. Den lästes mer som upptakten till en true crime-podd än livet på ett ridcenter. Han knackade pennan mot tänderna. Sammanträffanden? Kanske. Eller något annat? Han lade till en sista rad:

Leta efter mönster.

Ben stängde anteckningsboken och satt en stund och stirrade på ljusen som blinkade från stallarna tvärs över den mörka gräsmattan. Om det fanns ett mönster skulle han hitta det, först för en bra historias skull, men nu, kanske, för något mer.

En bris svepte in från sjön och för ett ögonblick tyckte sig Ben höra en hov skrapa mot grus. Han lyssnade, men ljudet upprepades inte. Förmodligen ingenting. Men han skrev redan på nästa kapitel i sitt huvud.

Kapitel elva

Ben lutade sig mot staketet vid framridningsarenan och katalogiserade de detaljer han skulle kunna behöva för att skriva en autentisk mordscen i ridsportmiljö. På Queensland State Equestrian Centre surrade det av aktivitet, en märklig blandning av inövad elegans och frenetiska förberedelser. Hästar värda mer än förskottet för hans senaste bok dansade förbi med pälsar som glänste som nymålad lack i morgonsolen. Deras ryttare, med ansikten stelnade i koncentrerade masker, guidade dem genom komplexa mönster samtidigt som de ropade lediga hälsningar till konkurrenter de troligen hade planerat att besegra i månader.

Allt var mycket civiliserat, mycket kontrollerat och fullkomligt sjudande av spänning under ytan.

Ben njöt i fulla drag.

Han fick syn på Kate nära ingången till den stora stallbyggnaden där hon kollade på klockan för tredje gången på fem minuter. Det kommande mötet med Equinova tyngde henne uppenbarligen. Hon bar redan sin tävlingsutstyrsel, krispigt vita ridbyxor, långa, skinande svarta stövlar och en skräddarsydd svart kavaj som framhävde hennes atletiska kroppsbyggnad, men hennes vanliga samlade uppsyn hade spruckit i kanterna. Hennes axlar var lätt framåtböjda, fingrarna pillade på kavajärmarna och blicken for hela tiden mot sponsortältet där representanter från olika företag samlades som välklädda gamar.

"Det här klarar du", ropade Ben när han sköt ifrån staketet och gick mot henne.

Kate sneglade upp, blicken inte helt fokuserad på honom, fortfarande försjunken i vilka mentala förberedelser hon än höll på med. Hon nickade frånvarande medan fingrarna trummade ett mönster mot hennes lår på ett sätt som han nu kände igen som att hon gick igenom ett dressyrprogram i huvudet.

"Equinova verkar väldigt angelägna om att träffa dig", sa han för att få henne att fokusera på nuet. "Med din svenska koppling via Ingrid verkar du vara som gjord för dem."

"Det var innan", svarade Kate med spänd röst. "Innan Vanessa taggade dem i ett av sina glänsande, perfekta Instagraminlägg."

Ben rynkade pannan. "Kan de sponsra mer än en ryttare?"

"Det skulle de kunna", sa Kate, "men de kommer inte att göra det. Det blir antingen hon eller jag." Hon tittade förbi honom och hennes uttryck hårdnade något. "På tal om..."

Ben vände sig om för att följa hennes blick. På andra sidan tävlingsområdet hade en liten folkmassa samlats nära VIP-området. I mitten stod Vanessa, med sin hästskötare bakom sig som höll i Cavalier. Vanessa såg mer redo ut för en fotografering än en tävling, strålande i en fläckfri vit tävlingsutstyrsel som såg ut som om den aldrig hade varit i närheten av en häst. Varje detalj skrek dyr investering, från det kristallprydda pannbandet på Cavaliers träns till de matchande kristallerna som tävlade med glansen från lacklädret på hennes egna stövlar.

Även på avstånd kunde Ben se att hon spelade upp en föreställning, med ett bländande leende och animerade men kontrollerade gester medan hon underhöll sitt sällskap. Hennes mamma svävade i utkanten av gruppen och nickade gillande åt vadhelst Vanessa sa.

"Kan du göra mig en tjänst?" frågade Kate och nickade mot stallet. "Zoe sms:ade och sa att Misty är klar, men jag måste gå på det här mötet."

"Jag kollar till henne", försäkrade Ben henne. "Fokusera på att charma svenskarna. Du talar ju åtminstone deras språk!"

Kates läppar ryckte till i vad som under andra omständigheter kunde ha varit ett leende. "Tack", sa hon och klämde hastigt hans arm innan hon vände sig mot sponsortältet.

Ben dröjde sig kvar och såg hur hon rätade på axlarna och lyfte hakan, och fysiskt förvandlade sig till Kate McKenzie, OS-hopp och Ridgewaters representant. Sårbarheten han hade skymtat ögonblicken innan försvann under en professionell mask.

Hans nyfikenhet väcktes och han gled närmare Vanessas samling istället för att gå direkt till stallet. Han kände igen några ansikten från den föregående tävlingen: den australiska distributören för ett europeiskt märke av exklusiva ridkläder, en representant från ett stort fodermärke och en kvinna vars namnskylt identifierade henne som representant från Equinova, just det företag Kate var på väg att träffa.

"Cavaliers blodslinjer är helt enkelt exceptionella", sa Vanessa, med en röst som var tillräckligt hög för att låta naturlig samtidigt som den såg till att alla i närheten kunde höra. "Båda hans föräldrar var världsmästare och vi har redan sett ett betydande intresse för honom som avelshingst. Självklart fokuserar vi på hans tävlingskarriär först, men potentialen är anmärkningsvärd."

Cavalier stod tålmodigt med hästskötaren, hans fuxfärgade päls polerad till en kopparglans, sinnebilden av hästarnas aristokrati. Ändå lade Ben märke till hur hingstens öron nervöst ryckte till, och en rand av ögonvita syntes när Vanessa gestikulerade expansivt. Trots allt hennes prat om hans potential och kvalitet ägnade hon hästen nästan ingen uppmärksamhet utan använde honom som ett tillbehör till sin monolog istället för att behandla honom som en partner.

Kontrasten mot hur Kate hanterade Misty, ständigt uppmärksam på stoets minsta reaktioner, slog Ben med full kraft. Hans blick växlade mellan Vanessas föreställning och Kate, som nu närmade sig med målmedvetna steg.

När Kate passerade inom hörhåll från gruppen vacklade Vanessas leende för ett ögonblick. Något vasst blixtrade till i hennes ögon innan hon samlade sig och vände sig till närmaste person med en graciös gest.

"Om ni ursäktar mig ett ögonblick", sa hon till gruppen. "Jag ser någon jag absolut måste tala med."

Med perfekt timing gensköt hon en medelålders man vars namnskylt identifierade honom som representant för tidningen Dressage Australia. Hennes kroppsspråk förvandlades subtilt och blev mer intimt, och hennes hand rörde vid hans arm som om de var gamla vänner snarare än affärskontakter.

"James, hur är det med dig?" sa hon översvallande och styrde honom en aning bort från gruppen men förblev iögonfallande inom Kates hörhåll när hon passerade. "Åh, där är Kate. Hon har verkligen mycket på sitt bord just nu. Jag hoppas verkligen att hon kan fokusera idag."

Orden levererades med en perfekt blandning av oro och insinuation. Tidningsrepresentanten höjde på ett ögonbryn, tydligt intresserad av detta potentiella skvaller. Han lutade sig närmare Vanessa och sträckte sig redan efter anteckningsboken i sin ficka.

Ben såg Kates reaktion, såg hur hennes ryggrad stelnade till, den korta pausen i hennes steg innan hon fortsatte framåt och vägrade att nappa på betet. Hennes ansikte förblev samlat, men han kände henne tillräckligt väl nu för att känna igen spänningen i hennes käke, sättet hennes fingrar knöt sig lätt vid hennes sidor.

Hela utbytet varade kanske i tio sekunder, men Ben förstod exakt vad han hade bevittnat. Vanessas föreställning handlade inte bara om att främja sig själv; det handlade om att subtilt underminera Kate. Den till synes oskyldiga kommentaren innehöll massor: antydningar om personligt drama, förslag om distraktioner, tvivel som såddes i medvetandet hos någon vars ord kunde påverka den allmänna uppfattningen.

Det var den psykologiska motsvarigheten till en kniv mellan revbenen, levererad med ett leende och förklädd till vänlig omtanke. I det ögonblicket beundrade Ben Kates återhållsamhet. Han skulle ha blivit frestad att vända sig om och konfrontera Vanessa direkt, men Kate hade helt enkelt vägrat att ge sig in i leken och förnekade därmed Vanessa tillfredsställelsen av en reaktion som kunde spinnas vidare till ännu mer skvaller.

När Vanessa återvände till sina beundrare nådde hennes leende aldrig ögonen. Det förblev fast på hennes läppar som en noggrant applicerad kosmetika, ett verktyg snarare än ett uttryck. Hennes blick följde emellertid Kate tills hon försvann in i sponsortältet, beräknande och kall.

Ben rynkade pannan och gjorde en mental anteckning om händelsen. Detta var inte bara tävlingsrivalitet; det fanns något personligt i Vanessas fientlighet som gick bortom professionell avundsjuka. Som författare fann han dynamiken fascinerande. Som någon som brydde sig om Kate fann han den oroande.

Med en sista blick på Vanessa, som nu skrattade åt något tidningsrepresentanten hade sagt, vände Ben sig om och gick mot stallet. Han hade lovat att kolla till Misty, och ännu viktigare, han ville vara där när Kate kom tillbaka från sitt möte. Något sa honom att hon skulle kunna behöva en allierad i sin ringhörna idag, någon som hade bevittnat Vanessas taktik och förstod exakt vilken sorts strid Kate utkämpade.

"Går genom stallområdet nu", mumlade Ben i sin telefon medan han filmade och försökte hålla handen stadig trots att hans längd gjorde vinkeln besvärlig. "Kontrasten mellan de offentliga ytorna och bakom kulisserna är slående. Där ute är allt puts och presentation. Här bakom är det kaos." Han panorerade långsamt över den livliga stallgången där hästskötare skyndade mellan boxarna med hinkar och utrustning, medan hästar kikade nyfiket över halvdörrarna. Vid en tvättstation i ena änden spolade två tävlande av en svettig skimmel, och deras konversation var en blandning av tekniska termer som Ben fortfarande höll på att lära sig att avkoda. Perfekt material för att skapa äkthet i hans nya serie.

Han log för sig själv och funderade redan på hur han skulle omvandla syn- och ljudintrycken till prosa. Hans agent hade varit skeptisk när han hade presenterat idén om en deckarserie i ridsportmiljö under deras senaste samtal, men dessa tävlingsplatser erbjöd den perfekta inramningen: rikedom, ambition och den passionerade intensitet som kunde driva människor till desperata handlingar. Filmmaterialet från hans research skulle hjälpa honom att fånga detaljer som hans stadsbohjärna annars skulle kunna glömma: den specifika kvaliteten på ljuset som silade ner genom stallens takfönster, symfonin av frustningar och stampningar från boxarna, det speciella sättet ryttare bar sig åt, med rak rygg även när de var utmattade. Nu när han visste vad han tittade på, var Ben helt säker på att han skulle kunna peka ut en dressyrryttare i en folkmassa var som helst.

Ben vände sig mot framridningsarenan och filmade medan han gick. Här var spänningen påtaglig. Ett dussin ryttare cirklade i till synes slumpmässiga mönster, men undvek ändå kollisioner trots att deras hästar rörde sig i olika gångarter. Tränare stod vid staketet och ropade instruktioner med korta, auktoritativa röster:

"Mer böjning i hörnet!"

"Halvhalt, halvhalt, och så längning!"

"Håll yttertygeln, för Guds skull!"

Ben zoomade in på en ryttare som utförde en galoppiruett, där hästen verkade snurra på en enda punkt samtidigt som den bibehöll sin framåtrörelse. En annan ryttare i närheten kämpade med en liknande manöver. Hennes häst gjorde motstånd och bröt rytmen medan tränarens röst blev alltmer frustrerad.

"De får bara tio minuter här inne före sina starter", förklarade en passerande funktionär som lade märke till att Ben filmade. "Det skapar en ganska rejäl tryckkokare."

"Är det därför alla ser ut som om de är på väg att bryta ihop?" frågade Ben.

Funktionären skrattade. "Det, plus det faktum att de har spenderat tusentals dollar och otaliga timmar för fem minuter framför domarna." Han nickade mot en särskilt spänd ryttare. "Hon där försöker kvala in till landslaget. Tänk dig att OS-drömmar hänger på om din häst vaknade på rätt sida av stallet i morse."

Ben tackade honom och fortsatte att spela in, och fokuserade nu på ryttarnas ansikten: den spända koncentrationen, den tillfälliga glimten av frustration som snabbt trycktes undan, det sällsynta ögonblicket av tillfredsställelse när en rörelse blev perfekt. Kate hade en gång beskrivit denna känsla för honom, den knivskarpa eggen mellan kontroll och kaos som definierade dressyr på den här nivån.

Han gick vidare till raden av boxar som hyste de främsta tävlingsekipagens hästar. Varje boxfront pryddes av personliga namnskyltar, mästerskapsrosetter och sponsorbanderoller. Ben panorerade långsamt och kommenterade tyst:

"Den ekonomiska ojämlikheten är fascinerande. Vissa ryttare anländer i specialbyggda lastbilar värda mer än villor i förorten, medan andra lappar ihop begagnad utrustning och lånar transport. Men väl inne på arenan handlar allt om partnerskapet, inte prislappen."

Han stannade vid en box där en hästskötare minutiöst putsade en uppsättning träns som glänste av silver och lackläder.

"Det där är huvudlag för flera tusen dollar", kommenterade Ben till sin telefon. "Och jag har hört att vissa av dessa bett kan kosta uppemot femhundra dollar styck. Den genomsnittliga åskådaren har ingen aning om investeringen som krävs. Sadeln där? Den är från Hermès – ja, designermärket som gör Birkinväskor. Och även om sadeln inte skulle kosta lika mycket som en Birkin, talar vi fortfarande om mellan sex och tio tusen dollar ... och varje häst måste ha sin egen, specialanpassad just för dem."

Medan han pratade fångade en rörelse hans uppmärksamhet.

Vanessa Hughes stod nära Mistys box och sneglade sig förstulet omkring. Ben rynkade pannan och undrade vad hon gjorde i den här delen av stallet istället för med Cavalier. Innan Ben hann fråga Vanessa utbröt ett tumult bakom honom. En massiv svart hingst kom dansande nerför stallgången, kastade med sitt eleganta huvud och drog nästan omkull sin skötare. Hästens päls glänste som polerad obsidian, och hans kraft var tydlig i varje böljande muskel.

"Ursäkta, vi ska förbi!" ropade hästskötaren och kämpade för att kontrollera det upphetsade djuret.

Ben backade hastigt, insåg att han var i vägen och snubblade över en foderhink, som han skickade skrällande mot en boxdörr. Den svarta hingsten blev skrämd av ljudet och reste sig dramatiskt.

"Förlåt, förlåt", sa Ben, sänkte telefonen och tryckte sig mot väggen för att göra plats. "Vacker häst."

"Netherland's Pride", flämtade skötaren och lyckades till slut lugna hingsten. "Vacker, men lite för medveten om det, är jag rädd."

Ben såg dem passera, hingstens hovar som slog i betongen med teatralisk emfas, innan han insåg att han hade tappat Vanessa ur sikte. Han sneglade tillbaka mot Mistys box, men stallgången var nu tom. Med en mental axelryckning lyfte han telefonen igen och fortsatte sin dokumentation.

Stallområdet ledde vidare till en serie förberedande ridbanor, där hästar och ryttare värmde upp i alltmer fokuserade miljöer. Ben filmade den komplexa dansen av tävlingsförberedelser: hästskötare som justerade utrustning, tränare som gav sista minuten-råd, ryttare som utförde andningsövningar medan deras hästar tålmodigt cirklade runt.

"Det intressanta med den här världen", berättade han tyst, "är hur partnerskapen sträcker sig bortom häst och ryttare. Det finns ett helt stödnätverk: hästskötare, tränare, veterinärer, familjemedlemmar. Flera personers drömmar som vilar på fyra hovar och ett par minuter framför domarna."

Atmosfären förändrades när han närmade sig den stora tävlingsarenan och blev mer formell, mer offentlig. Åskådare fyllde läktarna, och en tävlande utförde en felfri sluthälsning till artiga applåder. Ben stoppade undan sin telefon och övergick från observatör till deltagare. Han hade samlat tillräckligt med bakgrundsmaterial för idag, och nu ville han vara närvarande för att se framträdandena.

Från collecting ring-området såg Kate på när Vanessa och Cavalier genomförde sitt Prix St. Georges-program med vad som bara kunde beskrivas som aggressiv beslutsamhet. Fuxhingsten rörde sig med en spänning som var uppenbar i varje steg, hans hals var för kraftigt böjd och hans rörelser saknade den elastiska kvalitet som Kate visste att han var kapabel till. Vanessas ansikte var stelt i en mask av koncentration som gränsade till ilska, hennes händer stela på tyglarna när hon pressade för alltmer dramatiska längningar och samlingar. Kate ryggade till när Cavalier snubblade lätt i skänkelvikningen, hans balans äventyrad av det överdrivna trycket. Detta var inte partnerskap; det var dominans, och hästen gjorde tydligt motstånd.

Bredvid henne flyttade Misty sin vikt, med öronen spetsade mot arenan. Kate strök automatiskt det gråa stoets hals, med blicken fortfarande fäst på Vanessas ritt. Ännu ett misstag, denna gång i galoppombytet. Cavalier bytte till slut, men alldeles för sent, efter att Vanessas hjälper upprepade gånger inte gett någon effekt. Kate kunde nästan känna Vanessas frustration stråla ut över arenan när hingsten inte svarade.

"Det där kommer inte att ge höga poäng", mumlade Zoe, som hade dykt upp vid Kates axel. "Stackars Cavalier ser ut som om han ska explodera därute. Förvånad över att han inte har gjort det, ärligt talat. För att vara hingst är han så snäll."

Kate nickade och höll rösten låg. "Hon pressar för hårt. Han försöker tala om för henne att något är fel, och hon lyssnar inte."

Den sista halten var ojämn, Cavalier var rastlös och stod inte helt rakt, och hasade tillbaka ett steg när Vanessa försökte korrigera honom. Vanessas hälsning till domarna var pliktskyldig, hennes ansikte stelt av ilska när hon red mot utgången. Applåderna var artiga men återhållsamma; publiken var helt klart medveten om att de hade bevittnat en bristfällig uppvisning.

Poängen bekräftade vad Kate redan hade anat: 42,4 procent, vilket placerade Vanessa på en absolut sista plats. Kate stod precis innanför utgången och såg hur Vanessas fattning brast. Den yngre kvinnan hoppade av med en häftig rörelse och ryckte i Cavaliers tyglar medan hingsten dansade nervöst bredvid henne. Vanessas mor dök upp, hennes ansikte en spegelbild av dotterns raseri, medan hästskötaren höll sig i bakgrunden, tydligt ovillig att gå fram.

”Värdelöst”, hörde Kate Vanessa väsa, och ordet nådde henne över avståndet mellan dem. ”En fullkomligt värdelös ritt.”

Kate tittade bort, ovillig att bevittna mer av den ovarsamma hanteringen av Cavalier. Hon hade sitt eget program att fokusera på nu. Funktionären ropade redan efter nästa tävlande.

”Fem minuter”, sa Zoe och hjälpte Kate att justera sin plastrong en sista gång. ”Känns Misty redo?”

Kate nickade och samlade ihop tyglarna medan hon förberedde sig för att sitta upp. ”Hon var perfekt under uppvärmningen. Lyhörd, framåt och i balans.” Hon satte sig tillrätta i sadeln och kände Mistys solida närvaro under sig. Det här var ögonblicket som all deras träning hade lett fram till: kvalpoängen för uttagningen till världsmästerskapen var inom räckhåll.

Den invanda rutinen lugnade hennes nerver när hon skrittade Misty runt framridningsbanan. Kate kände hur hon gick in i det där tillståndet av fokuserad koncentration där inget annat existerade än hon själv, hennes häst och programmet de skulle utföra. Vanessas drama, pressen från sponsormöten, till och med Bens stöttande närvaro på läktaren, allt tonade bort till ett bakgrundsbrus.

"Nummer 42, Kate McKenzie på Ridgewater Mystery", hördes speakerns röst över högtalarsystemet.

Kate styrde Misty mot ingången till arenan och kände stoets kraftfulla muskler spännas under henne. De cirklade en gång till medan föregående ryttare lämnade banan, och sedan var det dags. Kate nickade till funktionären, tog ett djupt andetag och red framåt.

Arenan verkade alltid större under tävling än under träning, bokstäverna som markerade rörelserna satt längre ifrån varandra och domarborden var obekvämt framträdande. Ändå kände Kate bara säkerhet när hon gjorde halt vid X och hälsade på domarna med inövad precision innan hon påbörjade sitt program.

De inledande rörelserna flöt på smidigt och Mistys ökade trav visade vackert sväv och register. Kate kände den välbekanta rytmen i deras partnerskap, hennes fina hjälper möttes av Mistys villiga gensvar. Den första piruetten var ett skolboksexempel, Misty samlade sig och vände som på en femöring, samtidigt som hon bibehöll galopptakten hela vägen.

Det var under den ökade galoppen över diagonalen som Kate först kände att något inte stämde. Misty, som vanligtvis var så ivrig att länga steget, verkade tveksam. Stoets rygg, som vanligtvis var så mjuk under Kate, kändes aningen stel. Kate gjorde en pytteliten justering med sätet och uppmuntrade Misty framåt utan att öka trycket.

Gensvaret kom, men det saknade Mistys vanliga entusiasm. När hon samlade tillbaka till arbetsgalopp kände Kate en subtil men tydlig förändring i stoets sätt att röra sig. Inte direkt en hälta, men en försämrad kvalitet i rörelsen, som om Misty höll tillbaka.

Kates tankar for genom huvudet samtidigt som hon fortsatte med de schemalagda rörelserna som krävdes i programmet. Var Misty helt enkelt trött? Uppvärmningen hade varit perfekt. Hade hon fått in en sten i hoven? Osannolikt, med tanke på de noggrant preparerade underlagen. Var hon distraherad av publiken? Nej, Misty var en erfaren tävlingshäst, van vid att prestera under press.

Den efterföljande passagen bekräftade Kates farhågor. Mistys karakteristiska studs och lyft var dämpat, hennes bakdel arbetade inte med sin vanliga kraft. För ett otränat öga utförde de fortfarande ett dressyrprogram på hög nivå med uppenbar precision, men Kate kunde känna skillnaden i varje steg. Något var fel.

Kate anpassade sin ridning därefter, stöttade Misty med skänklarna samtidigt som hon höll händerna mjukare och gav stoet mer frihet. Hon ändrade subtilt sina förväntningar och prioriterade Mistys bekvämlighet framför maximalt uttryck. Där hon normalt sett skulle ha bett om mer briljans i den ökade traven, nöjde hon sig nu med korrekthet. Där hon skulle ha uppmuntrat mer lyft i passagen, accepterade hon Mistys mer försiktiga ansträngning.

De avslutade den sista medellinjen och Kate fick Misty att göra en korrekt halt vid X. Stoet stod stilla medan Kate hälsade på domarna, men den vibrerande energi som vanligtvis surrade genom Mistys kropp efter ett program lyste med sin frånvaro. Kate klappade henne på halsen och mumlade tyst beröm när de lämnade arenan till artiga applåder.

Väntan på deras poäng kändes oändlig. Kate hoppade av, lossade Mistys sadelgjord och strök med en hand längs hennes hals. Hon kände fukten från ansträngningen men noterade även stoets dämpade uppsyn. Det här var inte den pigga, nöjda Misty som vanligtvis dansade tillbaka till stallet efter en bra ritt.

"67,8 procent", kom tillkännagivandet slutligen.

Kate nickade som bekräftelse mot domartornet och behöll ett professionellt leende trots besvikelsen som vände sig i magen. Poängen var respektabel, men långt under vad de konsekvent hade presterat i de senaste tävlingarna. Och viktigare än så, det skulle inte räcka för att imponera på landslagsledningen.

"Något stämmer inte", sa hon tyst till Zoe när de ledde bort Misty. "Hon var inte sig själv där inne."

Zoe rynkade pannan och hennes erfarna ögon granskade stoet. "Hon går rent. Temperaturen verkar normal." Hon strök med handen längs Mistys ben. "Ingen värme eller svullnad som jag kan känna."

Kate tog metodiskt av Mistys utrustning, och hennes händer kontrollerade automatiskt efter tecken på obehag eller skada medan hon gjorde det. Inget uppenbart visade sig: inga skav från sadeln, inga sår från bettet, inga tecken på fysiskt obehag. Ändå var Mistys vanliga glans efter tävling definitivt dämpad, hennes ögon mindre alerta, hennes reaktioner på Kates röst och beröring mindre entusiastiska.

"Kan hon vara på väg att bli sjuk?" undrade Kate högt och lade handflatan mot Mistys mule för att känna efter feber. "Eller kanske hon har ätit något som hon inte tålde?"

"Vi har vaktat henne som hökar", påminde Zoe henne. "Samma foder, samma rutin. Inget annorlunda."

Kate kontrollerade noggrant Mistys ögon och noterade att de verkade normala, varken för blanka av feber eller för matta av smärta. Hon lät händerna gå längs stoets ben igen och kände efter någon antydan till värme eller svullnad som kunde tyda på en begynnande skada. Ingenting.

"Jag förstår inte", sa Kate med en aning av frustration i rösten. "Hon var perfekt i morse. Perfekt i uppvärmningen. Sen i programmet var det som om någon hade sänkt hennes energinivå till hälften."

Hon fortsatte att skritta av Misty, och gick långsamt medan stoets andning återgick till det normala. För varje steg fördjupades Kates oro. Stoet haltade inte, visade inga tydliga tecken på obehag, men den obeskrivliga gnista som kännetecknade Mistys vanliga närvaro verkade dämpad.

Kate hade känt den här hästen sedan hon var ett föl, född på Ridgewater av ett räddat fullblod, med självaste Legend som far. Hon hade känt av Mistys alla humör, från lekfull till envis till ivrig att vara till lags. Denna flata, lätt dämpade version av hennes partner kändes fel på ett sätt som Kate inte riktigt kunde formulera, inte ens för sig själv. Det var som om någon hade bytt ut hennes briljanta, lyhörda sto mot en övertygande men något sämre kopia.

På väg tillbaka till stallområdet snurrade Kates tankar genom olika möjligheter, den ena mindre övertygande än den andra. Vad det än var som hade påverkat deras prestation förblev ett oroande mysterium, ett som Kate var fast besluten att lösa före deras nästa tävling. Kvalfönstret krympte, och de hade inte råd med ännu en undermålig prestation.

Det som oroade henne mest var inte de förlorade poängen eller den försämrade placeringen. Det var den gnagande känslan av att något var fundamentalt fel med hästen hon kände bättre än sig själv, och hon hade inte kunnat identifiera det, än mindre åtgärda det.

Ben knackade på sitt tangentbord, orden flödade lätt denna morgon. Kate satt på andra sidan köksbordet med sin laptop öppen med videon från hennes tävlingsritt för tre dagar sedan. Hon hade sett den minst tjugo gånger sedan de kommit hem, med pannan rynkad i koncentration medan hon analyserade varje steg, varje övergång, i jakt på ledtrådar till Mistys ovanliga prestation. Ben fann att hans blick gled från sin skärm för att studera hennes profil, beslutsamheten i hennes käklinje, intensiteten i hennes ögon.

"Ser du det där?" mumlade Kate, inte riktigt till honom utan tänkte högt. "Det är en tvekan före övergången. Hon gör aldrig så."

Ben lutade sig över för att titta, även om han tvivlade på att han skulle upptäcka de subtiliteter som var så uppenbara för Kate. "Kanske hon var distraherad?"

Kate skakade på huvudet och spolade tillbaka igen. "Det är inte distraktion. Det är som att hon inte riktigt kunde komma åt sin vanliga kraft." Hon suckade och drog en hand genom håret. "Jag har kollat henne ett dussin gånger sedan vi kom hem. Ingen feber, ingen hälta, äter och dricker normalt; hon var tillbaka till sitt vanliga jag dagen efter tävlingen. Vad det än var verkar det ha gått över, men jag förstår fortfarande inte vad som hände."

Ben skulle precis svara när Kates telefon ringde. Hon svarade professionellt: "Kate McKenzie."

Ben fortsatte att skriva och lyssnade med ett halvt öra på Kates sida av samtalet, som mestadels bestod av korta bekräftelser. Men något i hennes tystnad fick honom att titta upp. Färgen hade försvunnit från Kates ansikte, hennes ögon vidgades och hennes läppar skildes lätt åt i vad som såg ut som chock.

"Det är omöjligt", sa hon med en onaturligt entonig röst. "Det måste ha skett ett misstag." Ytterligare en paus. "Ja, jag förstår protokollet. Men jag säger dig, det har blivit ett fel." Hennes fingrar hårdnade runt telefonen. "Jag vill att B-provet testas omedelbart."

Ben stängde sin laptop, all ansats till att arbeta övergiven, medan han såg Kates värld till synes kollapsa i realtid. Hennes hand darrade när hon sänkte telefonen och stirrade på den som om den hade attackerat henne fysiskt.

"Vad är det?" frågade Ben, och oron snörde åt bröstet på honom. "Kate?"

Hennes telefon gled ur hennes fingrar och klirrade till mot bordets träyta. "Misty testade positivt för bute", viskade hon, hennes röst ihålig av misstro.

Ben rynkade pannan, förstod inte omedelbart betydelsen. "Bute?"

"Fenylbutazon", sa Kate, och ordet verkade plåga henne. "Det är ett smärtstillande medel. Strikt förbjudet vid tävling." Hon sköt abrupt ifrån bordet, och stolens ben skrapade mot golvet. "Det här är helt ologiskt. Jag skulle aldrig..." Hennes röst brast, och utan ett ord till rusade hon mot dörren.

"Kate, vänta", ropade Ben, men hon var redan borta, och altandörren slog igen bakom henne.

Ben satt en stund, chockad av den plötsliga vändningen. Han hade vid det här laget sett tillräckligt av ridsportvärlden för att förstå att drogtester var en rutinmässig del av tävlingar, men konsekvenserna av ett positivt resultat var fortfarande oklara för honom. Vad han däremot förstod var förödelsen i Kates ansikte, den absoluta misstron i hennes röst. Vad detta än betydde, så var det allvarligt.

Han drog hastigt på sig sina kängor och följde efter Kate ut, men hon hade redan försvunnit ur sikte, troligen på väg mot stallet. Ben joggade längs stigen, hans längre ben avverkade snabbt avståndet, men när han nådde huvudstallbyggnaden fanns det inga spår av Kate.

"Ben?" Pips röst ropade från en av boxarna. Hon kom ut, ledande en liten grå ponny, och hennes diminutiva gestalt fick det redan lilla djuret att se större ut. "Om du letar efter Kate så rusade hon precis förbi här som om det brann i knutarna. Hon haffade Marcus och gick mot sadelkammaren."

"Berättade hon vad som hänt?" frågade Ben.

Pip skakade på huvudet med ett nyfiket uttryck. "Nej, men hon såg ut som om hon hade sett ett spöke. Vad är det som pågår?"

Ben tvekade, osäker på om han borde vara den som delade med sig av nyheten. "Hon fick ett samtal. Något om att Misty testat positivt för... bute? Fenylbutazon?"

Pips reaktion var omedelbar och alarmerande. Grimskaftet gled ur hennes fingrar när hennes ögon vidgades av chock, men lyckligtvis stod ponnyn stilla. "Va? Det är inte möjligt!"

"Vad exakt är det här för medel?" frågade Ben och följde efter Pip när hon snabbt band fast ponnyn i en ring på väggen och började gå mot huvudbyggnaden. "Jag förstår att det är allvarligt?"

"Allvarligt?" Pip tittade tillbaka på honom med vantro. "Det är karriärsförstörande allvarligt. Bute är ett vanligt smärtstillande medel för hästar, helt lagligt för terapeutiskt bruk, men absolut förbjudet i tävling eftersom det kan dölja hälta. Om en häst får bute kan den prestera trots en skada, utan att visa smärta som normalt skulle stoppa den."

Ben började omedelbart se sambandet. "Så om Misty testade positivt..."

"Så betyder det att någon gav henne en förbjuden substans före tävlingen", avslutade Pip åt honom. "Och eftersom Kate är ryttaren och den ansvariga personen är hon automatiskt ansvarig, oavsett vem som faktiskt gav det."

De kom fram till sadelkammaren precis när Marcus kom ut, med bister min. Kate stod innanför, med ryggen mot dörren, hennes hållning spänd av anspänning.

"De kommer att skynda på testningen av B-provet", sa Marcus, "men Kate..." Hans röst blev lägre, medkännande men ärlig. "Du måste förbereda dig på en bekräftelse. De här testerna har sällan fel."

"Jag gav henne ingenting", insisterade Kate, rösten spänd av känslor. "Du vet att jag inte skulle göra det, Marcus."

Veterinären nickade. "Jag vet. Vilket betyder att någon annan gjorde det."

Pip harklade sig och drog till sig deras uppmärksamhet. "Kate, Ben berättade om testet. Vad kan vi göra?"

Innan Kate hann svara började hennes telefon surra oavbrutet i hennes hand. Hon kastade en blick på den, och hennes uttryck blev ännu mer förtvivlat.

"Det är redan ute", sa hon avtrubbat. "Hur kan det redan vara offentligt?" Hon vände skärmen för att visa dem: notis efter notis från sociala medier, meddelanden från vänner och konkurrenter, och mest olycksbådande, samtal från sponsorer, inklusive Equinova.

Ben klev närmare och läste över hennes axel när Kate öppnade ett textmeddelande från Sarah: *"Varför ringer tidningen Dressage Australia mig om ett positivt drogtest? Vad är det som händer?"*

Medan de tittade på strömmade fler notiser in. Kates fingrar rörde sig snabbt över skärmen och öppnade en webbläsare till Ridsportförbundets webbplats. Där stod det, redan publicerat på den officiella resultatsidan: *"Ridgewater Mystery (K. McKenzie) diskvalificerad efter positivt test för otillåten substans."*

"De ska vänta på B-provet", sa Marcus med en röst spänd av ilska. "Det här strider mot protokollet."

Kates telefon ringde igen, ett okänt nummer. Hon tystade den utan att svara, men den började omedelbart ringa igen med en annan uppringare.

"Gamarna cirkulerar", sa Pip bistert. "Du måste ligga steget före det här, Kate. Gör ett uttalande innan spekulationerna löper amok."

Kates telefon vibrerade igen, den här gången med en e-postnotis som fick henne att dra ett skarpt andetag. "Equinova", sa hon med en entonig röst. "De 'pausar våra partnerskapsdiskussioner i ljuset av den senaste utvecklingen'." Hon gav ifrån sig ett ihåligt skratt. "Det gick snabbt. De väntar inte ens på B-provet eller min sida av saken."

"De fegar ur", sa Pip ilsket. "Fega företagskräk."

Kate stoppade ner telefonen i fickan och kämpade synligt för att behålla fattningen. "Jag måste se till Misty", sa hon. "Och sedan måste jag ringa vår advokat."

Marcus skakade på huvudet när Kate gick iväg, hans uttryck nedslående. Och när han såg Marcus och Pip utbyta undergångsbådande blickar insåg Ben; det här påverkade inte bara Kate.

Anseendet för hela Ridgewaters verksamhet stod på spel.

Kapitel tolv

KATES FINGRAR DARRADE NÄR hon skrollade igenom floden av rubriker på sin laptop. "Nationellt dressyrhopp i dopningskandal!" skrek en sajt med feta, röda bokstäver. *"VM-drömmen krossad: McKenzies sto testade positivt"*, förkunnade en annan, tillsammans med ett tävlingsfoto på henne och Misty som en gång hade representerat triumf men som nu illustrerade skam. Hon hade tvångsmässigt uppdaterat ridsportnyhetssajterna den senaste timmen och sett sitt rykte smulas sönder i realtid, varje ny rubrik ännu en spik i kistan för hennes karriär.

Kommentarsfälten var värre. *"Jag visste alltid att familjen McKenzie tog genvägar"*, skrev en anonym person. *"Hemmauppfödda hästar når inte Grand Prix utan hjälp"*, hånade en annan. Det knöt sig i magen på

Kate när hon läste en särskilt elak kommentar: *"När man inte har råd att köpa talang fuskar man istället."*

Ett meddelande plingade till och Kate ryckte till. Ännu ett mejl, den här gången från en ridsportbutik som hade gett henne rabatterad utrustning i utbyte mot omnämnanden på sociala medier. *"Med anledning av de senaste anklagelserna ... måste vi skydda vårt varumärkes integritet ... och säger med omedelbar verkan upp vårt avtal."* Det formella språket gjorde ingenting för att mildra slaget.

Hon stängde mejlet utan att svara och återvände till webbläsarfönstret, oförmögen att hindra sig själv från att läsa mer av bevakningen. En genomgång av hennes tävlingshistorik som nu framställdes som en serie misstänkta framgångar. Spekulationer om vilka andra substanser som kunde ha använts i tidigare tävlingar. Frågor om Ridgewaters avelsprogram och träningsmetoder. Giftet spred sig bortom bara henne till allting hennes familj hade byggt upp.

"Vi har fått exklusiva citat från källor med insyn i McKenzies verksamhet", påstod en artikel, trots att Kate visste att ingen som verkligen stod Ridgewater nära någonsin skulle prata med pressen. "Källan" fortsatte med att beskriva en kultur av att ta genvägar och pressa hästarna för hårt, fullständigt påhittade struntpratsdetaljer som var tillräckligt vaga för att vara overifierbara – och inte tekniskt sett ärekränkande – men specifika nog för att låta övertygande.

Hennes telefon vibrerade av ett sms från Marcus: *"Test av B-provet har påskyndats. Resultat inom 48 timmar."* Kate lade ner telefonen utan att svara. Vad fanns det att säga? Hon visste att hon inte hade gett Misty något otillåtet. Men B-provet skulle också vara positivt, för vad som än hade hänt, vad någon än hade gjort, så var det på riktigt. Substansen hade funnits i Mistys system. Det var det enda som förklarade det Kate inte hade kunnat förstå;

Mistys matthet under det där programmet. Långt ifrån att vara prestationshöjande hade medlet gjort Misty trött och flack, men det spelade ingen roll för förbundet. En otillåten substans var en otillåten substans.

Ljudet av motorer bröt igenom hennes malande tankar. Kate tittade upp från sin skärm och lutade på huvudet för att lyssna. Fler fordon, inte bara ett eller två, och de körde inte in på egendomen utan stannade utanför. Hon reste sig från sängen, där hon hade suttit med benen i kors så länge att fötterna hade domnat, och gick till fönstret.

Det hon såg fick henne att tappa andan. Tre vita skåpbilar med parabolantenner på taken stod parkerade precis utanför Ridgewaters huvudgrind. Bredvid dem hade flera mindre bilar stannat i vägrenen. Män och kvinnor med kameror och mikrofoner stod vid den stängda grinden, några pratade in i inspelningsapparater. Några fotografer med enorma teleobjektiv riktade sin utrustning mot huset och knäppte bilder, även om Kate trodde att det fanns lite för dem att se, bara hästar som betade fridfullt i sina hagar.

Hon backade snabbt undan, även om hon trodde att avståndet var för stort för att de skulle kunna få en tydlig bild genom hennes sovrumsfönster. Ändå skickade tanken på att bli fångad så här, ovetande och oförberedd, en ilning genom henne. Ridgewater hade alltid varit hennes fristad, platsen där hon kunde vara sig själv utan tävlingens press eller allmänhetens granskning. Nu kändes det som om väggarna höll på att förvandlas till glas och blottade henne för världens dom.

Ett blått blixtljus fångade hennes uppmärksamhet. En polisbil stannade bredvid mediebilarna och Jake Harrison klev ur, hans långa gestalt omisskännlig även på detta avstånd. Hans ankomst utlöste en febril aktivitet bland reportrarna, som genast samlades kring honom med mikrofonerna framsträckta som vapen.

Kate återvände till fönstret och höll sig vid sidan där gardinen delvis skymde henne. Hon kunde inte höra vad som sades, men Jakes kroppsspråk talade sitt tydliga språk. Han stod med armarna i kors över bröstet, brett isär med fötterna, en fysisk barriär mellan reportrarna och Ridgewaters grind. Hans ansikte förblev oberört medan journalisterna avfyrade frågor mot honom, deras munnar rörde sig snabbt, händerna gestikulerade.

En särskilt aggressiv reporter, en kvinna i en klarblå kavaj, steg närmare Jake, hennes mikrofon nuddade nästan hans bröst. Jake backade inte, tog inte ner armarna, tittade bara ner på henne med det tålmodiga uttrycket hos en man som hade hanterat betydligt värre konfrontationer än denna.

Kate kunde inte slita blicken från scenen. Detta var verkligt. Detta hände. Skandalen var inte bara rubriker på en skärm eller notiser på hennes telefon, utan riktiga människor vid hennes grind, riktiga anklagelser som skreks ut, verklig skada som gjordes på Ridgewaters rykte för varje minut som gick.

Ett annat fordon närmade sig, den här gången en välbekant pickup som tillhörde en av deras grannar. Presspacket vände sig mot den, med kamerorna höjda i väntan, bara för att se besvikna ut när de insåg att det inte var någon med koppling till familjen McKenzie. Jake använde distraktionen för att stiga närmare grinden och placerade sig fysiskt mellan den och reportrarna, vilket gjorde det tydligt att ingen skulle komma in på egendomen.

En av de manliga reportrarna gestikulerade eftertryckligt, hans ansikte förvridet av frustration. Kate kunde föreställa sig vad han sa: allmänheten hade rätt att veta, det här var en fråga om idrottslig integritet, varför gömde sig familjen McKenzie om de inte hade något att dölja? Jake skakade en gång på huvudet, bestämt, och pekade sedan på skylten "Privat område" som var tydligt uppsatt på grinden.

Kvinnan i den blå kavajen försökte en annan taktik, hennes uttryck mjuknade, troligen i ett försök att vädja till Jakes goda vilja. Återigen, den där oberörda huvudskakningen. Budskapet var tydligt: ingen kommentar, inget tillträde, ingen kompromiss. Sätt foten på den här egendomen och du blir arresterad för olaga intrång.

Kate sjönk ner på fönsterbänken, hennes ben plötsligt för svaga för att bära henne. För bara några dagar sedan hade hon varit en respekterad tävlingsryttare med en ljus framtid. Nu gömde hon sig i sitt eget hem medan polisen höll pressen på avstånd. Hur hade allt kunnat falla samman så snabbt?

Hennes telefon surrade till igen, och hon tittade ner och såg ett sms från Sarah: *"Svara inte på några samtal från nummer du inte känner igen. Svara inte på några pressförfrågningar. Vi tar oss igenom det här."*

Enkelheten i den sista meningen fick det att snörpas åt i Kates hals. "Vi tar oss igenom det här." Som om det bara vore en svår tävling eller en utmanande häst. Som om hennes karriär och Ridgewaters rykte inte höll på att slitas i stycken inför hennes ögon.

Ute hade Jake inte rört sig, han stod fortfarande vakt vid grinden som en skiltvakt. Reportrarna fortsatte sin attack, men hans hållning vacklade aldrig. I det ögonblicket kände Kate en våg av tacksamhet för hans orubbliga närvaro, samtidigt som en annan del av henne insåg den fruktansvärda sanningen: om saker och ting hade varit normala, skulle Jake aldrig ha behövt vara där överhuvudtaget.

Kate smög ner för trappan, dragen av behovet av te och en stund bort från den oändliga strömmen av anklagelser på hennes skärm. Köket hade alltid varit en fristad, hjärtat i det stora huset där familjen samlades, beslut fattades och tröst fanns i vattenkokarens ritual. Hon rörde sig tyst, i hopp om att undvika samtal, förklaringar, eller ännu värre, medlidande. Hennes hand hade precis slutit sig om vattenkokaren när dörren flög upp med sådan kraft att den studsade mot väggen.

Pip stormade in, hennes lilla gestalt vibrerade av raseri, ansiktet rödmosigt. Hon slog handen i köksbänken så att fruktskålen hoppade till och Kate nästan tappade vattenkokaren.

”Den där jävla reportern som har flyttat till Ridgemont trängde in mig i ett hörn i foderbutiken!” Pips röst var vass nog att skära i glas. Hon gick fram och tillbaka på köksgolvet, varje steg en återhållen explosion av energi trots hennes ringa storlek. ”Danny Wareham, från Courier-Mail. Känner du till honom?”

Kate skakade på huvudet och fyllde vattenkokaren mekaniskt.

”Tja, han känner uppenbarligen till oss.” Pip plockade upp ett äpple ur fruktskålen men lade sedan tillbaka det, som om hon var för arg för att ens tänka på att äta. ”Stängde in mig i tillskottsgången och avfyrade frågor som om han höll ett förhör. Ville veta allt om ditt ’dopningsprogram’.” Hon gjorde elaka citationstecken i luften med fingrarna. ”Frågade om Ridgewater hade ’systematiska problem med prestationshöjande medel’.”

Det knöt sig i magen på Kate. ”Vad sa du till honom?”

”Inget som går att trycka.” Pips knogar vitnade när hon grep tag i kanten på bänken. ”Jag var nära att slå till honom,

Kate. Knyckte näven och allt. Sedan kom jag ihåg vad det skulle göra med oss just nu och sa bara åt honom att dra åt helvete istället." Hon andades ut häftigt. "Men han är envis. Säger att han vill ha den 'riktiga historien', vad det nu betyder."

Kate ställde två muggar på bänken, den välbekanta rörelsen jordade henne mitt i kaoset. "Han gör bara sitt jobb", sa hon, även om orden smakade bittert.

"Sitt jobb?" Pips röst steg i misstro. "Är hans jobb att förstöra vårt rykte baserat på ett enda test? Ett test som kan vara fel? Han anklagade mig praktiskt taget för att vara en del av någon konspiration. Jag! Som om jag någonsin skulle göra något för att skada en häst!"

Köksdörren svängde upp igen, och den här gången kom Sarah in. Hennes min var bister, hennes surfplatta hårt gripen i ena handen. "Jag har precis pratat i telefon med den där veterinären från Brisbane, den som jobbar med galoppkommissionen", sa hon utan omsvep. "Han frågar om vi vill att han ska komma och undersöka Misty, säger att han kanske kan hjälpa till att avgöra när och hur bute kom in i hennes system."

"Kan han verkligen göra det?" frågade Kate, och en strimma av hopp flammade till.

Sarah ryckte på axlarna. "Han tror det finns en chans, baserat på leverenzymer eller något. Jag sa att vi skulle ringa tillbaka." Hon lade ner surfplattan och tittade på Kate och Pip. "Men det vi måste göra omedelbart är att bryta med Vanessa Hughes."

"Va?" Kate stannade till med kylskåpsdörren öppen när hon hämtade mjölken.

Sarahs käke var spänd, hennes hållning stel av övertygelse. "Den där tjejen har inte varit något annat än problem från första början. Hennes mamma har kommit med spydiga kommentarer om våra anläggningar, Vanessa har motsatt sig korrekta träningsmetoder, och nu, lämpligt nog, har vi en dopningskandal precis när du presterar bättre än henne."

"Tror du att Vanessa gjorde det här?" Pips ögon vidgades.

För ett ögonblick var det alldeles tyst i köket, och sedan pep kylskåpet och påminde Kate om att dörren fortfarande var öppen. Omtumlad av vad Sarah just hade föreslagit, stängde Kate dörren automatiskt och ställde mjölkkartongen på bänken.

"Jag tycker det är ett anmärkningsvärt sammanträffande att detta händer precis efter att hon misslyckades så kapitalt offentligt, när hon har spenderat en förmögenhet på den där hingsten och fortfarande inte kan komma i närheten av att matcha dig." Sarah korsade armarna. "Vi borde be dem ta Cavalier någon annanstans."

"Du kan inte komma med den anklagelsen utan bevis." Kate skakade på huvudet. "Vanessa tävlar inte ens på Grand Prix-nivå; det är inte en fråga om att jag slår henne. Hon påverkas också av det här eftersom jag är hennes tränare, och hon har inte avbokat lektioner! Nej. Vi har inte råd att förlora hennes stallhyra. Inte nu." Hon drog upp sin telefon ur fickan och öppnade sin e-post och visade dem skärmen. "Tre avbokningar från vanliga elever sedan i morse, alla med vaga ursäkter om 'schemakrockar'. Vi vet alla vad det egentligen betyder."

Pip sneglade på skärmen, hennes min mörknade ytterligare. "Fegisar."

"De skyddar sitt eget rykte", sa Kate trött. "Jag kan inte klandra dem. Vem vill bli tränad av någon som anklagas för att dopa hästar?"

Sarah tog telefonen och skrollade igenom meddelandena med en allt djupare rynka i pannan. "Det här är löjligt. Du har gett dessa människor år av din expertis, och de släpper dig så fort det finns minsta rykte om en skandal? Utan att ens vänta på fakta?"

”Det är så det fungerar”, sa Kate och hällde hett vatten över tepåsarna. ”Ryktet är allt i den här branschen. Förlorar vi det, förlorar vi allt.”

”Inte allt”, insisterade Pip. ”Vi har fortfarande sanningen på vår sida.”

Kate gav henne ett trött leende. ”Sanningen betalar inte foderfakturorna.”

Sarah räckte tillbaka telefonen, hennes min var tankfull. ”Tack och lov vet mamma och pappa inget än. En klen tröst att de är mitt ute på Nullarbor Plain någonstans utan täckning.”

”Ja, men de kommer att få täckning så småningom”, sa Kate, och tanken lade ytterligare ett lager till hennes ångest. Hennes föräldrar hade anförtrott Ridgewater åt henne och hennes systrar; att svika dem kändes värre än någon offentlig förödmjukelse. ”Och ju längre det här pågår, desto mer skada görs.”

Pip tog emot muggen med te som Kate erbjöd och kupade den mellan händerna. ”Hur är det med Ben? Han är författare. Han måste veta något om hur man hanterar pressen.”

Kate kände en knut dra åt sig i bröstet. ”Jag vill inte dra in honom i det här.”

”Han är redan involverad i och med att han bor här”, påpekade Sarah, även om hon taktfullt nog inte nämnde Kates och Bens förhållande, vad det nu var. Kate hade inte sagt något, men hennes systrar visste mycket väl att något var på gång; Kate hade knappt sovit i sin egen säng på veckor. ”Och han kanske har värdefulla insikter.”

Kate rörde ner socker i sitt te för att vinna tid innan hon svarade. ”Jag vill inte att han ska se mig så här. Anklagad, defensiv.” Erkännandet kostade på, men det var sanningen. Hennes förhållande med Ben var fortfarande nytt, höll fortfarande på att hitta sin form. Den här sortens press kunde krossa det innan det hade en chans att bli starkare.

Pip såg ut som om hon skulle protestera, men ett blixtsnabbt sken utanför fönstret fångade deras uppmärksamhet. Ännu en nyhetsbil höll på att köra upp utanför grindarna och anslöt sig till de som redan var där.

"De är som flugor", muttrade Sarah.

Kate smuttade på sitt te, värmen gjorde lite för att skingra kylan som hade slagit rot i hennes ben. Ett test, en substans hon aldrig hade gett, och livet hon hade byggt upp höll på att rämna inför hennes ögon. Ännu värre, det hotade hennes familjs levebröd, arvet hennes föräldrar hade anförtrott henne och hennes systrar. Hon tänkte på Misty i sin box, omedveten om att hennes karriär, och Kates, hängde på ett B-prov och den allmänna opinionens domstol.

"Vi behöver en plan", sa Kate till slut och ställde ner sin mugg. "Inte bara för pressen, utan för att hålla Ridgewater igång medan det här utspelar sig."

Sarah nickade. "Första prioritet är att se till att hästarna tas om hand och att de kunder som har varit lojala får den service de betalar för."

"Och ta reda på vem som gjorde det här mot dig", tillade Pip med blixtrande ögon. "För någon gjorde det, Kate, även om det inte var Vanessa. Vi vet alla att du inte gav Misty någon bute, så det betyder att någon annan *gjorde* det. Och när jag får reda på vem det är, kommer de att önska att Danny Wareham var deras största problem."

Kate svarade inte på det. Hon hade inte råd att fokusera på hämnd eller ens rättvisa just nu. Överlevnad kom först, för henne, för Ridgewater, för allt hennes familj hade byggt upp. Resten skulle få vänta.

Kate satt med benen i kors på sängen, det blå skenet från laptopen var det enda ljuset i rummet när kvällen sänkte sig över Ridgewater. Den stadiga strömmen av notiser hade saktat ner till ett stilla flöde, men varje ny kändes fortfarande som en ny anklagelse. Hon klickade på ett nytt meddelande och stålsatte sig för vad det än innehöll.

Ett meddelande från en konkurrent hon känt i flera år: *"Så ledsen att höra nyheten. Håll ut!"* Orden verkade stödjande vid första anblicken, men Kate visste bättre. Inga frågor om hennes version av historien, inga erbjudanden om konkret hjälp, inte ens ett definitivt uttalande om att de trodde på hennes oskuld. Bara vag sympati och en plattityd som lät avsändaren känna att de hade gjort sin plikt utan att faktiskt ta ställning. Budskapet var tydligt: distans, inte stöd.

Kate skrollade vidare och fann variationer på samma tema. *"Tänker på dig i denna svåra tid."* *"Vilken chock, hoppas de reder ut det snart."* Varje meddelande noggrant utformat för att bekräfta situationen utan att erbjuda verklig solidaritet, varje avsändare placerade sig precis tillräckligt långt borta för att undvika att bli befläckad av associering.

Några var mer direkta i sitt övergivande. *"Var tvungen att avboka min plats på din kurs nästa månad, ledsen för besväret."* Ingen förklaring behövdes; de ville inte ha sina hästar eller sina rykten i närheten av namnet McKenzie just nu.

En e-postnotis dök upp högst upp på skärmen, och avsändarens namn fick hjärtat att sjunka. Vitality Plus, tillskottsföretaget som hade stöttat henne genom Duchess skada och den långa, osäkra period som följde. De hade varit hennes första riktiga sponsor, som hade satsat på henne när hon precis börjat göra sig ett namn på tävlingsbanorna.

Med en känsla av oundviklighet klickade Kate för att öppna meddelandet.

"Bästa Ms. McKenzie, med anledning av den senaste tidens händelser pausar vi tillfälligt våra avtalsenliga

skyldigheter i enlighet med paragraf 8.3 i vårt sponsoravtal. Även om vi förstår att testningen av B-provet fortfarande inväntas, måste Vitality Plus prioritera vårt varumärkes integritet och marknadsuppfattning. Vi värdesätter vår relation med Ridgewater och hoppas på en snabb lösning på denna fråga. Skulle B-provet visa sig vara negativt eller om andra friande bevis kommer fram, kommer vi gärna att ompröva detta beslut..."

Kates käke spändes när hon läste igenom företagsspråket, varje noggrant formulerad mening ännu ett slag mot det partnerskap hon trodde hade byggts på ömsesidig respekt och gemensamma värderingar. De hade förstås den avtalsenliga rätten att dra in sitt stöd. Moralklausulen hade verkat vara en ren formalitet när hon hade skrivit på den, en standardinkludering hon aldrig hade kunnat föreställa sig skulle åberopas.

Hon stängde mejlet utan att svara. Vad kunde hon säga? Protestera sin oskuld igen? Bönfalla dem att tro på henne? Inget av alternativen tilltalade hennes stolthet eller verkade sannolikt förändra resultatet.

Istället öppnade hon telefonens inställningar och började systematiskt radera varje sociala medier-app från sin enhet. Instagram, borta med ett tryck och en bekräftelse. Facebook, Snapchat, varje ikon försvann från hennes skärm som stenar som sjönk i en damm och lämnade bara krusningar av tomt utrymme. Det fanns något kyligt tillfredsställande i den lilla handlingen av kontroll, att välja bortkopplingen istället för att få den påtvingad.

Den sista appen försvann och Kate lade telefonen åt sidan, och kände sig konstigt nog lättare trots allt. Hon kunde inte stoppa vad folk sa, kunde inte kontrollera hur historien spreds eller förändrades för varje återberättelse, men hon kunde välja att inte bevittna det i realtid.

En mjuk knackning på dörren avbröt hennes tankar.

"Kate?" Bens röst var mild, trevande. "Får jag komma in?"

Hon övervägde att vägra, men utmattningen segrade över önskan om ensamhet. "Det är öppet."

Ben kom in och balanserade försiktigt två rykande muggar te. Den välbekanta doften av kamomill med honung spred sig i rummet, en omtänksam gest som oväntat fick det att snörpas åt i halsen.

"Tänkte att du kanske behövde den här", sa han och ställde en mugg på hennes sängbord. Han stod där ett ögonblick, tafatt i det svaga ljuset, innan han satte sig på sängkanten och var noga med att hålla ett respektfullt avstånd. "Hur står du ut?"

Kate stängde sin laptop och stängde ute bevisen på sin digitala reträtt. "Jag har haft bättre dagar."

Ben nickade, hans ögon var mjuka av oro. I det blåaktiga ljuset från fönstret verkade hans drag mer uttalade, bekymmersrynkorna runt hans mun djupare än vanligt. "Kate, låt mig hjälpa till. Vad du än behöver; efterforskningar, samtal, vad som helst. Jag är bra på att gräva fram information, hitta mönster. Och jag känner folk inom förlagsvärlden som kanske har kontakter inom sportjournalistiken. Kanske kan vi få någon att berätta din sida av historien på rätt sätt."

Erbjudandet var äkta, hans uttryck uppriktigt. Vid någon annan tidpunkt hade Kate kanske blivit rörd av hans vilja att använda sina professionella kontakter för hennes skull. Nu kände hon dock hur axlarna ofrivilligt spändes.

"Jag måste hantera det här själv", sa hon tyst men bestämt. "Jag måste rentvå mitt namn, bevisa att det inte var jag."

"Du behöver inte göra det ensam", envisades Ben och sträckte sig efter hennes hand där den vilade på sängöverkastet.

Kate flyttade sig något, en subtil men omisskännlig reträtt. Smärtan som flammade till i Bens ansikte fick det att vrida sig av skuld i magen på henne, men hon kunde inte förmå sig att ta emot den tröst han erbjöd. Inte nu, när allt kändes så bräckligt.

"Jag vet att du menar väl", sa hon med mjukare röst, "men jag kan inte..." Hennes röst dog ut när hon kämpade för att formulera virrvarret av känslor som tryckte mot hennes revben. "Jag kan inte luta mig mot någon just nu. Om jag börjar kanske jag inte kan sluta, och jag måste hålla mig fokuserad. Klar i huvudet."

Vad hon inte kunde säga var att sårbarhet kändes farlig, en lyx hon inte hade råd med. Att ömheten i hans blick hotade de försiktiga murar hon hade byggt upp för att ta sig igenom varje timme av denna mardröm. Att acceptera hans hjälp innebar att acceptera att hon behövde den, och just nu var det enda som höll henne upprätt övertygelsen om att hon kunde, *måste*, utkämpa denna strid själv.

Ben nickade långsamt och tog in hennes ord och det som låg under dem. "Jag förstår", sa han, även om hans ögon sa något annat. Han reste sig och tvekade ett ögonblick som om han hoppades att hon skulle ändra sig. När hon förblev tyst gick han mot dörren. "Teet står här om du vill ha det. Och det gör jag också, när du är redo."

Dörren stängdes bakom honom med ett mjukt klick och lämnade Kate ensam igen. Hon stirrade på den rykande muggen på sitt sängbord, kamomillens milda doft en skarp kontrast till bitterheten som täckte hennes tunga. Hon hade ingen plan, ingen aning om hur hon skulle bekämpa en anklagelse som verkade växa sig starkare för varje timme som gick. Ingen tydlig väg för att bevisa sin oskuld när hon inte ens visste hur Misty hade fått i sig den förbjudna substansen.

Utanför hennes fönster väntade nyhetsbilarna fortfarande vid grinden, tålmodiga rovdjur som väntade på sitt ögonblick. Bortom dem höll det bredare ridsportsamfundet redan på att anpassa sig till en berättelse där Kate McKenzie bara var ännu en tävlingsryttare som hade gått över gränsen i jakten på ära.

Hon sträckte sig efter teet, dess värme sipprade in i hennes kalla fingrar. Imorgon skulle hon behöva vara starkare. Mer strategisk. Redo att slå tillbaka, även om hon ännu inte var säker på hur. Ikväll, i avskildheten i sitt mörka rum, tillät Kate sig dock att erkänna tyngden som pressade ner på hennes axlar och rädslan för att denna gång kanske inte all hennes ansträngning, skicklighet och beslutsamhet skulle vara nog för att hjälpa henne igenom det.

Kapitel tretton

Två veckor hade gått sedan det positiva testresultatet, och Kate kände sig urholkad. B-provet hade bekräftat det hon redan visste; någon hade gett Misty bute före tävlingen, men förbundet brydde sig inte om "någon". De brydde sig om vem som var ansvarig för hästen, och det var Kate. Brevet om den tillfälliga avstängningen låg på hennes skrivbord bredvid en växande hög med avbokade kursanmälningar och uppsagda sponsoravtal. Till och med hennes mest lojala elever började dra sig undan, deras föräldrar hänvisade till "schemakrockar" eller "nya träningsmöjligheter" i ursäktande sms som aldrig riktigt gick rakt på sak.

Kate stod vid dörren till Mistys box och såg på medan stoet nöjt tuggade på sitt hö. Misty visste åtminstone inte att hennes karriär hängde i luften, att kvalfönstret för landslagsuttagningen stängdes snabbt medan Kate utkämpade en kamp som kändes alltmer omöjlig att vinna. Stoets päls skimrade fortfarande silverfärgat i morgonljuset, hennes rörelser var fortfarande smidiga och kraftfulla. Ingenting hade förändrats för henne.

"Där är du." Bens röst var mjuk bakom henne, försiktig på det sätt som alla på Ridgewater talade nuförtiden, som om höga ljud skulle kunna krossa det lilla lugn Kate hade kvar.

Hon vände sig inte om. "Kollar bara till henne."

"Du kollade till henne för en timme sedan", sa Ben, inte ovänligt. "Och timmen före det."

Kate suckade och sträckte sig in mellan gallret för att smeka Mistys hals. "Vad ska jag annars göra? Träna för tävlingar jag inte får delta i? Undervisa elever som alla plötsligt har upptäckt schemakrockar?"

Ben kom närmare, inte så att han rörde vid henne men tillräckligt nära för att hon skulle känna hans värme. "Följ med mig till Sydney."

Orden var så oväntade att Kate vände sig om för att titta på honom, övertygad om att hon hade hört fel. "Vad sa du?"

"Filmpremiären är i helgen", sa Ben. "Filmatiseringen av min första bok. Jag får ta med en gäst, och..." Han tvekade och stoppade händerna i fickorna. "Du behöver komma bort härifrån, Kate. Bara för några dagar."

Kate skakade på huvudet. "Jag kan inte bara åka. Jag måste förbereda mig för förhöret..."

"Förhöret är om tre veckor", avbröt Ben henne mjukt. "Och du har redan gått igenom ditt försvar hundra gånger. Sarah och Marcus kan sköta det här under en helg." Hans blick mjuknade. "Du har inte sovit ordentligt på flera dagar. Du kör slut på dig själv."

"Det är inte..." började Kate, och tystnade sedan, för det var sant. Sömnen hade blivit svårfångad, nätterna ägnade hon åt att formulera argument i huvudet eller skrolla igenom ridsportforum där främlingar debatterade hennes skuld. "Jag hör inte hemma i Sydney på en filmpremiär. De där människorna... det är inte min värld."

"Exakt", sa Ben, och ett litet leende lyfte hans mungipa. "Det är det som är poängen. Ingen där vet eller bryr sig om dopningsskandaler inom ridsporten. För en helg skulle du bara kunna vara Kate. Inte Kate McKenzie, dressyrryttaren som är avstängd."

Tanken på anonymitet, på att gå på en gata utan att undra om folk viskade om henne, var plötsligt oerhört lockande. Kate tittade förbi Ben mot stallentrén, där en strimma av omvärlden var synlig. TV-bilarna hade äntligen lämnat grinden, men deras frånvaro betydde inte att historien hade försvunnit. Den hade bara utvecklats från en nyhet till en pågående skandal, den sorten som puttrade i branschskvaller och internetdiskussioner.

"När skulle vi åka?" frågade hon, och själva frågan var ett medgivande.

Bens leende blev bredare. "I eftermiddag. Jag har redan bokat flyget."

"Var du så säker på att jag skulle säga ja?"

"Nej", erkände han. "Men jag hoppades. Och jag tänkte att om du sa nej skulle jag bara ta kostnaden för din biljett och gå ensam."

Kate kände något varmt flimra till i bröstet, den första gnistan av något annat än fasa eller ilska hon hade känt på flera veckor. "Jag har inget att ha på mig på en filmpremiär."

"Det löser vi i Sydney", sa Ben och viftade bort hennes oro. "Även om jag tycker att du är fantastisk i allt du har på dig, även om det bara är jeans och en av de där dunvästarna du är så förtjust i."

Kate överraskade sig själv med ett litet skratt. "Dunväst på en Hollywoodpremiär. Det skulle få mig i tidningen av en helt annan anledning."

När de landade i Sydney höll solen på att gå ner. Deras taxi slingrade sig fram genom trafiken som verkade omöjligt tät. Kate stirrade ut genom fönstret och tog in anonymiteten i det hela; tusentals människor, var och en med sina egna bekymmer, varav inget hade något att göra med henne eller dressyr eller förbjudna substanser.

Taxin svängde in på en livlig gata kantad av exklusiva butiker och restauranger. Välklädda människor rörde sig längs trottoarerna, skrattade och pratade, omedvetna om bilen och dess passagerare. Kate iakttog dem, märkligt fascinerad av deras sorglösa miner, deras uppenbara brist på oro för något allvarligare än var de skulle äta middag eller vilken bar de skulle besöka härnäst.

"Så", sa Ben och drog hennes uppmärksamhet tillbaka till sig. "Schemat för de närmaste dagarna är ganska enkelt. Ikväll är det en branschfest med förläggare, filmfolk, den vanliga skaran. Imorgon är själva premiären, med röda mattan och allt det där tramset. Och sedan är söndagen vår att göra vad vi vill innan vi flyger tillbaka."

Kate kände en fladdrande nervositet. "Vad exakt händer på en filmpremiär? Borde jag vara beredd på... jag vet inte, paparazzi eller något?"

Ben skrattade, ljudet varmt och äkta. "Det kommer att finnas fotografer, ja, men de är främst intresserade av skådespelarna. Författaren är ganska långt ner på kändisnäringskedjan, tro mig. Mestadels handlar det om att stå och hänga i obekväma kläder och låtsas att man hör hemma där, le när någon riktar en kamera mot en och försöka att inte spilla drinkar på folk som skulle kunna köpa och sälja en hundra gånger om."

Den rättframma beskrivningen, levererad med Bens karaktäristiska självironi, lockade ett skratt ur Kate. Det bubblade upp från någonstans djupt inombords, oväntat och lite rostigt från brist på användning, men äkta. Hon kunde inte minnas när hon senast hade skrattat så, definitivt inte sedan innan dopningsskandalen hade brutit ut.

Bens ögon vidgades något och mjuknade sedan, som om hennes skratt var en gåva han inte hade förväntat sig. Hans hand klämde varsamt hennes. "Jag har saknat det där ljudet", sa han tyst.

Kates leende försvann inte, även om hon kände en lätt hetta stiga i kinderna. "Jag hade nästan glömt hur det kändes", erkände hon.

Taxin stannade utanför ett elegant hotell, vars upplysta entré lovade lyx och, för Kate just nu ännu viktigare, anonymitet. När dörrvakten rörde sig för att öppna deras dörr, lutade Ben sig närmare, hans andedräkt varm mot hennes öra.

"Välkommen till min värld, Kate McKenzie. De närmaste tre dagarna struntar alla här i hästar."

Hotellobbyn glänste av polerad marmor och smakfull belysning, vilket gjorde Kate plågsamt medveten om sitt skrynkliga reseutseende. En liten, rundlagd kvinna i en skräddarsydd marinblå dräkt gick fram och tillbaka nära receptionen, med telefonen tryckt mot örat medan hon pratade i snabba, korta meningar. I samma ögonblick som hon fick syn på Ben avslutade hon sitt samtal mitt i en mening och marscherade mot dem med de målmedvetna stegen hos någon för vilken tid bokstavligen var pengar.

"Ben! På tiden. Studion har ringt var femtonde minut." Hennes korthuggna brittiska accent matchade hennes effektiva rörelser när hon kindpussade Ben.

"Hej på dig med, Verity", sa Ben med en varmt överseende ton. "Kate, det här är min agent, Verity Helliwell. Verity, det här är Kate McKenzie."

Verity kastade knappt en blick på Kate. "Trevligt", sa hon, även om hennes ton antydde att det snarare var en formalitet än en känsla. "Ben nämnde att han skulle ta med sig någon. Är du i förlagsbranschen?"

"Nej", sa Kate och kände sig märkligt nog som om hon hade misslyckats med något slags test. "Jag är..."

"Kate är professionell idrottare", avbröt Ben smidigt. "En av Australiens främsta ryttare."

Veritys ögonbryn höjdes en aning. "Så fascinerande", sa hon på ett sätt som indikerade att det var allt annat än det. Hon vände sig genast tillbaka till Ben. "Produktionsbolaget vill träffa dig imorgon före premiären. De insisterar på att diskutera när du skulle kunna sitta ner och börja arbeta med manusförfattarna för uppföljaren. Jag har sagt till dem att det är förhastat, men du vet hur de är, de försöker alltid låsa fast nästa grej innan den nuvarande ens har bevisat sig."

Kate tog ett litet steg bakåt och kände sig plötsligt mer som ett bihang än en deltagare i samtalet. Detta var Bens värld; fartfylld, urban, fylld med människor som talade branschjargong och gav kindpussar som hälsning.

"Jag diskuterar inte uppföljaren förrän vi ser hur den här tas emot", sa Ben, med en fastare ton än vad Kate var van vid att höra.

Verity viftade avvärjande med handen. "Ja, ja, det har jag gjort klart. Men du vet hur det är. Avfärda dem bara elegant."

Medan Verity pratade på lät Kate sin uppmärksamhet vandra till hotellets andra gäster. Ett par med matchande designerväskor som checkade in vid receptionen, en kvinna i stilettklackar som förmodligen kostade mer än hela Kates garderob som otåligt knappade på sin telefon. Alla såg ut som om de hörde hemma i denna glansiga, dyra värld. Alla utom hon.

Hon kände ett varmt tryck i svanken och insåg att Ben hade lagt sin hand där och subtilt dragit henne tillbaka in i samtalet. "Kate och jag behöver lite tid att fräscha upp oss", sa han till Verity. "Vi ses på minglet."

"Okej, men kom inte för sent", sa Verity. "Prick klockan åtta." Med en sista nickning mot Kate som verkade mer som en eftertanke än ett erkännande marscherade Verity mot utgången, redan tillbaka i sin telefon.

"Förlåt för det där", sa Ben när de såg henne gå. "Verity fungerar bara i en hastighet: full gas. Hon är briljant på det hon gör, men socialt umgänge är inte hennes starka sida."

"Hon verkar... effektiv", erbjöd Kate diplomatiskt.

Ben skrattade. "Det är den vänligaste beskrivningen av Verity jag någonsin hört. Kom, vi går och tittar på vårt rum. Jag tror att ordet 'svit' nämndes."

Sviten visade sig vara större än hela huvudbyggnaden på Ridgewater, en halv hotellvåning med fönster från golv till tak som erbjöd en spektakulär utsikt över Sydneys skyline i tre riktningar. En separat sittgrupp innehöll en mjuk soffa, fåtöljer och ett skinande matsalsbord i mahogny med plats för åtta, medan sovrummet hade en king size-säng som såg ut att bekvämt kunna rymma fyra personer. Badrummet glänste av marmor och glas, med ett djupt badkar placerat bredvid ett fönster med insynsskyddat glas.

"Det här är..." Kate tystnade, bländad och för ett ögonblick mållös.

"Överdrivet?" föreslog Ben och släppte sin väska på en bagagehylla. "Välkommen till filmindustrins idé om 'standardboende'. Förlaget skulle ha placerat oss i något hälften så stort, men studion står för notan, så..." Han gestikulerade expansivt.

Kate gick fram till fönstren och blickade ut över stadens ljus. Stadslandskapet pulserade av energi, av syfte, av tusentals liv som utspelade sig samtidigt och inget av dem handlade om Kate McKenzies dopningsskandal.

Den korta stunden av frid avbröts av insikten att hon inte hade något passande att ha på sig på ett branschevenemang. Hon öppnade sin lilla resväska på sängen och granskade dess innehåll med växande bestörtning.

"Är allt okej?" frågade Ben när han kom ut från badrummet.

Kate tittade upp med en marinblå tröja i händerna. "Jag har inget att ha på mig", erkände hon. "Jag tänkte inte riktigt igenom det. Jag har en klänning som kanske funkar ikväll, men inget för premiären, och definitivt inga skor som skulle passa till något av det."

Ben studerade henne ett ögonblick och tog sedan fram sin telefon. "Ge mig en minut", sa han, klev ut på den lilla balkongen och stängde dörren bakom sig.

Kate kunde se honom genom glaset, gestikulerande medan han pratade, även om hon inte kunde höra hans ord. Hon vände sig tillbaka till sin patetiska ursäkt till resväska och undrade om det fanns en butik på hotellet där hon kunde hitta något, vad som helst, mer passande än det hon hade tagit med sig.

Ben kom tillbaka ett par minuter senare och såg nöjd ut. "Problemet är löst", sa han. "Gå och duscha. Det ordnar sig strax."

"Vad gjorde du?" frågade Kate misstänksamt.

"Jag utnyttjade en gentjänst", svarade Ben kryptiskt. "Lita på mig."

Exakt tjugotre minuter senare knackade det på dörren. En ung kvinna med tre stora klädpåsar hälsade dem med ett professionellt leende. "Mr Crossley? Jag är från studions kostymavdelning. Jag förstår att ni behövde några klädalternativ?" Hon tittade på Kate, som bar en hotellbadrock efter sin dusch, och bedömde med professionell blick. "Och det här måste vara er gäst."

Innan Kate hann förstå vad som hände hade kvinnan hängt upp klädpåsarna i svitens garderob och packade effektivt upp skokartonger. "Vi tog med flera alternativ i er storlek", förklarade hon för Kate. "Den röda borde passa vackert med era färger; bra för imorgon, skulle jag föreslå. Den svarta är mer konservativ men fortfarande elegant, och den blå har lite mer attityd om ni känner er äventyrlig. Kanske ett bättre alternativ för ikväll, eftersom den är kort." Hon tog fram en silverfärgad aftonväska och en sammetsask. "Vi har inkluderat accessoarer också. Allt är på lån, förstås; vi ordnar med upphämtning på söndag."

När virvelvinden av aktivitet var över och kostymassistenten hade gått, stod Kate och stirrade på den öppna garderoben i misstro. "Hände det där precis? Hur fick hon min storlek?"

Ben flinade. "Jag skickade bilder på etiketterna i några av dina kläder och dina skor. Filmstudior har ett lager av designerkläder för precis den här sortens situation. Stjärnor som behöver kläder i sista minuten, chefers makar som glömt att packa något, den sortens saker." Han pekade mot klädpåsarna. "Varsågod, prova något."

Nästan som i en dvala sträckte sig Kate efter påsen som assistenten hade pekat ut för kvällen. Tyget gled genom hennes fingrar som vatten, tungt siden i en rik, elektriskt blå färg som tycktes lysa under lamporna. Hon tog med den in i badrummet, klev försiktigt i plagget och drog upp det över höfterna. Ryggen krävde lite akrobatik för att få upp dragkedjan, men när hon äntligen lyckades och vände sig mot spegeln stelnade hon till.

Kvinnan som stirrade tillbaka på henne var en främling. Den asymmetriskt skurna klänningen smet åt på alla de rätta ställena, visade upp ett långt smalt ben och en bar axel, och färgen fick hennes hud att glöda och hennes blå ögon att verka mer intensiva. Den förvandlade henne från en idrottare i vardagskläder till... någon helt annan. Någon glamorös. Någon som hörde hemma i denna värld av premiärer och cocktailpartyn och hotellobbyer i marmor.

Hon kom ut från badrummet, lite självmedveten, ovan vid känslan av att vara så medvetet feminin. Ben pratade i telefon igen, med ryggen mot henne, men vid ljudet av dörren vände han sig om och stannade mitt i en mening med munnen lätt öppen.

"Jag ringer tillbaka", sa han frånvarande i telefonen utan att ta ögonen från Kate. Han lade ner telefonen utan att kolla om samtalet var avslutat. "Du ser..." började han och skakade sedan på huvudet, som om han saknade ord.

"Är den för mycket?" frågade Kate, plötsligt osäker under hans intensiva blick.

"Nej", sa Ben snabbt. "Den är perfekt. Du är perfekt." Han korsade rummet till henne, hans ögon lämnade aldrig hennes ansikte. "Du är alltid vacker, Kate. Men just nu är du hisnande."

Kate kände en rodnad stiga i kinderna, men för en gångs skull försökte hon inte avfärda komplimangen. Hon vände sig tillbaka till spegeln och studerade sin spegelbild igen med nya ögon. Kvinnan som tittade tillbaka var fortfarande Kate McKenzie, men en version av sig själv som hon sällan såg; stark men ändå mjuk, atletisk men ändå feminin, självsäker på ett sätt som inte hade något att göra med dressyrpoäng eller tävlingsrankingar.

Branschminglet pulserade av samtal och klirrande glas, kroppar tätt packade i en takbar med utsikt över hamnen. Kate höll sig nära Ben och iakttog med tyst fascination hur han navigerade bland filmchefer, skådespelare och förlagsfolk som tycktes kommunicera på ett språk som bestod lika mycket av entusiasm som av cynism.

"Otroliga siffror för tredje kvartalet", sa en silverhårig man i en dyr kostym till en grupp nickande åhörare. "De asiatiska marknaderna slukar absolut allt med ett kriminellt inslag. Om vi positionerar det här rätt ser vi på vår största internationella lansering hittills."

I närheten gestikulerade en kvinna med en geometrisk frisyr och överdimensionerade glasögon dramatiskt med sitt champagneglas. "Älskling, det handlar inte om filmatiseringen, det handlar om potentialen för ett expanderat universum. Ingen bryr sig om fristående verk längre."

Kate smuttade på sin drink, tacksam för sin anonymitet. När presentationer var nödvändiga sa hon bara "Kate" med ett leende och fann att det oftast räckte. I denna skara var folk mycket mer intresserade av vad man kunde göra för deras karriärer än av vem man faktiskt var.

Ben rörde sig genom rummet med en märklig blandning av självförtroende och obehag. Han var uppenbarligen respekterad – folk sökte upp honom, gratulerade honom, frågade hans åsikt i olika frågor – men Kate lade märke till hur han flyttade vikten från fot till fot under längre samtal, hur hans leende blev lite stelt när berömmet blev för översvallande.

"Grejen är", sa han till en journalist som hade trängt in honom i ett hörn nära baren, "den verkliga äran går till regissören och manusförfattaren. Mitt jobb var bara att skapa den ursprungliga ritningen. Det är de som har byggt något som folk faktiskt vill se."

Journalisten nickade och klottrade ner anteckningar. "Men du hade väl viss input i filmatiseringsprocessen?"

Ben ryckte på axlarna, hans blick fann kort Kates över mannens axel, en bön om räddning synlig i deras djup. "De rådfrågade mig om några vändningar i handlingen, men mestadels höll jag mig bara ur vägen. Författare som hänger över filmatiseringar slutar oftast besvikna. Bättre att låta filmfolket göra det de är bäst på."

Kate förstod sin kö och gick fram för att vidröra Bens armbåge. "Förlåt att jag avbryter, men Verity letade efter dig. Något om det där samtalet du väntade på?"

Bens ansikte visade ett ögonblicks förvirring innan förståelsen infann sig. "Just det, ja. Ursäktar ni mig?" sa han till journalisten, som motvilligt klev åt sidan.

"Tack för räddningen", mumlade Ben när de rörde sig mot ett lugnare hörn. "Den där typen har försökt få mig att såga filmatiseringen. Tydligen säljer kontroverser fler tidningar än 'författare nöjd med filmversionen av sin bok'. Det spelade ingen roll för honom att jag inte ens har sett den än."

Kate log. "Jag förstod det. Du hade samma blick som hästar får när de blir inträngda i ett hörn de inte vill vara i."

Innan Ben hann svara närmade sig en bredaxlad man med silver vid tinningarna och en skräddarsydd midnattsblå kostym, med utsträckt hand. "Ben Crossley! James Watson, Universal International", sa han med en hög amerikansk accent. "Så glad att vi äntligen träffas."

Ben skakade mannens hand med vad som verkade vara genuin värme. "James, trevligt att träffa dig personligen till slut. Det här är Kate, en nära vän."

Watson nickade artigt i Kates riktning innan han vände sin fulla uppmärksamhet mot Ben. "De tidiga visningarna testar skyhögt i Europa. Vi siktar på en samtidig lansering i tjugoåtta länder nu, och de asiatiska distributionsavtalen är klara."

"Det är utmärkta nyheter", sa Ben, även om Kate märkte en lätt spänning runt hans ögon.

"Studion pratar redan om potential för en uppföljare", fortsatte Watson och sänkte rösten konspiratoriskt. "Jag vet, jag vet, ni författare hatar det ordet innan den första ens är ute, men siffrorna ljuger inte. Vi vill stå först i kön när du är redo att prata om nästa bok." Han gav Ben ett visitkort. "Ring mig direkt när du är redo. Ingen anledning att gå via de vanliga kanalerna."

När samtalet fortsatte fann Kate sig själv försvinna in i bakgrunden igen. Det gjorde henne inget. Det fanns något märkligt befriande i att vara på en plats där ingen kände till hennes historia, där hennes namn inte bar på någon tyngd av förväntningar eller besvikelser. Ingen här brydde sig om dressyrpoäng eller dopningsanklagelser. Hon var bara Bens sällskap, en kvinna i en blå klänning som smuttade på champagne och iakttog branschmaskineriet i arbete.

Två timmar senare värkte Kates fötter av de ovana klackarna. Ben mötte hennes blick tvärs över rummet där han var fångad i en diskussion med en grupp förlagschefer, och hon såg sin egen trötthet speglas i hans uttryck.

Tjugo minuter senare satt de i en taxi, och Ben lossade på sin slips med en lättnadens suck. "Herregud, jag trodde vi aldrig skulle komma därifrån. Sådana där tillställningar pågår alltid dubbelt så länge som de borde."

"Vart är vi på väg?" frågade Kate och noterade att de var på väg bort från hotellet.

"Till något äkta", svarade Ben med ett mystiskt leende. "Jag vet inte hur det är med dig, men jag skulle behöva något verkligt efter allt det där nätverkandet."

Taxin släppte av dem utanför en starkt upplyst diner som såg ut att ha transporterats direkt från 1950-talet. Röda vinylbås kantade fönstren, och en disk med kromkantade pallar sträckte sig längs ena väggen. Lukten av stekt lök och nybryggt kaffe strömmade ut när Ben höll upp dörren.

"Sydneys bästa sena natt-burgare", sa han och lotsade in henne. "Och milkshake-drinkarna är värda den oundvikliga magknipen."

Lysrörsbelysningen var skarp efter takbarens noggrant utvalda atmosfär, men Kate fann den märkligt tröstande. De slog sig ner i ett bås längst in, och Ben beställde åt dem båda, hamburgare med "allt på", pommes frites och chokladmilkshakes.

"Det här är mer min melodi", erkände Ben när servitrisen hade gått. "Man träffar mer intressanta människor på sådana här ställen."

Kate log och slappnade av i vinylsätet. "Jag gillar att se den här sidan av dig. På festen verkade du... inte riktigt som dig själv."

"Det var jag inte", sa Ben enkelt. "Det är den dansen man dansar i den här branschen. Man visar dem den version av sig själv de vill se, säger de saker de vill höra och sparar de riktiga samtalen för platser som den här." Han såg sig omkring i dinern med genuin tillgivenhet. "Jag skrev en scen som utspelar sig på en precis sådan här plats. Studion ville filma den i något elegant, modernt kafé istället. Jag var tvungen att kämpa för att behålla den autentisk. De filmade den precis här, och betalade ägarna bra för privilegiet."

Deras mat kom, enorma hamburgare som knappt fick plats på tallrikarna, tjockskurna pommes frites som glänste av olja och var pudrade med salt, och milkshakes toppade med vispgrädde och maraschinokörsbär. Kate kunde inte minnas när hon senast hade ätit något så härligt onyttigt. Som tävlingsidrottare var hennes kost noggrant kalibrerad för prestation, med magra proteiner, komplexa kolhydrater och exakt tidsinställd näring för att stödja träning och återhämtning.

Hon tog en tugga av hamburgaren och blundade i ett ögonblick av salighet. "Herregud", mumlade hon med munnen full. "Det här är otroligt."

Ben flinade och såg nöjd ut. "Värt att bryta träningsregimen för?"

"Absolut", sa Kate, tog en pommes frites och tuggade knaprigt i sig den. "Men säg inget till mina systrar. De skulle aldrig låta mig glömma det."

De åt i gemytlig tystnad i några minuter, den enkla njutningen av god mat i en opretentiös miljö sköljde bort kvällens föreställning.

"Sugen på en promenad?" frågade Ben när de hade ätit färdigt. "Vi är inte långt från Bondi."

Nattluften var sval och salthaltig när de promenerade längs den berömda stranden. De hade båda tagit av sig skorna och bar dem medan de gick längs vattenbrynet där sanden var fastast. Havet sträckte ut sig framför dem, mörkt och gränslöst, medan stadens ljus glimmade mot natthimlen bakom dem.

”Jag glömmer ibland att Australien har allt det här”, sa Kate och andades in djupt. ”När man växer upp på en gård blir ens värld så fokuserad på den marken, de djuren, det samhället. Resten skulle lika gärna kunna vara ett annat land.”

Ben nickade med förståelse i blicken. ”Jag var tvärtom. Växte upp i förorten, alltid omgiven av människor och buller. Första gången jag besökte en kompis gård kunde jag inte sova för att det var för tyst.” Han log åt minnet. ”Nu söker jag mig till den tystnaden. Lustigt hur saker och ting förändras.”

Kate vickade på tårna i den svala sanden och kände hur spänningen från dagen – från de senaste veckorna – gradvis släppte med varje steg. Det rytmiska ljudet av vågor som bröt mot stranden skapade en mjuk fond till deras samtal, och ibland fick det dem att luta sig närmare för att höra varandra, deras axlar snuddade vid varandra då och då när de gick.

”Tack för att du tog med mig hit”, sa Kate efter en bekväm tystnad. ”Inte bara till stranden, utan till Sydney. Hela den här kvällen. Jag behövde det mer än jag insåg.”

”Alla behöver komma bort ibland. Även de mest hängivna idrottarna och plågade författarna.”

Kate skrattade lågt, ljudet bars över det milda bruset av vågorna. ”Är det vad vi är? Idrottaren och författaren?”

”Bland annat”, svarade Ben, och hans hand fann hennes i mörkret. Hans fingrar var varma mot hennes hud, och Kate drog inte undan den. De fortsatte gå, hand i hand, medan stadens ljus tindrade bakom dem och det väldiga havet sträckte sig framför dem, en perfekt balans mellan civilisation och vildmark, mellan kaos och frid.

För första gången på flera veckor var Kate helt närvarande i stunden, och repeterade inte mentalt argument för sitt förhör eller katalogiserade skadorna på sin karriär. Det fanns bara sanden under hennes fötter, saltluften som fyllde hennes lungor och Bens stadiga hand i hennes när de gick längs kontinentens kant, två små figurer mot nattens oändlighet.

Kapitel fjorton

Den röda mattan sträckte ut sig framför dem som en karmosinröd flod, kantad av avspärrningar som höll tillbaka fotografer som ropade namn och anvisningar medan kändisarna poserade. Kate stod precis bakom Ben vid kanten av mattan och den glittrande, lånade röda klänningen hon bar kändes plötsligt både för iögonfallande och på något sätt otillräcklig bland alla haute couture-klänningar och skräddarsydda smokingar.

"Redo?" frågade Ben och rättade till sin fluga en sista gång. Han såg slående stilig ut i smoking, hans ibland lite tafatta gänglighet förvandlad till något mer elegant.

"Så redo jag kan bli", svarade Kate och kämpade emot lusten att stryka över klänningen igen. Hon hade tillbringat en timme med en hårstylist som studion hade skickat till deras hotell, och hennes vanligtvis stramt tämjda blonda hår hade förvandlats till lösa vågor som mjukt ramade in hennes ansikte.

De klev ut på mattan och energin intensifierades omedelbart. Kate hade förväntat sig att känna sig blottad, men fann sig märkligt nog skyddad i Bens skugga.

"Ben Crossley! Här borta!" En reporter vinkade från bakom ett sammetsrep. "Hur känns det att se dina karaktärer komma till liv på vita duken?"

Ben tog ett steg mot reportern och positionerade sig automatiskt för att inkludera Kate i bild utan att utsätta henne för direkta frågor. "Det är overkligt", svarade han med sitt medievänliga leende på plats. "De här karaktärerna levde i mitt huvud i flera år, och nu tolkas de av otroliga skådespelare. Jag är bara tacksam för att berättelsen nådde fram till läsarna, och förhoppningsvis nu även till tittarna."

Fler frågor följde, de flesta fokuserade på om filmen var trogen boken, om Ben hade haft inflytande över manuset och vad han arbetade på härnäst. Han svarade bekvämt på varje fråga och avvärjde de mer närgångna frågorna med självironisk humor, hela tiden med den där försiktiga balansen mellan att vara tillgänglig och att värna om sitt privatliv.

Kate iakttog allt med tyst fascination. Det här var inte så olikt de pressinteraktioner hon hade hanterat efter stora tävlingar, även om frågorna handlade om vändningar i handlingen snarare än träningstekniker. Hon upptäckte att hon njöt av att se berömmelsen från sidlinjen, tillräckligt nära för att observera dess mekanismer, men utan att utsättas för dess krav. Ingen frågade om hennes karriär eller hennes mål eller, tacksamt nog, hennes senaste skandaler. Hon var helt enkelt Bens gäst, en kvinna i en röd klänning.

När de rörde sig längre fram på mattan lade Kate märke till en lång, atletiskt byggd man vars ansikte hon kände igen från actionfilmer som poserade för fotografer i närheten.

Hans leende var nästan bländande vitt mot hans solbrända hy och ett praktfullt mörkt hårsvall snuddade vid hans breda axlar. När han var klar med fotograferna vände han sig om och fick syn på Ben.

"Crossley!" ropade han och stegade fram med självförtroendet hos någon som visste att allas blickar följde honom. "Fantastisk bok, mannen. Verkligen en roll med mycket att bita i. Älskade varje minut av det."

"Tack, Drake", svarade Ben och skakade skådespelarens hand. "Jag är så glad att de valde dig, med tanke på dina särskilda färdigheter i att hoppa från höga byggnader."

Drake Lawrence – så hette han, kom Kate på nu – skrattade och vände sedan sin uppmärksamhet mot henne, och hans blick gled uppskattande över den röda klänningen. "Och vem är denna uppenbarelse?"

"Det här är Kate", sa Ben och hans arm rörde sig nästan omärkligt närmare hennes midja. "Hon är på besök från Queensland. Kate, det här är Drake Lawrence, som du snart kommer att få se hoppa från en byggnad i vår film."

Kate sträckte fram handen och förväntade sig ett handslag, men Drake förde den istället till sina läppar och höll hennes blick fäst vid sin. "Queenslands förlust är definitivt Sydneys vinst", sa han med sänkt röst. "Särskilt i en sådan klänning."

Kate kände ett leende rycka i mungiporna trots sig själv. Flörten var så uppenbar, så Hollywood, att den nästan var mer underhållande än smickrande. "Tack", sa hon. "Fast jag kan inte ta åt mig äran för klänningen. Lånar bara lite glamour för kvällen."

"Jag skulle gärna visa dig mer av Sydneys glamorösa sida medan du är i stan", fortsatte Drake och höll kvar hennes hand en stund längre än nödvändigt. "Jag känner till alla ställen som turisterna missar."

"Jag tror att hennes schema är ganska fullt", avbröt Ben, med en lätt ton som ändå hade en underton Kate aldrig hade hört förut. Hans arm spändes en aning om hennes midja. "Vi är bara här över helgen."

Drakes blick flackade mellan dem och ett medvetet leende spred sig över hans ansikte. "Aha, jag förstår. Tja, om era planer ändras..." Han trollade fram ett visitkort från ingenstans och räckte det till Kate. "Mitt privata nummer. Utifall Queensland börjar kännas för tyst efter all den här spänningen."

Kate tog emot kortet med ett diplomatiskt leende och stoppade ner det i sin lånade aftonväska utan någon som helst avsikt att någonsin använda det. "Mycket vänligt av dig."

Drake blinkade åt henne och klappade sedan Ben på axeln. "Bra jobbat, Crossley. Längtar efter att se vad de gjorde med din bok." Med en sista uppskattande blick på Kate gick han vidare för att hälsa på en annan grupp längre ner på mattan.

Ben såg efter honom med käken spänd i en vinkel som Kate kände igen som undertryckt irritation. "Förlåt för det där", sa han efter en stund. "Drakes rykte med kvinnor är... omfattande."

"Avundsjuk?" frågade Kate och kunde inte låta bli att retas lite.

Bens öron rodnade en aning. "Orolig för ditt välbefinnande. Den mannen avverkar dejter som de flesta andra avverkar hushållspapper."

Kate skrattade och lutade sig lätt mot hans sida. "Jag tror jag kan hantera en flörtig skådespelare. Dessutom är jag ganska nöjd med min nuvarande guide."

Spänningen i Bens axlar lättade och han log ner mot henne med värme i blicken. "Bra att veta. Fast jag kan inte lova någon insideraccess till exklusiva klubbar."

"Jag överlever nog besvikelsen", försäkrade Kate honom.

När ljuset dämpades och studions logotyper dök upp på skärmen fann Kate sig själv i att betrakta Ben mer än filmen. Hans profil i det flimrande ljuset från skärmen var en studie i behärskade känslor, läpparna rörde sig tyst med vissa repliker, en grimas vid ändringar från hans originaltext, ett förvånat skratt när en skådespelare levererade en replik annorlunda än han hade föreställt sig.

Filmen i sig var en stilsäker thriller, vackert filmad, med skådespelarinsatser som gav liv åt Bens karaktärer på ett levande sätt och ja, ett spektakulärt stunt där Drake Lawrence hoppade från en byggnad. Kate fann sig själv genuint engagerad i berättelsen, trots att hon inte hade något särskilt intresse för kriminaldramer. Det var något speciellt med att uppleva den bredvid personen som hade skapat denna värld, att se den genom hans ögon såväl som sina egna.

När den sista scenen tonade ut i svart och eftertexterna började rulla utbröt salongen i entusiastiska applåder. Runt omkring dem reste sig folk upp i stående ovationer. Ben satt kvar en stund med ett förvirrat uttryck, hans ögon misstänkt glansiga i det svaga ljuset.

När salongsbelysningen tändes och folk började röra sig mot utgångarna, många stannade för att gratulera Ben, vände han sig mot Kate med en oväntad sårbarhet i uttrycket.

"Vad tyckte du?" frågade han med en röst som var lågmäld under det omgivande sorlet. "Ärligt talat?"

Kate klämde hans hand och förstod att hennes åsikt betydde något för honom på ett sätt som kritikernas och chefernas inte gjorde. "Den var briljant", sa hon enkelt, med medvetenheten om att han skulle höra ärligheten i hennes röst.

Lättnad och glädje sköljde över hans ansikte. "Verkligen? Du säger inte bara det?"

"När har du sett mig säga saker bara för att vara snäll?" frågade Kate med ett litet leende.

Ben skrattade och spänningen lämnade hans axlar. "Bra poäng."

De tog sig långsamt mot utgången, där Ben ofta stannade för att ta emot gratulationer eller introducera Kate för olika branschfolk.

När de äntligen kom ut i den svala nattluften insåg Kate med ett ryck att hon inte hade tänkt på dopningsskandalen, på Misty, på sin avstängning på flera timmar. Tyngden som hade pressat ner henne i veckor hade tillfälligt lyft och låtit henne bara vara närvarande i detta ögonblick, i denna glamorösa, obekanta värld så långt från hennes dagliga verklighet.

Friheten fick henne att le, ett genuint uttryck som lyste upp hennes ansikte medan de väntade på sin bil. Ben såg ner på henne, nyfiken på den plötsliga förändringen i hennes uppträdande.

"Vad är det?" frågade han.

Kate skakade lätt på huvudet. "Insåg just att jag inte har varit Kate McKenzie, den vanärade dressyrryttaren, på hela kvällen. Jag har bara varit Kate. Och det känns..." Hon sökte efter rätt ord. "Befriande."

Bens arm spändes om hennes axlar, med förståelse i blicken. "Det var tanken", sa han mjukt. "Ibland behöver alla komma ihåg vem de är under alla etiketter."

Imorgon skulle de återvända till Queensland, till Ridgewater, till verkligheten av hennes situation och alla dess komplikationer. Men ikväll hade gett henne något dyrbart; en påminnelse om att skandalen inte definierade henne, att det fanns en värld bortom ridsportvärldens dom, och viktigast av allt, att hon inte stod ensam inför det.

Hon gled in i bilen med Ben tätt efter, och för första gången på veckor verkade framtiden inte fullt så dyster.

Solljuset flödade in i den stora hotellsviten och förvandlade det redan lyxiga utrymmet till något nästan eteriskt. Ben lutade sig framåt i den mjuka soffan, med armbågarna på knäna, medan Verity gick fram och tillbaka på det polerade golvet framför honom. Agentens korta, mulliga gestalt rörde sig med förvånansvärd lätthet när hon redogjorde för filmstudions senaste erbjudande. Ben nickade vid lämpliga tillfällen, men hans uppmärksamhet fortsatte att dras till Kate, som satt i den intilliggande soffan klädd i sina resekläder och tittade på sin klocka för tredje gången på lika många minuter.

"Lyssnar du ens?" krävde Verity och stannade mitt i ett steg för att fästa en genomträngande blick på Ben.

"Självklart", svarade Ben automatiskt. "Rättigheter för uppföljaranpassning, generöst förskott."

Veritys perfekt formade ögonbryn höjdes. "Plus åtaganden för en internationell turné, PR-framträdanden och en roll som manuskonsult."

"Just det, de också." Ben sneglade på Kate igen och noterade den lätta spänningen runt hennes mun när hon tittade på sin telefon. Deras flyg tillbaka till Brisbane avgick om drygt fyra timmar, och de behövde fortfarande checka ut, äta lunch och ta sig genom Sydneys trafik till flygplatsen. Kate hade varit tyst hela morgonen, och den tillfälliga respiten från hennes bekymmer bleknade tydligt ju närmare deras återkomst till Queensland kom.

"Jag behöver ett svar senast nästa vecka", fortsatte Verity och drog tillbaka Bens uppmärksamhet. "Drivkraften från gårdagens premiär kommer inte att vara för evigt, och inte heller deras entusiasm för att kasta pengar på dig."

Ben drog en hand genom håret, som fortfarande var lite stelt av produkter från föregående kvälls styling. "Jag säger inte nej, Verity. Jag behöver bara tänka på tidsplanen. Den nya serien börjar verkligen ta form, och jag vill inte stressa fram den."

"Den nya serien", upprepade Verity, med en ton någonstans mellan nyfikenhet och skepticism. "Ridsportdeckarna. Ja, du nämnde dem igår kväll."

"Inte bara nämnde", sa Ben och rätade på sig med ny entusiasm. "Jag har faktiskt gjort betydande framsteg. Forskningen är..." Han tystnade och sökte efter rätt ord. "Upplysande."

Veritys uttryck förblev tveksamt. "Förläggare gillar etablerade varumärken, Ben. Du har byggt upp en läsarskara med din outback-deckare. Hästar och dressyr är en betydande avvikelse."

"Vilket är precis varför det är spännande", kontrade Ben och sträckte sig efter sin telefon på soffbordet i glas. "Titta, jag har lite filmmaterial jag vill visa dig. Researchmaterial från tävlingen i Queensland."

Han kopplade sin telefon till skärmen och svepte genom filer tills han hittade videon han ville ha. "Det är det här jag menar med verkligt drama", förklarade Ben när materialet började spelas upp och avslöjade en bred panorering av stallområdet vid Queensland State Equestrian Centre. "Det handlar inte bara om själva tävlingarna, det är allt som händer bakom kulisserna."

På skärmen rörde sig tävlande målmedvetet genom stallområdet, hästskötare ledde glänsande hästar, tränare gav sista-minuten-instruktioner. Ben kände en gnista av tillfredsställelse över hur väl han hade fångat atmosfären, spänningen och prakten som de flesta utomstående aldrig bevittnar.

"Bara den ekonomiska ojämlikheten är fascinerande", sa Bens röst genom högtalarna när kameran panorerade över rader av boxar. "Vissa ryttare anländer i transporter värda mer än villor i förorten medan andra lappar ihop begagnad utrustning. Men väl inne på arenan handlar allt om partnerskapet med hästen."

Verity gick närmare skärmen, hennes professionella intresse tydligt väckt trots hennes initiala skepticism. "Miljön har en visuell dragningskraft", medgav hon. "Mycket filmisk."

"Och autentisk", tillade Ben ivrigt. "Den där sadeln där", pekade han när bilden visade en hästskötare som polerade en glänsande lädersadel, "det är en Hermès. Mellan sex och tio tusen dollar. Och varje häst måste ha sin egen, specialanpassade."

"Dyr hobby", mumlade Verity med höjda ögonbryn.

"Inte en hobby", rättade Kate tyst från soffan. "Ett yrke. Ett livsverk."

Ben nickade instämmande. "Exakt. Dessa människor ägnar allt åt denna strävan. Sina relationer, sin ekonomi, sitt fysiska välbefinnande. Pressen är enorm." Han gestikulerade mot skärmen. "De får bara några minuter på sig att förbereda sig innan de utför program som kan avgöra hela deras karriärbana."

"Och var är ditt mord i all denna elegans?" frågade Verity, alltid fokuserad på den kommersiella vinkeln.

"Det är det som är det vackra med det", svarade Ben och sänkte rösten som om han delade en hemlighet. "Den här världen bygger på sken, rykte, arv. När det hotas kan människor göra desperata val."

På skärmen fortsatte kameran sin rundtur i stallområdet och passerade rader av hästar som kikade över boxdörrarna. Ben kände den välbekanta kreativa rushen när han tittade på, hans sinne översatte redan det visuella till prosa, de sensoriska detaljerna som skulle ge liv åt hans fiktiva värld. Den speciella kvaliteten på ljuset som silades genom takfönstren i stallet, symfonin av frustningar och stampningar, den omisskännliga doften av hästar och läder och ambition.

"Titta på spänningen i deras ansikten", sa Ben och pekade när kameran fångade en ryttare som fick instruktioner från en tränare. "De har investerat tusentals timmar och dollar för fem minuter framför domarna. OS-drömmar som hänger på om din häst vaknade på rätt sida av boxen."

Kate rörde på sig igen i soffan, och Ben fångade hennes uttryck, en komplex blandning av längtan och smärta. För henne var detta inte researchmaterial eller kreativ inspiration. Det var hennes liv, som just nu låg i spillror. Ben kände en sting av skuld för sin entusiasm över en värld som orsakade henne sådan sorg, men fortsatte. Om Verity förstod potentialen i den här miljön kunde det innebära ett förlagsavtal som skulle göra det möjligt för honom att stanna på Ridgewater längre, att finnas där för Kate genom vad som än väntade.

"Och här", fortsatte han när kameran rörde sig in i en sektion som visade de främsta konkurrenternas hästar, "kan man se skillnaden i presentation. Varje box är som en liten ambassad som representerar ryttarens varumärke, deras sponsorer, deras ställning i samhället."

Inspelningen fortsatte att spelas upp, kamerans rörelse stadig när den fångade ritualerna och förberedelserna före tävlingen. Ben gestikulerade entusiastiskt och pekade ut detaljer som han visste skulle kunna översättas till starka scener i hans manuskript.

"Vänta, vad gör den där tjejen?" frågade Verity plötsligt med skarp röst och lutade sig framåt och pekade på något på skärmen. Ben avbröt sig mitt i en mening, störd av avbrottet. Han hade varit så fokuserad på att förklara de ekonomiska aspekterna av sporten att han inte hade lagt märke till något ovanligt i det material som för närvarande spelades upp.

"Vilken tjej?" frågade Ben och hans blick sökte över det livliga stallområdet som visades på skärmen. Tävlande, hästskötare och funktionärer rörde sig genom bildrutan, var och en fokuserad på sina egna uppgifter, vilket skapade en komplex koreografi av aktivitet före tävlingen.

"Där", Verity stack ut fingret mot höger sida av skärmen. "Den där. Mörkt hår, dyra kläder. Hon beter sig konstigt, ser sig omkring som om hon är rädd för att bli påkommen." Veritys ögon smalnade med instinkten hos någon som hade tillbringat decennier med att upptäcka de kritiska detaljerna gömda i tät juridisk avtalstext. "Hon ser ut som att hon har något lurt för sig."

Ben kisade mot det område Verity pekade på. Kameran hade panorerat över stallområdet för att fånga den allmänna atmosfären snarare än att fokusera på någon särskild individ. I bakgrunden, delvis skymd av en passerande hästskötare, rörde sig en bekant gestalt med ovanlig smidighet.

"Kan du spola tillbaka?" frågade Kate plötsligt, reste sig från soffan och gick närmare skärmen, hennes avslappnade hållning ersatt av intensivt fokus.

Ben fumlande med sin telefon och backade videon ungefär trettio sekunder. "Där?"

"Lite till", manade Kate med spänd röst.

Ben lyddе, spolade tillbaka ytterligare och lät sedan inspelningen spelas upp igen i normal hastighet. Denna gång tittade alla tre intensivt när kameran svepte förbi raden av boxar. Och där var det, omisskännligt när man väl visste var man skulle titta: Vanessa Hughes, som kastade en förstulen blick över axeln innan hon närmade sig Mistys box. Hennes hand gled ner i jackfickan och kom fram med flera små vita paket klämda mellan fingrarna.

Bens tumme tryckte på telefonens skärm och frös videon på den avslöjande bildrutan.

"Det där är Mistys box", sa Kate, hennes röst knappt mer än en viskning. Hon steg närmare skärmen, blek i ansiktet, med ögonen vidöppna av misstro. "Och det där är..."

”Vanessa”, avslutade Ben, och hans hjärta började bulta när innebörden av vad de såg sjönk in. ”Det är Vanessa Hughes.”

”Vänta, är det din häst?” frågade Verity och tittade mellan dem med växande intresse. ”Och vem är tjejen?”

Kate svarade inte, hennes blick lämnade aldrig skärmen. Ben förstorade den frysta bilden med fingrarna och zoomade in på Vanessas hand och de vita paketen som var tydligt synliga där.

”Och vad exakt är det hon håller i?” frågade Verity, även om hennes ton antydde att hon misstänkte svaret.

”De där ser ut som...” började Ben, men tystnade och vände sig till Kate för bekräftelse. ”Kate, kan de där vara vad jag tror att de är?”

Kates hand darrade lätt när hon sträckte sig ut för att röra vid skärmen, hennes fingertopp svävade över bilden av de vita paketen. ”Endospåsar”, sa hon, och hennes röst blev starkare av visshet. ”Det är precis så bute kommer förpackat. Vita påsar med doseringsinformation tryckt på dem.”

Bens mage knöt sig av följderna. Hans hjärna rusade tillbaka till den dagen på tävlingen och försökte rekonstruera tidslinjen. Han mindes att han filmade den här sekvensen medan Kate var på möte med de potentiella sponsorerna, ungefär en timme före hennes program. Han mindes hur Misty hade presterat under sin vanliga standard, den ovanliga slöheten som hade förbryllat Kate. Allt föll på plats nu. Inspelningen hade fångat Vanessa i akten av sabotage.

”Hon drogade din häst”, konstaterade Verity rakt på sak och närmade sig situationen med direktheten hos någon som var van vid att utvärdera intriger. ”Saboterade medvetet din prestation och ditt rykte.”

”Hon måste ha smugglat ner det i det lilla kraftfoder jag hade lämnat till Misty medan jag gick på det där sponsormötet”, sa Kate, hennes röst starkare nu, och ilskan började ersätta chocken. "Bute tar ungefär en timme för att nå full effekt. Tidpunkten stämmer perfekt. Misty var bra i uppvärmningen, men när vi kom in på banan för vårt program..."

Ben tryckte på play igen och lät videon fortsätta. Kameran följde Vanessa när hon såg sig omkring en gång till, sedan smet hon in i Mistys box och försvann ur sikte i flera sekunder innan hon kom ut och gick snabbt iväg. Hela sekvensen varade mindre än trettio sekunder, lätt att missa om man inte specifikt letade efter det. Om Verity inte hade lagt märke till det misstänkta beteendet skulle de kanske aldrig ha sett det.

Ben kände sig illamående av vetskapen att han hade haft detta avgörande bevis hela tiden. Veckor av Kates lidande, hennes isolering, kollapsen av hennes professionella ställning, de grymma spekulationerna och övergivna sponsoravtalen, allt medan beviset på hennes oskuld legat bortglömt i hans telefon. Han hade varit så fokuserad på att fånga atmosfären, bakgrundsdetaljerna för sin roman, att han inte ens hade granskat materialet ordentligt.

"Jag borde ha kollat det här för flera veckor sedan", sa han, och orden kändes helt otillräckliga i förhållande till vidden av hans försummelse. "Kate, jag är så ledsen. Om jag bara hade tittat igenom allt jag filmade den dagen..."

"Du kunde inte ha vetat vad du skulle leta efter", sa Kate, men hennes uppmärksamhet var fortfarande fäst vid skärmen, hennes ögon följde det fördömande beviset på Vanessas svek.

Verity, som hade iakttagit dem båda med en skarpsinnig bedömning, harklade sig. "Förebråelser kan vänta", sa hon raskt. "Det som betyder något nu är vad ni gör med detta bevis."

Hennes pragmatiska ingripande ryckte Ben ur hans skuldkänslor. Hon hade rätt. Det viktiga var inte hans misslyckande med att upptäcka detta tidigare, utan vad de gjorde med kunskapen nu.

Han studerade Kates ansikte och såg hur den första chocken gav vika för något starkare. Hennes blick hårdnade, käken spändes av beslutsamhet, hennes hållning rätades som om en fysisk tyngd hade lyfts från hennes axlar. Förvandlingen var anmärkningsvärd, som att se någon kliva från skugga till ljus.

”Du hade rätt hela tiden”, sa Ben mjukt. ”Någon gjorde detta mot dig medvetet.”

”Vanessa”, sa Kate, hennes röst nu stadig av visshet. ”Det är helt logiskt. Hon var rasande efter att hon misslyckades i tävlingen trots sin dyra häst och träning. Hon har försökt bevisa att hon är bättre än jag.” Ett bittert skratt undslapp henne. ”Jag antar att det var lättare att droga min häst och förstöra mitt rykte än att faktiskt förbättra sin egen ridning.”

Ben sträckte sig efter sin telefon och kopplade bort den från skärmen med händer som hade slutat skaka, nu stadiga av beslutsamhet. ”Vi måste få det här till rätt personer omedelbart. Förbundet, absolut, men också polisen. Det Vanessa gjorde var inte bara mot tävlingsreglerna, det var kriminellt.”

”Jake kommer att veta exakt hur han ska hantera detta”, instämde Kate och syftade på Pips fästman, polisen som hade vaktat vid Ridgewaters grindar under den värsta medieanstormningen.

Ben bläddrade redan bland sina kontakter och hittade Jakes nummer med ett svep av tummen. Stundens allvar pulserade i hans ådror och ersatte den tidigare skuldkänslan med målmedvetenhet. Han tryckte på samtalsknappen och satte telefonen på högtalare så att Kate kunde höra.

Jake svarade på tredje signalen, hans röst försiktig. ”Ben? Är allt okej?”

”Jake, det är Ben”, sa han, och orden forsade fram med brådska. ”Jag tror vi har vad vi behöver för att rentvå Kate. Jag skickar videon till dig nu direkt.”

”Vilken video?” Jakes ton skärptes omedelbart, det professionella intresset väckt. ”Vad har ni hittat?”

Ben tog ett djupt andetag och tvingade sig själv att tala klart och koncist. ”Jag filmade på tävlingen för research, bakgrundsmaterial för min nya bok. Fångade bara allmänt material från stallområdet, förberedelserna, inget specifikt. Men när vi granskade det nyss såg vi något.” Han sneglade på Kate som nickade uppmuntrande. ”Vanessa Hughes, som går in i Mistys box med vad som ser ut att vara påsar med bute, ungefär en timme före Kates program.”

Ett ögonblicks tystnad följde, sedan kom Jakes röst, spänd av kontrollerad spänning. ”Är du helt säker på att det är hon? Och att det hon håller i är identifierbart?”

”Det är hon”, bekräftade Kate och lutade sig närmare telefonen. ”Inget tvivel. Och paketen syns tydligt. Vita påsar, precis som de endospåsar bute vi har i medicinskåpet.”

”Skåpet som ständigt lämnades olåst”, tillade Ben och kom ihåg de till synes mindre säkerhetsproblemen som hade plågat Ridgewater under veckorna före tävlingen. ”Jake, detta var inte opportunistiskt. Hon planerade det här. Hon skapade medvetet situationer där hon kunde komma åt medicinerna.”

”Skicka videon till mig nu”, sa Jake, hans röst kort och professionell. ”Redigera den inte, förbättra den inte, gör ingenting med den. Skicka råmaterialet precis som det spelades in, och för Guds skull, säkerhetskopiera det överallt du kan komma på. Jag tar det härifrån.”

Ben navigerade snabbt till sin e-post och bifogade videofilen. ”Skickar den nu”, bekräftade han. ”Vad händer härnäst?”

”Först granskar jag den för att bekräfta det ni ser”, svarade Jake. ”Sedan tar vi det till förbundet med en formell anmälan. Samtidigt kommer jag att inleda en officiell utredning genom korrekta kanaler. Detta går in på kriminellt territorium, manipulering av tävling, att utsätta ett djur för fara, potentiellt bedrägeri beroende på hur vi formulerar det."

E-postmeddelandet skickades med ett mjukt svischande ljud, och Ben kände en märklig lättnad strömma genom honom. Efter veckor av hjälplöshet agerade de äntligen. "Den är skickad", bekräftade han.

"Bra", sa Jake. "När är ni tillbaka i Queensland?"

"Vårt flyg går om några timmar", svarade Kate och tittade på sin klocka. "Vi är tillbaka ikväll."

"Perfekt. Kom direkt upp till Stora huset när ni kommer hem; jag jobbar inte idag så jag kommer att vara där. Vi lägger upp en strategi för nästa steg tillsammans." Det blev en paus, sedan tillade Jake med en något mjukare röst: "Det här är bra, Kate. Riktigt bra. Håll ut lite till."

När samtalet avslutades vände sig Ben om och fann Kate som stirrade på honom, hennes ögon glänste av ofällda tårar. Men det var inte tårar av förtvivlan eller frustration, som de han hade sett henne kämpa mot under de senaste veckorna. Dessa var annorlunda.

"Vi har bevis", sa hon enkelt, som om hon testade orden, kände efter hur de lät. "Faktiska bevis."

"Ja", bekräftade Ben och motstod lusten att dra henne in i en famn precis där framför Verity. "Och vi ska se till att alla får se det."

Verity, som hade observerat med professionellt intresse, talade slutligen. "Tja, jag förstår verkligen varför du dras till den här världen för din nästa serie", sa hon torrt. "Dramat skriver praktiskt taget sig självt." Hon samlade ihop sin surfplatta från soffbordet och stoppade den i sin eleganta läderportfölj. "Jag borde låta er två förbereda er för ert flyg. Och Ben", tillade hon och stannade vid dörren, "när allt detta är löst förväntar jag mig en fullständig synopsis av den här ridsportdeckarserien. Det finns helt klart material här som är värt att utforska."

Efter att hon hade gått stod Ben och Kate tysta ett ögonblick, den frysta bilden av Vanessa fortfarande kvar på skärmen, en visuell påminnelse om svek som snart skulle bli bevis på upprättelse.

"Jag kan inte tro att det fanns där hela tiden", sa Kate slutligen, hennes röst stadig trots känslan som syntes i hennes ögon. "När jag tänker på hur de senaste veckorna har varit, vad folk sa, hur de tittade på mig, allt medan beviset på vad som verkligen hände fanns i din telefon..."

"Jag vet", sa Ben och skuldkänslorna hotade att återvända. "Jag borde ha varit mer noggrann."

Kate skakade på huvudet och överraskade honom genom att ta hans hand. "Nej. Om du specifikt hade letat efter bevis, kanske du aldrig skulle ha fångat detta. Du var bara Ben, observerade, tog in allt för ditt skrivande. Och på grund av det har vi sanningen."

Hennes fingrar slöts hårdare om hans, varma och starka trots den lätta darrning som fortfarande gick genom dem. Ben tittade ner på deras sammanflätade händer, sedan tillbaka till hennes ansikte och såg beslutsamheten som hade ersatt förtvivlan, målmedvetenheten som hade fördrivit hjälplösheten.

"Vi borde göra oss redo att åka", sa han slutligen. "Jake väntar, och vi har mycket att göra."

Kate nickade och klämde hans hand en sista gång innan hon släppte den. "Ja", instämde hon. "Det är dags att åka hem och rentvå mitt namn."

Kapitel femton

KATE STIRRADE PÅ AKVARELLANDSKAPET på väggen i Joe Ashfords väntrum, utan att egentligen se de böljande kullarna eller den fridfulla sjön som dominerade duken. Hon trummade nervöst med benet och fingrarna vred sig i hennes knä. Bredvid henne lutade sig Ben framåt med armbågarna på knäna och kastade då och då en blick på henne med dämpad oro. Klockan på receptionistens skrivbord tycktes ticka med en avsiktlig långsamhet, där varje sekund tänjdes ut i oändlighet medan de väntade på att Joe skulle kalla in dem. Så mycket hängde på det här mötet; hennes rykte, hennes karriär, Ridgewaters framtid. Kate tog ett djupt andetag och försökte lugna sitt rusande hjärta. Efter veckor av hjälplöshet hade de äntligen något konkret, något verkligt. Bevis.

”Mr Ashford kan ta emot er nu”, meddelade receptionisten, vars professionella leende varken visade sympati eller dömde.

Kate reste sig på ben som kändes både tunga som bly och märkligt ostadiga. Bens hand snuddade vid hennes svank när de följde efter receptionisten nerför en kort korridor till Joes kontor. Gesten var så diskret att den kunde ha varit oavsiktlig, men Kate hämtade ändå styrka från den.

Joe Ashford reste sig när de kom in, och hans långa gestalt vecklade ut sig från bakom ett bastant ekbord översållat med prydliga pappershögar. Hans handslag var fast, hans min försiktigt optimistisk när han visade dem mot läderfåtöljerna som stod framför hans skrivbord.

”Kate, trevligt att se dig”, sa han. Hans blick flyttade sig till Ben. ”Och ni måste vara Mr Crossley. Jake nämnde att ni hade upptäckt något betydelsefullt.”

Ben nickade och lutade sig något framåt. ”Det kan man nog kalla det.”

Joe lutade sig tillbaka i sin stol med händerna knäppta på skrivbordet. ”Då ska vi se vad ni har hittat.”

Ben sträckte sig efter sin axelremsväska och tog fram sin bärbara dator. Kate iakttog hans rörelser, sättet han ställde upp datorn och vinklade skärmen så att Joe kunde se den tydligt. Hon kände sig torr i munnen och hjärtat bultade mot revbenen. Det här ögonblicket kändes monumentalt, en vändpunkt mellan de senaste veckornas mardröm och vad som än skulle komma härnäst.

”Jag filmade på tävlingen för research”, förklarade Ben. ”Bakgrundsmaterial till en ny bokserie jag arbetar på. Jag försökte fånga atmosfären, aktiviteten bakom kulisserna. Det var inte förrän vi granskade inspelningen i Sydney som vi lade märke till något.”

Joe nickade och hans min övergick till en av fokuserad koncentration. ”Och vad exakt var det ni lade märke till?”

”Det här”, sa Ben enkelt, vände skärmen helt mot Joe och tryckte på play.

Kate hade sett inspelningen flera gånger nu, memorerat varje detalj av Vanessas förstulna rörelser, men att se Joe se den för första gången skickade en ny våg av spänning genom hennes kropp. Hennes fingrar grävde sig in i fåtöljens läderarmstöd medan videon spelades upp.

Joe lutade sig närmare skärmen med en aning kisande ögon. Inspelningen visade det livliga stallområdet, med tävlande och hästskötare som rörde sig målmedvetet, och hästar som syntes i sina boxar. Och så, i kanten av bildrutan, dök Vanessa upp, med en hållning som var ovanligt hopsjunken och en blick som for omkring som om hon letade efter vittnen.

"Det där är Vanessa Hughes", sa Kate tyst. "Hon är min elev, men också en konkurrent. Hon rider Cavalier, hannoveranerhingsten."

På skärmen närmade sig Vanessa Mistys box och stack handen i sin jackficka. Joe lutade sig ännu närmare med rynkad panna.

"Kan du pausa där?" frågade han.

Ben tryckte på en tangent och frös bilden precis när Vanessas hand kom fram ur fickan, med de vita förpackningarna tydligt synliga mellan hennes fingrar.

"Det där är endosförpackningar med bute", förklarade Kate, med en röst som var stadigare än hon förväntat sig. "Precis som de vi förvarar i vårt medicinskåp. Skåpet som upprepade gånger hittades olåst veckorna före tävlingen. Marcus inventerade det och det fattades sex förpackningar."

Joe studerade bilden en lång stund och hans min hårdnade. "Och det här är ungefär en timme före din ritt?"

"Ja", bekräftade Ben. "Jag filmade medan Kate träffade potentiella sponsorer."

Joe nickade långsamt, tryckte sedan på play igen och såg hur Vanessa kastade en sista blick omkring sig innan hon slank in i Mistys box. Videon fortsatte i ytterligare tjugo sekunder och visade hur Vanessa kom ut och snabbt gick därifrån, med sitt uppdrag uppenbarligen slutfört.

"Tidpunkten stämmer perfekt med hur bute fungerar", tillade Kate. "Det tar ungefär en timme att nå full effekt. Misty var helt normal på uppvärmningen, men när vi kom in på banan för vår ritt var hon ... annorlunda. Avtrubbad."

Joe spolade tillbaka videon, såg sekvensen igen innan han lutade sig tillbaka i sin stol med en min som var dyster men nöjd. "Det här", sa han och knackade på skärmen, "är exakt vad du behöver, Kate. Tydliga, otvetydiga bevis på avsiktligt sabotage."

Något lossnade i Kates bröst, en spänningsknut hon burit på så länge att hon nästan glömt att den fanns där. "Så du tror att det räcker?" frågade hon och vågade knappt hoppas.

"Mer än nog", sa Joe bestämt. "Det här är inte bara ett brott mot tävlingsreglerna. Det är en brottslig handling. Tävlingssabotage, brott mot djurskyddslagen, bedrägeri. Och de civilrättsliga konsekvenserna är också betydande; skadan på ditt rykte och din försörjning är påvisbar."

Han öppnade en låda och drog fram ett anteckningsblock. "Så här ska vi göra. För det första skickar vi omedelbart in dessa bevis till ridsportförbundet, med en formell begäran om skyndsam granskning och full återinsättning. Samtidigt lämnar vi in en civilrättslig stämningsansökan mot Vanessa för sabotage, förtal och ekonomiskt skadestånd, och, ja, ett besöksförbud för att se till att hon inte kommer i närheten av dig eller Ridgewater. Jake sköter de straffrättsliga anmälningarna; vi kommer att samarbeta med vad åklagaren anser lämpligt, men jag kommer definitivt att driva på för åtal om åtminstone bedrägeri och djurplågeri."

Kates händer darrade lätt när hon tog in hans ord. Efter veckor av maktlöshet, av att se sitt livsverk falla samman omkring henne, slog de äntligen tillbaka.

"Hur snabbt tror du att förbundet kommer att svara?" frågade Ben och uttalade frågan som Kate inte riktigt kunde forma.

"Med tanke på hur tydliga dessa bevis är, kommer jag att driva på för en lösning inom dagar, inte veckor", svarade Joe och gjorde redan anteckningar i sitt block. "De kommer att vilja distansera sig från den här skandalen så snabbt som möjligt. En dopningsincident är en sak; avsiktligt sabotage av en medtävlare är något helt annat. Mycket ovanligare, och de kommer att behandla det med mycket större allvar."

Han tittade upp och mötte Kates blick direkt. "Det här är glasklart, Kate. Det som hände dig var avsiktligt, illvilligt och bevisbart. Vi kommer att ställa allt till rätta."

Kate nickade, en märklig blandning av känslor sköljde genom henne – lättnad, upprättelse, kvardröjande ilska och under alltihop, ett försiktigt hopp.

Joe sköt flera dokument över skrivbordet. "Jag behöver din underskrift på de här för att sätta igång processen."

Kate sträckte sig efter papperen, men hennes händer skakade för mycket för att greppa pennan ordentligt. Hon kände ett varmt tryck på sin axel när Ben lade sin hand där, stadig och jordande. Hon tog ett djupt andetag, tog emot pennan och skrev under med avsiktlig noggrannhet. Varje signatur kändes som att återta en bit av sig själv, av sin framtid.

"Jag lämnar in de här idag", lovade Joe och samlade ihop de signerade papperen. "Och jag hör av mig så fort jag får veta något."

När de lämnade hans kontor och klev ut i den ljusa morgonen kände sig Kate lättare än hon hade gjort på veckor. Ännu inte fri från bördan hon burit, men hon kunde äntligen se en väg framåt, en väg tillbaka till det liv och den karriär som hade stulits från henne. Bens hand fann hennes när de gick till bilen, och hon drog inte undan den.

”Det kommer att bli bra”, sa han mjukt.

För första gången sedan mardrömmen började trodde Kate att det kunde vara sant.

Hennes telefon ringde på vägen tillbaka till Ridgewater, Jakes namn lyste på skärmen. Hon tog ett djupt andetag och tryckte på skärmen för att skicka samtalet till handsfree-högtalaren.

”Tja, det är klart”, sa Jake. ”Vanessa är åtalad; hon försökte skylla på hästskötaren, förbundet, möjligen spöken, jag vet inte. Hon brast i gråt i samma stund som vi visade henne videon, och hennes mor svimmade nästan. Du skulle ha sett minen på hennes far när polletten trillade ner.”

Kate andades långsamt ut, inte riktigt ett skratt, inte riktigt en suck. ”Bra.”

”Vad händer nu?” frågade Ben.

”Hon sitter i förhörsrummet på stationen och väntar på sin advokat. Hennes far hade vett att säga åt henne att inte yttra ett ord till innan advokaten kom, men han sa också mycket bistert till henne när jag satte henne i bilen att hon ska skatta sig lycklig om ens hans pengar kan hålla henne utanför fängelset för det här påhittet.” Jake tystnade, sa något dämpat till någon i bakgrunden och talade sedan igen. ”Advokaten är här, jag måste gå. Men Kate? Du behöver inte oroa dig. Jag är rätt säker på att Vanessa aldrig kommer att våga visa sig i den här stan igen.”

Golvuret i hörnet av Stora husets sällskapsrum tickade stadigt, varje sekund ackompanjerad av en mekanisk precision som verkade håna människorna utspridda i rummet, alla stelfrusna i olika ställningar av förväntan. Kate satt spänt mellan Ben och Pip i den slitna lädersoffan, med telefonen i ett vitknogat grepp. Tre dagar hade gått sedan deras möte med Joe, tre dagar av förnyat hopp dämpat av vetskapen om att inget var säkert förrän de hade en officiell bekräftelse. Hon lät blicken svepa över sin familj, där var och en hanterade spänningen på sitt eget sätt. Sarah gick fram och tillbaka vid fönstret och stannade ibland för att stirra ut mot hagarna som om svaret skulle materialisera sig bland de betande hästarna. Emma hade inte kunnat stanna inomhus, drog på sig stövlarna och sa att hon skulle arbeta hästarna, och Zoe hade följt med henne. Jake stod nära dörröppningen med armarna i kors, hans stillhet förråddes endast av ett tillfälligt knackande med pekfingret mot bicepsen.

"De sa på morgonen", mumlade Kate och kollade tiden för vad som kändes som hundrade gången. "Klockan är nästan tolv."

"Förbundsbyråkrati", sa Pip, hennes lilla gestalt spänd av återhållen energi. "De var säkert tvungna att sammankalla femton kommittéer bara för att skicka ett mejl."

Bens hand vilade på soffkudden mellan dem, tillräckligt nära för att Kate skulle känna dess värme utan att de faktiskt rörde vid varandra. Han hade varit sådan sedan de kom tillbaka från Sydney, närvarande och stöttande men noga med att inte tränga sig på, som om han förstod att hon behövde utrymme för att bearbeta allt som hände.

"Joe skulle ha ringt om det var ett problem", sa Sarah och avbröt sitt vandrande för att snegla på Kate. "Inga nyheter är inte dåliga nyheter."

Kate nickade, även om knuten i magen drog ihop sig. Det hade på något sätt varit lättare när de aktivt kämpade. Denna väntan kändes som att sväva över en avgrund, varken fallande eller säker.

"Misty såg fin ut i morse", erbjöd Pip, i ett uppenbart försök att distrahera henne. "Emma longerade henne. Hon är helt tillbaka till sitt gamla jag."

”Åtminstone någon är det”, mumlade Kate och ångrade genast självömkan i sin röst. Hon tog ett djupt andetag, redo att be om ursäkt, när hennes telefon plingade till med en e-postavisering.

Rummet blev omedelbart tyst. Till och med klockans tickande tycktes blekna till bakgrundsljud när allas blickar vändes mot Kate. Hennes hand darrade så illa att hon nästan tappade telefonen, och för ett ögonblick kunde hon inte förmå sig att titta på skärmen.

”Vill du att jag läser det?” frågade Ben tyst.

Kate skakade på huvudet. Det här var hennes att möta, oavsett utfall. Hon låste upp skärmen med ett svep av tummen och tryckte på aviseringen. Förbundets logotyp dök upp överst i mejlet, följt av en formell rubrik och tät text. Hon tvingade sig att fokusera, att läsa förbi byråkratspråket för att hitta beslutet som låg begravt därinne.

”...*efter att ha granskat de inlämnade bevisen... tydlig visuell dokumentation av att otillåten substans har administrerats utan ryttarens vetskap eller medgivande... finner förbundets panel att Kate McKenzie inte bär något ansvar för det positiva testresultatet... omedelbar återinsättning av tävlingsstatus... uppriktiga ursäkter för den oro som orsakats...*”

Kates syn blev suddig, orden simmade framför hennes ögon. ”De har godkänt bevisen”, sa hon med en röst som knappt var mer än en viskning. ”Jag är rentvådd.”

För ett ögonblick hängde orden i luften, som om rummet kollektivt höll andan. Sedan gav Pip ifrån sig ett tjut som verkade omöjligt högt från en så liten person, och stillheten bröts.

Sarah lämnade sin position vid fönstret och korsade rummet med tre snabba steg för att dra in Kate i en hård kram. ”Jag visste det”, sa hon med tjock röst. ”Jag visste att de skulle bli tvungna att ta sitt förnuft till fånga.”

Kate besvarade omfamningen, hennes kropp darrade plötsligt när veckors spänning började släppa. Hon kände Bens hand på sin rygg, hörde Pips ständiga ström av triumferande utrop, såg Jakes breda leende över Sarahs axel. Lättnaden var så djup att den nästan var smärtsam och sköljde genom henne i vågor som hotade att överväldiga hennes fattning.

"Låt mig se", krävde Pip och försökte kika på telefonen som fortfarande var fastklämd i Kates hand. "Jag vill läsa exakt vad de där byråkratiska viktigpettrarna sa."

Kate räckte henne telefonen och tog emot en näsduk från Ben för att torka ögon som på något sätt blivit fuktiga trots hennes bästa ansträngningar. "De återinsätter mig omedelbart", lyckades hon säga med stadigare röst nu. "Ingen avstängning, ingen prövotid, fulla tävlingsrättigheter återställda."

"Och de borde krypa på knäna för vad de har utsatt dig för", tillade Sarah, hennes beskyddande ilska fortfarande tydlig under lättnaden.

Jakes telefon ringde och avbröt stunden. Han sneglade på skärmen och höll sedan upp ett finger. "Det är åklagaren", sa han och klev ut i hallen för att ta samtalet.

Kate sjönk tillbaka i soffan, plötsligt medveten om hur utmattad hon kände sig. Upprättelsen var ljuv, men den kunde inte radera veckorna av stress, skadan på relationer, det ständiga ifrågasättandet av sig själv och andra. Hon var rentvådd, men upplevelsen hade märkt henne på sätt som inte skulle försvinna med ett mejl.

Ben verkade ana hennes tankar, hans hand fann hennes och klämde den försiktigt. "Ett steg i taget", mumlade han, bara för henne. "Du har fått tillbaka ditt namn. Resten kommer att följa."

Jake kom tillbaka med ett nöjt uttryck. "Det var från åklagarmyndigheten", bekräftade han. "De går vidare med brottsanmälan mot Vanessa: djurplågeri och bedrägeri." Han stoppade undan sin telefon. "Hon kommer att ställas inför rätta, men hon har redan gått med på att erkänna sig skyldig för att undvika fängelse."

"Fängelse?" upprepade Kate, förvånad över allvaret. "Övervägde de fängelse?"

Jake nickade. "Bara bedrägeriåtalet kan ge upp till fem års fängelse. Uppgörelsen kommer troligen att resultera i villkorlig dom, betydande böter och samhällstjänst, plus högst troligt ett förbud mot att någonsin äga eller tävla med hästar igen. Åklagaren är själv hästägare. Han verkade extremt kränkt av hela fallet; han kommer definitivt inte att vara mild mot Vanessa trots hennes pappas dyra advokatteam."

Kate lutade sig tillbaka mot soffkuddarna, tyngden av veckors stress lyfte synbart från hennes axlar. Det var över. Verkligen över. Mardrömmen som hade uppslukat hennes liv höll på att ta slut, inte med en utdragen kamp utan med snabb rättvisa.

"Det är mer", sa Sarah. "Jag ville inte säga något förrän förbundet hade fattat sitt beslut, men jag fick ett meddelande från Vanessas mor. Familjen Hughes är desperata att distansera sig från skandalen." Hennes röst mjuknade något. "De säljer Cavalier och har bett mig att agera som agent."

"Säljer honom?" Kates tankar gick omedelbart till den magnifika fuxhingsten med de oroliga ögonen. Trots alla sina problem med Vanessa hade hon en genuin tillgivenhet för Cavalier, som förtjänade mycket bättre än den behandling han hade fått.

Sarah nickade. "Jag ska hitta ett bra hem åt honom", lovade hon. "Någon som kommer att uppskatta hans talang och behandla honom väl."

Kate nickade, lättad. "Han är en bra häst. Han förtjänar en ryttare som förstår honom."

Pip studsade upp från soffan, hennes gränslösa energi omöjlig att hålla tillbaka. "Det här måste firas! Jag öppnar den där champagneflaskan vi har sparat."

Medan Pip försvann mot köket satt Kate kvar i soffan, plötsligt överväldigad av hur definitivt allt kändes. Förbundets mejl rentvådde inte bara hennes namn, det erkände missgärningen, erkände officiellt vad som hade gjorts mot henne. Efter veckor av att ha blivit betraktad med misstänksamhet och tvivel, av att se sitt surt förvärvade rykte falla i spillror, var bekräftelsen nästan för mycket att bearbeta.

"Är du okej?" frågade Ben tyst, hans ögon granskade hennes ansikte.

"Jag tror det", svarade Kate, hennes röst stadigare än hon förväntat sig. "Jag kommer att bli det i alla fall."

Och för första gången sedan mardrömmen började, trodde hon verkligen på det.

Verandatrappan till The Shack var sval under Kates ben, det slitna trävirket slipat av år av användning. Hon lutade sig mot räcket och såg solen sjunka mot horisonten, och kastade långa skuggor över Ridgewaters hagar. Dagens värme dröjde kvar i luften, men en mild bris rörde om i bladen på eukalyptusträden som kantade egendomens gräns och förde med sig doften av eukalyptus och avlägset regn. I den närmaste hagen betade Misty fridfullt inte långt från Legend, där den gamle hingsten höll ett beskyddande öga på sin dotter. Scenen var så fullständigt normal, så orörd av det kaos som nyligen hade uppslukat Kates liv, att det kändes nästan overkligt.

Kates telefon låg tung i hennes hand, skärmen upplyst med ännu ett meddelande från en sponsor som var ivrig att *"bekräfta sitt engagemang för hennes framgång"*. Hon bläddrade igenom aviseringarna med en trött tumme, var och en så lik den andra att de började flyta ihop. Vitality Plus ville *"återuppbygga sitt partnerskap"*. Sadelföretaget var *"överlyckliga över att fortsätta stödja hennes resa"*. Ridbyxetillverkaren trodde att de kunde *"gå vidare tillsammans i en positiv riktning"*.

Ingen av dem erkände att de hade övergett henne vid första tecken på problem. Ingen nämnde deras brådska att distansera sig från hennes namn när det kunde ha skadat deras varumärke. Istället skrev de som om relationen bara hade varit på en kort, ömsesidig paus snarare än avbruten av deras ensidiga beslut.

Kate lade telefonen åt sidan, för utmattad för att formulera de älskvärda, professionella svar som förväntades av henne; kanske skulle hon bara be Sarah att sköta dem. Hennes kropp värkte av en trötthet som gick djupare än det fysiska, en benmärgströtthet som sömn ensam inte kunde bota. Upprättelsen hon hade kämpat så hårt för hade kommit, men den hade inte magiskt raderat påfrestningen från de senaste veckorna.

Ljudet av fotsteg på grus fångade hennes uppmärksamhet. Pip närmade sig från Stora husets håll, hennes lilla gestalt en siluett mot den mörknande himlen. Hon bar på två muggar, där ånga steg lätt i den svalnande kvällsluften.

"Tänkte att du kanske behövde den här", sa Pip och räckte Kate en av muggarna innan hon slog sig ner bredvid henne på trappan.

Kate tog emot teet med en tacksam nick och lade händerna om den varma keramiken. "Tack."

De satt i gemytlig tystnad i några minuter, smuttade på te och såg solnedgången måla molnen i strimmor av orange och rosa. I hagen lyfte Misty på huvudet, med spetsade öron mot något i fjärran innan hon återgick till sitt betande.

"Du ser ut som om du har gått igenom ett krig", konstaterade Pip slutligen, hennes röst mild trots ordenas rättframhet.

Kate lyckades få fram ett trött leende. "Känns så ibland."

"Men du vann", påminde Pip henne och knuffade lätt sin axel mot Kates. "Ditt namn är rentvått, Vanessa står inför brottsåtal och kommer aldrig att tävla igen, och sponsorerna snubblar över sig själva för att komma tillbaka i din gunst."

"Jag vet", sa Kate och stirrade ner i sitt te. "Jag borde vara överlycklig."

"Men?"

"Men jag känner mig... tom." Kate kämpade för att formulera den märkliga tomheten inom sig, frånvaron av den triumferande glädje hon hade förväntat sig att känna. "Som om jag har kämpat så länge att jag har glömt vad jag ska göra nu när striden är över."

Pip nickade, med förståelse i sina mörka ögon. "Adrenalinkraschen. Efter att Kit dog minns jag att jag kände något liknande. Man tillbringar så lång tid i krisläge att det normala känns fel på något sätt."

Kate sneglade på henne, återigen slagen av sin svägerskas tysta styrka. Pip talade sällan om Kits död, om sorgen som nästan hade knäckt henne. Ändå hade hon byggt upp sig själv igen, funnit ett nytt syfte på Ridgewater med sitt ponnyträningsprogram och så småningom en ny kärlek med Jake. Om Pip kunde överleva det, kunde Kate säkerligen återhämta sig från det här.

"Det blir lättare", fortsatte Pip, med blicken fäst vid horisonten. "Inte direkt, men gradvis. Du kommer att börja sova ordentligt igen. Mat kommer att smaka som något annat än kartong. Du kommer att skratta utan att känna skuld för det."

Kate smuttade på sitt te och lät värmen och Pips ord sjunka in. "Sponsorerna vill ha svar", sa hon efter en stund. "De vill ha uttalanden, inlägg på sociala medier, framträdanden på deras evenemang. Som om ingenting hade hänt."

"Säg åt dem att vänta", sa Pip bestämt. "Du är inte skyldig dem omedelbar förlåtelse bara för att de har bestämt sig för att du är marknadsförbar igen."

Kate nickade, tacksam för Pips beskyddande ilska för hennes räkning. "Jag tänker hela tiden på hur snabbt de dumpade mig. Hur ingen ville höra min version av historien."

Pip sträckte sig ner i fickan på sina jeans och drog fram ett lätt böjt visitkort. "På tal om din version av historien", sa hon och tryckte kortet i Kates hand. "Det här är från Danny Wareham, den där journalisten jag nästan slog ner i foderbutiken. Tydligen har han flyttat hit. Han kom förbi igår när du var hos Joe. Säger att han inte är ute efter en skandal, vill bara berätta den sanna historien."

Kate vände på kortet i sina fingrar, hennes skepsis tydlig i hennes min. "Journalister säger alltid så."

"Jag vet", höll Pip med. "Och vanligtvis skulle jag säga åt honom var han kan stoppa upp sitt anteckningsblock. Men Jake kollade upp honom. Han har ett gott rykte, specialiserar sig på djuplodande reportage snarare än skvaller. Och..." Hon tvekade. "Ridgewater skulle kunna behöva lite positiv publicitet, Kate. Något som berättar hela historien från vårt perspektiv, inte bara de sensationella bitarna."

Kate stoppade kortet i fickan med en icke-bindande nick. "Jag ska tänka på det", sa hon och vände blicken tillbaka mot Misty som betade i fjärran, lyckligt omedveten om hur nära de hade varit att förlora allt de hade arbetat för.

"Ingen brådska", sa Pip och följde hennes blick. "Ta all tid du behöver. Historien försvinner ingenstans."

Kate nickade, en liten tyngd lättade vid det enkla erkännandet att hon inte behövde besluta allt på en gång. Sponsorerna kunde vänta. Pressen kunde vänta. För nu räckte det att sitta här, se solnedgången över Ridgewater och känna den första trevande utvecklingen av frid efter stormen.

"Hur hanterar Ben allt det här?" frågade Pip efter en ny bekväm tystnad.

Kates läppar formades till ett litet men äkta leende. "Bra", sa hon enkelt. "Han har varit... stadig."

Pip nickade och förstod allt som förblev osagt. "Bra. Du förtjänar stadig."

I hagen travade Misty några steg, kastade med huvudet i karaktäristisk sprudlande glädje innan hon återgick till betandet. Kate såg på henne och tillät sig själv att föreställa sig en framtid igen; tävlingar, kanske till och med OS-kval. Vägen som hade verkat permanent blockerad var öppen än en gång.

Det skulle inte bli lätt. Det skulle finnas viskningar, blickar i smyg, de kvardröjande effekterna av en skandal även efter upprättelse. Vissa broar var brända bortom reparation. Men Ridgewater stod kvar, hennes familj förblev orubblig i sitt stöd, och Misty var frisk och pigg som alltid.

Och när hon var redo skulle Kate ta tyglarna igen, både bokstavligt och bildligt. Tanken slog rot i hennes bröst som ett litet, varmt kol, ännu inte en flamma men löftet om en. För nu var det tillräckligt.

Kapitel sexton

Bens telefon vibrerade mot skrivbordet och Veritys namn lyste på skärmen. Han tvekade innan han svarade, medveten om att hans agent sällan ringde med småsaker.

"God morgon, Verity", svarade han och lutade sig tillbaka i stolen.

"Ben!" Veritys röst dånade ur högtalaren med karaktäristisk intensitet. "Var har du hållit hus? Jag har försökt få tag på dig i timmar!"

"Jag tog en promenad och lämnade telefonen", sa han och kastade en blick på sin anteckningsbok, fylld med nerklottrade observationer om Ridgewaters morgonrutiner. "Vad har hänt?"

"Vad som har hänt?" Veritys skratt gränsade till det maniska. "Bara den största chansen i din karriär, det är allt. Studiocheferna är fullkomligt i sjunde himlen över filmens framgång. Siffrorna från premiärhelgen överskred prognoserna med trettiosju procent!"

Ben knackade rastlöst med pennan mot anteckningsboken. "Det är fantastiska nyheter", sa han, medan blicken vandrade mot Kate och Misty som tränade utomhus den här morgonen. Kate hade sagt att hon ville ha en avslappnad upplevelse för sin första ridtur efter uppehållet. Misty dansade nästan fram när de galopperade över en av Ridgewaters vida, gräsbevuxna hagar och till och med härifrån kunde Ben se Kates leende.

"Fantastiskt är inte ens i närheten", fortsatte Verity och orden strömmade ur henne i en enda störtflod. "De vill ha tillbaka dig i Sydney omedelbart. Nu. De sätter fart på uppföljaren och vill att du samarbetar direkt med manusförfattarteamet."

Bens penna stannade. "Samarbeta med manuset? Jag trodde vi var överens om att de skulle anlita sitt eget folk för det."

"Det var innan din film blev studions nya guldkalv", sa Verity. "Och replikerna som får mest uppmärksamhet var de du skrev, och som de tog med ord för ord. De har planerat en åtta veckor lång intensiv manuskurs som börjar nästa måndag. Efter det vill de ha dig med på en promotionturné till tolv städer i Nordamerika, följt av viktiga europeiska marknader – London, Paris, Berlin, Rom. Kontraktet de erbjuder är..." Hon gjorde en dramatisk paus. "Tja, låt oss bara säga att du skulle kunna köpa den där ridanläggningen rakt av och fortfarande ha växel över."

Ute satt Kate av och klappade Misty på halsen med uppenbar tillgivenhet. Ben såg på när hon lossade på sadelgjorden och drog upp stigbyglarna för att leda stoet tillbaka till stallet.

"Ben? Lyssnar du?"

"Ja", sa han och tvingade tillbaka sin uppmärksamhet till samtalet. "Det är... mycket att smälta, Verity."

"Smälta?" upprepade hon misstroget. "Vad finns det att smälta? Det här är allt vi har arbetat för! De vill ha förhandsrätt till filmrättigheterna för den nya serien också, och kreativ rådgivning vid alla anpassningar. Pappersarbetet kom i morse. Jag har mejlat över det så att du kan läsa det, men de behöver ett svar senast på torsdag. Jag rekommenderar att du skriver på omedelbart. Inte ens jag, mästerförhandlare som jag är, kan komma på en enda sak att be om som de inte redan har erbjudit på förhand. Det här är århundradets affär."

Torsdag. Tre dagar bort. Ben drog en hand genom håret och kände hur magen drog ihop sig under den plötsliga pressen från beslutet som låg framför honom.

"Jag måste tänka på saken", sa han tyst.

"Tänka på saken?" Veritys röst steg en oktav. "Ben, alla andra författare jag representerar skulle döda för den här chansen! Studion vill ha dig här nästa vecka. Deras företagslägenhet förbereds i detta nu."

"Jag förstår", sa Ben och såg hur Kate ledde Misty mot spolspiltan. "Det är bara... komplicerat."

Det blev tyst en stund, sedan återkom Veritys röst, mjukare men med en beslutsam underton. "Det är hästtjejen, eller hur?"

Ben reste ragg vid den avfärdande beskrivningen. "Hon heter Kate. Och ja, hon är en del av ekvationen."

"Hör här", sa Verity och hennes tonläge växlade till det hon använde vid svåra kontraktsförhandlingar. "Du har haft en härlig semester på landet. Den har varit bra för ditt skrivande, det kan jag inte förneka; du skickade tillbaka det omskrivna utkastet långt före tidsfristen och jag vill verkligen höra om den nya serien du utvecklar. Jag förstår att du kanske har utvecklat vissa... känslomässiga band där. Men det här är din karriär, Ben. Ditt livsverk. Kasta inte bort allt du har byggt upp för en romans på landet."

Orden sved. Var det så andra såg hans tid på Ridgewater? En semesterromans, en tillfällig avstickare från hans riktiga liv?

"Jag måste lägga på, Verity", sa han, kortare än han hade tänkt. "Jag ska titta på kontraktet och ringa tillbaka."

Han avslutade samtalet innan hon hann svara och släppte telefonen på skrivbordet med en smäll. I flera minuter vandrade han fram och tillbaka i det lilla utrymmet i The Shack, och drog händerna genom håret om och om igen tills det stod på ända. Chansen var onekligen extraordinär – den sortens chans de flesta författare bara drömde om. Ändå kändes tanken på att lämna Ridgewater, att lämna Kate, helt urholkande.

Han gick till fönstret igen och såg på när Kate ledde Misty till spolspiltan. Under månaderna han hade tillbringat på Ridgewater hade han funnit något han inte ens visste att han saknade; en känsla av tillhörighet, av ett syfte bortom skrivandets ensamma värld. Och Kate... med Kate hade han upptäckt sidor hos sig själv som han aldrig vetat fanns.

Men var det rättvist att stanna? Att eventuellt hålla henne tillbaka när hon precis höll på att återta sin karriär? Kate behövde fokusera på att kvalificera sig för internationella tävlingar, inte på att anpassa sig efter en romanförfattare i sitt noggrant strukturerade liv.

Innan han hann övertala sig själv att låta bli, ryckte Ben åt sig sin jacka och gick mot dörren. Han behövde prata med Kate direkt, för att förstå vad hon ville innan han fattade några beslut.

Promenaden till spolspiltan tog bara några minuter, men när han kom fram bultade hjärtat i bröstet. Kate stod med ryggen mot honom och spolade av Mistys ben med slangen. Hon bar sina vanliga ridkläder bestående av ridbyxor, stövlar och en funktionströja, och hennes blonda hår var samlat i en stram hästsvans som nu började lossna av ansträngningen.

"Behöver du hjälp?" frågade Ben för att tillkännage sin närvaro.

Kate sneglade över axeln och ett litet leende lyfte mungipan. "Jag tror vi har det under kontroll", sa hon och vände sig tillbaka mot Misty. "Det var en härlig ridtur idag. Hon gillade att vara utomhus, jag måste schemalägga det oftare."

Ben lutade sig mot räcket till spolspiltan och såg Kate arbeta. "Verity ringde precis", sa han och försökte låta oberörd men hörde spänningen i sin egen röst.

"Din agent?" frågade Kate, fortfarande med uppmärksamheten riktad mot Mistys blänkande päls. "Goda nyheter, hoppas jag?"

"Filmen går bra", bekräftade Ben. "Bättre än väntat, tydligen. Studion vill ha tillbaka mig i Sydney."

Kates händer stannade upp ett ögonblick innan de fortsatte sitt arbete. "Hur länge?"

"Det är det som är grejen", sa Ben och studerade hennes profil i jakt på en reaktion. "De vill ha mig där omedelbart. Åtta veckors manusutveckling, följt av en internationell promotionturné. Amerika, Europa... möjligen i flera månader." Han nämnde inte den enorma summa pengar som hade erbjudits. Den var verkligen inte en del av hans beräkningar.

Nu vände sig Kate om, och vatten droppade från slangen i hennes hand. Hennes ansiktsuttryck var omsorgsfullt neutralt, men Ben lade märke till hur käken spändes och hur hennes blick inte riktigt mötte hans.

"Det låter som en fantastisk möjlighet", sa hon med kontrollerad röst.

"Det är det", instämde Ben och väntade på mer, på någon indikation på vad hon verkligen tänkte.

Kate stängde av slangen och hängde den på sin krok innan hon tog en svettskrapa för att avlägsna överflödigt vatten från Mistys päls. "Du borde ta den", sa hon, återigen med ryggen mot honom. "Du kan inte tacka nej till det här, Ben. Det är det du har arbetat för."

Orden kändes som ett slag. Han hade hoppats på... vad? Protester? Besvikelse? Något tecken på att hans frånvaro skulle betyda något för henne?

"Och ärligt talat", fortsatte Kate, hennes röst stadig men med en underton han inte riktigt kunde identifiera, "så behöver jag fokusera på min träning utan... distraktioner."

Ordet hängde mellan dem, vasst och oväntat. Ben rätade på sig, sårad av hennes beskrivning.

"Är det vad jag är?" frågade han tyst. "En distraktion?"

Kate svarade inte genast. När hon slutligen vände sig om var hennes min samlad, men ögonen bar på en sårbarhet som motsade hennes nästa handlingar.

"Jag måste stalla in Misty", sa hon och tog tag i stoets grimskaft. "Vi kan prata om det här senare."

Innan Ben hann svara ledde Kate bort Misty, hennes steg var målmedvetna, ryggen rak. Han såg henne gå, medan frustration och smärta rördes upp i bröstet. Det här handlade inte bara om hans karriärmöjlighet – det handlade om vad det nu var som fanns mellan dem, denna outtalade sak som ingen av dem hade varit modig nog att definiera.

När Kate försvann in i stallet stod Ben kvar vid spolspiltan. Eftermiddagssolen var varm mot hans axlar men gjorde ingenting för att skingra kylan som hade satt sig i magen. Han hade kommit för att få klarhet, men allt han hade funnit var mer förvirring, fler frågor utan svar. Och klockan tickade för ett beslut som inte kunde vänta på "senare".

Ben släpade sig tillbaka mot The Shack med händerna djupt nedborrade i fickorna, och spelade upp Kates avvisande på repeat i huvudet. En distraktion. Ordet kändes som en örfil efter allt de hade delat under de senaste månaderna. Han var så försjunken i tankar att han nästan krockade med Sarah, som tycktes dyka upp från ingenstans precis framför honom, med armarna i kors över bröstet och en medveten blick i ögonen.

"Förlåt", mumlade han och tog ett steg åt sidan för att gå runt henne. "Jag såg mig inte för."

"Uppenbarligen", svarade Sarah och gjorde ingen ansats att flytta på sig. Istället lutade hon huvudet mot stallet. "Det där såg ju ut att gå bra."

Ben stannade, plötsligt medveten om att deras samtal vid spolspiltan kunde ha haft en publik. Innan han hann svara dök Emma upp från sadelkammaren med en rykthink. Hon ställde ner den på en närliggande staketstolpe och gjorde sin syster sällskap.

"Säg inget", sa Emma med ett sympatiskt uttryck. "Kate körde 'jag-måste-fokusera'-repliken?"

"Med tillägget 'du är en distraktion'", bekräftade Ben och drog en hand genom sitt redan tilltufsade hår. "Hör ni, jag uppskattar omtanken, men det här är mellan mig och Kate."

"Normalt sett skulle jag hålla med", sa Sarah och hennes ton mjuknade en aning. "Men Kate är min syster, och jag har sett henne sabotera varenda meningsfull relation hon någonsin har haft."

"Hon saboterar dem inte", rättade Emma henne milt. "Hon offrar dem. Det är skillnad."

Ben tittade på de två kvinnorna och kände sig både obekväm med denna familjeintervention och desperat nyfiken på deras insikter. "Vad menar ni?"

"Hon menar", kom Pips röst när hon rundade hörnet av stallet med en av sina ponnyer i grimskaft, "att Kate har övertygat sig själv om att det enda sättet att lyckas är att skära bort allt som inte är direkt relaterat till hennes mål. Inklusive människor som gör henne lycklig."

"Vi såg er prata", förklarade Emma och lutade sig mot staketstolpen. "Och sen såg vi Kate praktiskt taget springa tillbaka till stallet och knipa sig om näsan på det där konstiga sättet hon gör när hon är upprörd och försöker att inte visa det."

"Jag har blivit ombedd att åka tillbaka till Sydney", sa Ben och kände ett behov av att försvara sig. "Filmbolaget har erbjudit mig, tja, en inte så liten förmögenhet för att börja arbeta med uppföljaren omedelbart. Kate tycker att det är bäst att jag åker."

"Och vad tycker du?" frågade Sarah med oförändrad blick.

Ben tvekade, överrumplad av den raka frågan. "Jag tycker... Jag vet inte vad jag ska tycka. Chansen i Sydney är otrolig, karriärdefinierande. Men..."

"Men du vill inte åka", avslutade Emma åt honom, med ett litet leende på läpparna. "Det borde du inte. Ibland ger de största riskerna den bästa utdelningen. Jag förlorade nästan Ryan för att jag var för rädd för att erkänna vad jag verkligen ville. Stolthet är en dålig ersättning för kärlek, Ben."

Ben kände hur han rodnade vid ordet "kärlek", som varken han eller Kate hade vågat uttala, trots att det hade svävat i luften mellan dem i veckor nu.

"Kate har ägnat hela sitt liv åt att stöta bort folk när de kommer för nära", sa Sarah och hennes röst mjuknade av förståelse. "Låt henne inte göra det mot dig."

"Inte för att hon gör det lätt för en", la Pip till med en fnysning. "Kate är envis som en åsna, men hon skulle vara olycklig utan dig. Vem som helst med ögon kan se det."

Ben tittade på de tre kvinnorna, så olika varandra och Kate, men ändå enade i sitt våldsamma beskydd av sin syster – och, uppenbarligen, även av honom. Insikten var både rörande och en aning överväldigande.

"Jag är inte säker på att jag hör hemma i hennes värld", erkände han och gav röst åt den rädsla som hade lurat under ytan sedan hans första dag på Ridgewater. "Elittävlingar, OS-drömmar, generationer av familjearv... Jag är bara en författare som snubblade in i allt det här."

Pip gav ifrån sig ett avfärdande ljud som var någonstans mellan ett skratt och ett hånfullt fnys. "Jag växte upp i Manila utan två öre på fickan, kompis, och sen dog Kit när vi knappt hade varit gifta i några månader. Och ändå är jag fortfarande kvar här. Om Ridgewater är platsen du är menad att vara på, så släpper den dig inte."

"Kate har hittat sin plats", instämde Emma. "Och den är med dig."

"Hur kan ni vara så säkra?" frågade Ben, oförmögen att dölja tvivlet i sin röst. "Hon kallade mig just för en distraktion."

"För att hon är livrädd", förklarade Sarah enkelt. "Hela Kates identitet är uppbyggd kring att vara en tävlingsryttare. Sen träffade hon dig, och plötsligt fanns det något annat i hennes liv som betydde precis lika mycket."

"Dopningskandalen knäckte henne nästan", la Emma tyst till. "Inte bara på grund av vad den gjorde med hennes karriär, utan för att den visade henne hur snabbt allt hon hade byggt upp kunde försvinna. Den enda personen som höll henne på jorden genom allt var du."

"Hon lät inte ens oss hjälpa henne på det sätt hon lät dig hjälpa", sa Pip, med ett mjukare uttryck. "Vet du hur sällsynt det är? Kate lutar sig inte mot andra, Ben. Det har hon aldrig gjort. Men hon lutar sig mot dig."

Ben tog till sig deras ord och försökte förena dem med Kates avvisande attityd vid spolspiltan. "Varför stöter hon bort mig nu då? När saker och ting äntligen börjar återgå till det normala?"

"För att det normala är precis det som skrämmer henne", sa Sarah. "När allt höll på att falla samman kunde hon rättfärdiga att hon behövde stöd. Nu när hon bygger upp allt igen faller hon tillbaka i gamla mönster. Isolering är lika med fokus är lika med framgång, i hennes värld."

"Det är skitsnack, förstås", la Pip till med karaktäristisk rättframhet. "Men det är så hon tänker."

Ben tänkte på hur han hade sett Kate kämpa sig tillbaka från skandalen, hur han hade sett hennes sårbarhet och styrka i lika stor utsträckning. Han hade blivit förälskad inte bara i hennes beslutsamhet och skicklighet, utan också i hennes sällsynta stunder av oförställd glädje, hennes torra humor, sättet hon mjuknade på när hon trodde att ingen såg.

"Hon kommer att ångra sig om du ger dig av utan att kämpa för det här", sa Emma mjukt. "Och jag tror att du också kommer att göra det."

"Tänk om hon inte vill att jag ska kämpa för det?" frågade Ben och gav röst åt sin djupaste rädsla. "Tänk om kommentaren om distraktion inte bara var hon som stötte bort mig, utan sanningen?"

Pip himlade med ögonen så dramatiskt att Ben log trots sig själv. "För att vara en smart kille är du otroligt tjockskallig ibland. Kate säger inte vad hon menar när hon är rädd. Hon säger det hon tror kommer att skydda henne."

"Och just nu försöker hon skydda sig själv från hur ont det kommer att göra när du åker", avslutade Sarah.

Orden träffade Ben med oväntad kraft. Han hade varit så fokuserad på sina egna känslor av att bli avvisad att han inte hade övervägt att Kate kunde agera utifrån rädsla snarare än likgiltighet. Insikten förändrade något grundläggande i hans förståelse av deras situation.

"Så vad ska jag göra?" frågade han och tittade mellan de tre systrarna.

"Gå tillbaka och prata med henne", föreslog Emma. "Prata på riktigt, inte bara acceptera vilket försvarsinriktat nonsens hon än slänger ur sig."

”Få henne att berätta sanningen”, la Pip till med en bestämd nick. ”Även om du måste bända ut den ur henne med en hovkrats.”

Sarah log åt bilden. ”Vad de försöker säga är, låt henne inte gömma sig bakom bekväma ursäkter. Kate behöver någon som inte går sin väg vid första tecken på svårigheter.”

Ben rätade på sig och kände en förnyad målmedvetenhet. Systrarnas insikter hade gett honom något han hade saknat: ett sammanhang för Kates beteende och modet att utmana det istället för att bara acceptera det.

”Tack”, sa han enkelt, efter att ha fattat sitt beslut. ”Jag tror jag vet vad jag måste göra nu.”

När han vände sig om mot stallet ropade Pip efter honom, ”Kom ihåg – envis som en åsna, men värd besväret!”

Ben hittade Kate i sadelkammaren, med ryggen mot dörren medan hon putsade Mistys träns. Hennes rörelser var metodiska, varje läderbit fick noggrann uppmärksamhet när hon arbetade in tvålen i vecken. Hon måste ha hört hans fotsteg, men hon vände sig inte om, även om hennes axlar märkbart spändes. Ben stannade i dörröppningen och samlade mod innan han klev in.

”Jag har fattat mitt beslut”, sa han utan omsvep, med en röst som var stadigare än han kände sig.

Kates händer stannade upp en bråkdels sekund innan de återupptog sitt arbete. ”Om Sydney?” frågade hon med omsorgsfullt neutral ton.

”Ja”, svarade Ben och iakttog henne noga. ”Jag åker. I slutet av veckan.”

Kate frös till mitt i en rörelse, fortfarande med ryggen mot honom, axlarna plötsligt stela. Tystnaden mellan dem var tjock av outtalade ord.

”När?” frågade hon slutligen, med en onaturligt lugn röst.

”Fredag morgon”, sa Ben och tog ett steg närmare. ”Verity har redan bokat flyget.”

Kate nickade stelt och återupptog putsandet med förnyad intensitet. ”Det låter rimligt. Du borde inte låta dem vänta.” Hennes ord var praktiska, förnuftiga och stod i total kontrast till spänningen som utstrålade från hennes kropp.

”Är det allt du har att säga?” pressade Ben, och frustrationen byggdes upp i hans bröst.

Kate hängde försiktigt tränset på sin krok innan hon vände sig mot honom, med ett samlat ansiktsuttryck som inte riktigt nådde hennes ögon. ”Vad vill du att jag ska säga, Ben? Jag har redan sagt att det är en fantastisk möjlighet. Du borde ta den.”

”Det är inte det jag frågar”, sa Ben och tog ännu ett steg närmare. ”Och det vet du.”

Kate lade armarna i kors över bröstet, en fysisk barriär mellan dem. ”Jag är inte säker på vad mer det finns att diskutera. Vi har båda karriärer att fokusera på. Din tar dig till Sydney.”

”Sluta”, sa Ben, hans röst låg och intensiv. ”Sluta låtsas som om det här bara handlar om karriärer och möjligheter. Sluta agera som om det som finns mellan oss inte spelar någon roll.”

En glimt av något – smärta, rädsla, längtan – for över Kates ansikte innan hon behärskade sig. ”Vad vill du ha av mig, Ben?”

”Sanningen”, sa han enkelt. ”Vad vill du egentligen? Inte vad du tycker att du borde vilja, eller vad som är mest praktiskt. Vad vill du, Kate McKenzie, innerst inne?”

"Det spelar ingen roll vad jag vill", svarade Kate med spänd röst. "Det som spelar roll är vad som måste göras."

"Det där är inget svar", sa Ben och klev ännu närmare, så nära nu att han kunde se hur hennes underläpp darrade lätt.

"Vad vill du att jag ska säga? Att jag kommer att sakna dig? Att jag inte vill att du ska åka?" Rösten brast på det sista ordet, den första sprickan i hennes noggrant konstruerade fasad.

Ben kände en våg av hopp vid glimten av sårbarhet. "Ja, faktiskt", sa han mjukt. "Det är precis vad jag vill att du ska säga."

"Jag klarar inte det här", viskade hon, så tyst att Ben var tvungen att kliva närmare för att höra henne. "Jag kan inte vara vad du behöver och samtidigt vara den jag behöver vara."

"Du bestämmer inte vad jag behöver", svarade Ben och sträckte sig efter hennes händer och grep dem stadigt trots hennes försök att dra sig undan. "Det är bara jag som bestämmer det."

Kates ögon mötte slutligen hans, blanka av otorkade tårar. "Du förstår inte. Allt jag någonsin har gjort har jag varit tvungen att göra fullt ut. Hundra procents engagemang, inga distraktioner, inga konkurrerande prioriteringar. Det är så jag har lyckats."

"Och hur har det fungerat för dig?" frågade Ben mjukt. "För där jag står ser det ensamt ut."

Den första tåren rann nerför Kates kind, snabbt följd av en till. "Jag är livrädd för att misslyckas", erkände hon, med en röst som knappt var mer än en viskning. "I tävlingar, på Ridgewater... med dig."

Bens hjärta drog ihop sig av den råa ärligheten i hennes röst, den sårbarhet hon så sällan lät någon se.

"Tror du inte att jag är rädd?" frågade han, och hans egen röst var sträv av känsla. "Jag har tillbringat hela mitt liv med att känna mig som en bedragare – i förlagsvärlden, i relationer, överallt. Sen kom jag hit, och för första gången hittade jag en plats där jag hörde hemma." Han gjorde en paus och svalde hårt. "Med dig."

Kate tittade upp på honom, hennes fattning brast slutligen när fler tårar rann i silverfärgade spår nerför hennes kinder. "Jag vet inte hur man gör det här, Ben. Jag vet inte hur man vill ha något för sin egen skull som inte är relaterat till hästar eller tävling. Jag vet inte hur man gör plats för någon annans drömmar bredvid sina egna."

"Inte jag heller", erkände Ben. "Jag har aldrig försökt bygga ett liv med någon annans mål i åtanke. Varje relation jag har haft har varit tillfällig, bekväm. Jag var alltid den som gick när det blev komplicerat." Han släppte en av hennes händer för att mjukt borsta bort en tår från hennes kind. "Men jag vill inte gå den här gången. Jag vill inte lämna dig."

"Men din karriär då?" frågade Kate med tunn röst. "Filmen, turnén... allt du har arbetat för?"

"Men dina OS-drömmar då?" kontrade Ben. "Ditt familjearv, allt du har kämpat för att bygga upp?"

Ett spår av ett leende snuddade vid Kates läppar. "Vi är ett riktigt par, vi två, eller hur?"

"Det kanske är det som är poängen", sa Ben, och hans tumme strök mjukt över hennes handrygg. "Kanske behöver vi båda någon som förstår vad det innebär att vara driven, att ha något som betyder så mycket."

Kates fria hand rörde sig tveksamt till hans bröst och vilade över hans hjärta. "Jag är rädd att jag ska göra dig besviken", bekände hon. "Att jag ska bli uppslukad av tävlingar och försumma dig. Eller att jag ska bli bitter på dig om jag inte når mina mål för att jag inte var tillräckligt fokuserad."

"Och jag är rädd att jag aldrig riktigt kommer att förstå din värld", svarade Ben ärligt. "Att jag alltid kommer att vara utomstående, att jag kommer att hålla dig tillbaka för att jag inte kan ge dig vad du behöver."

Kates ögon sökte hans. "Så vad gör vi?"

"Vi försöker", sa Ben enkelt. "Vi gör misstag. Vi listar ut det tillsammans. Men vi går inte härifrån utan att kämpa för det här."

"Jag vet inte om jag kan", viskade Kate, med sårbarheten blottad i sina ögon.

"Jo, det kan du", insisterade Ben och hans händer hårdnade om hennes. "Du är den modigaste personen jag någonsin har mött, Kate. Du kom tillbaka från en skandal som skulle ha krossat de flesta. Du möter djur på ett halvt ton med absolut självförtroende. Då kan du definitivt hantera att älska mig."

Ordet hängde mellan dem, ingen av dem hade vågat säga det högt förrän nu. Kate drog efter andan och hennes ögon vidgades en aning.

"Är det vad det här är?" frågade hon med knappt hörbar röst. "Kärlek?"

"Säg du", svarade Ben, och hans hjärta bultade så hårt att han var säker på att hon kunde känna det genom hans bröst.

Kate tog ett steg framåt och slöt det sista avståndet mellan dem, hennes kropp darrade lätt. "Jag vill inte att du ska åka", viskade hon slutligen. "Jag har försökt övertyga mig själv om att det är bäst så, att vi båda behöver fokusera på våra karriärer, men sanningen är att jag inte står ut med tanken på att du åker."

Lättnad sköljde genom Ben med sådan kraft att han kände sig yr. Hans armar slöts om henne och drog henne tätt intill sig.

"Då stannar jag", sa han in i hennes hår. "Vi löser det. Manuset kan skrivas på distans. Turnén kan förhandlas om. Inget av det spelar någon roll om jag måste förlora dig för att få det."

Kate lyfte ansiktet mot hans, hennes ögon fortfarande blanka av tårar men nu blandade med något som anmärkningsvärt nog såg ut som hopp. "Är du säker? Jag vill inte att du ska ångra..."

Ben avbröt hennes ord med en kyss, desperat och öm på en och samma gång, och lade i den alla de ord de varit rädda för att säga. Kate svarade omedelbart, hennes armar gled upp runt hans nacke, hennes kropp smälte mot hans. Smaken av salt från hennes tårar blandades med värmen från hennes läppar och skapade något både bitterljuvt och djupt rätt.

När de slutligen drog sig ifrån varandra, andfådda, vilade Kates panna mot hans bröst, och hans armar var fortfarande tryggt virade runt henne. Ovissheten om deras framtid hängde fortfarande i luften mellan dem – hur man skulle balansera två krävande karriärer, hur man skulle slå samman två väldigt olika världar – men för första gången kände Ben vissheten om att de skulle hitta svaren på dessa frågor tillsammans.

"Jag menade vad jag sa", mumlade han mot hennes hår. "Jag älskar dig, Kate McKenzie. Hästbesatthet, tävlingsinstinkt, envis självständighet och allt."

Kates mjuka skratt mot hans bröst rymde både överraskning och förundran. "Jag älskar dig också", viskade hon, orden tydligt ovana på hennes tunga men inte mindre uppriktiga för det. "Även om jag fortfarande inte är helt säker på varför."

"Jag ska ägna hur lång tid som helst åt att övertyga dig", lovade Ben, och hon log och sträckte sig upp för att kyssa honom igen.

Kapitel sjutton

Ben satt vid skrivbordet i The Shack med sin bärbara dator öppen framför sig och fingrarna som trummade en nervös rytm mot det väderbitna träet. Tiden för samtalet med Verity lyste på skärmen: 10.55, fem minuter tills hans agent skulle berätta för honom om filmstudion hade accepterat de reviderade villkoren som Ben hade föreslagit, villkor som innebar att han skulle kunna ha sin bas i Ridgewater på lång sikt. Han sneglade ut genom fönstret mot hagarna som sträckte sig mot horisonten, badande i starkt solljus, och kände en visshet lägga sig till ro i bröstet. Det här var hemma nu. *Kate* var hans hem nu.

Hans telefon vibrerade prick klockan elva. Ben tog ett djupt andetag, svarade och slog på högtalartelefonen så att han kunde skriva anteckningar om det behövdes.

"God morgon, Verity", sa han i ett försök att låta självsäkert avslappnad.

"Studion ringde mig. De kommer att acceptera era villkor med två ändringar: tre veckors inledande arbete i Sydney med manusförfattarna istället för två, och de vill ha slutgiltigt godkännande för vilka PR-framträdanden ni kan hoppa över."

Ben blinkade, överrumplad. "Det var ... oväntat rimligt."

"Låt inte så förvånad", sa Verity torrt. "Även filmbolagschefer kan inse när de har blivit utmanövrerade. De värderar ert arbete tillräckligt högt för att tillmötesgå era egenheter."

"Då har vi en överenskommelse", sa Ben med ett belåtet leende som spred sig över hans ansikte.

"Det har vi. Jag skickar över pappersarbetet till er i eftermiddag." Verity tystnade. "Grattis, Ben. Det här är fortfarande en milstolpe för er karriär, oavsett var ni sover om nätterna."

När samtalet var slut lutade Ben sig tillbaka i stolen medan en angenäm känsla av overklighet sköljde över honom. Han hade förväntat sig en kamp, en utdragen förhandling. Istället hade han på något sätt lyckats säkra allt han ville ha. Hans karriär skulle fortsätta att blomstra, men nu på villkor som gjorde det möjligt för honom att bygga ett liv i Ridgewater. Med Kate.

Dörren till The Shack öppnades och Kate kom in. Hennes hår var uppsatt i den vanliga hästsvansen och hennes ridkläder visade redan svaga spår av damm från en förmiddag i ridhuset. I Bens ögon hade hon aldrig sett vackrare ut.

"Hur gick det?" frågade hon med ett omsorgsfullt neutralt ansiktsuttryck trots oron i hennes ögon.

Ben ryckte på axlarna som om inget särskilt hade hänt, även om han inte riktigt kunde dölja sitt leende. "Det verkar som att jag officiellt är bofast i Ridgewater nu."

Kates ansiktsuttryck förvandlades; hopp, misstro och glädje avlöste varandra över hennes ansikte innan hon lyckades behärska sig. "Gick de med på det? Bara så där?"

"Bara så där", bekräftade Ben och reste sig upp. "Det visar sig att jag är mer värdefull för dem här, när jag skriver bra, än olycklig i Sydney."

"Och Verity tyckte det var okej?"

"Verity följer pengarna", sa Ben med ett skratt. "Och i det här fallet är pengarna precis här med mig." Han ställde ner sitt kaffe och sträckte sig efter henne och drog henne tätt intill sig. "Precis där jag hör hemma."

Solen gassade när Ben och Kate klev ur Kates pickup vid kanten av det sextonde fairwayhålet på Ridgemont Country Club senare den eftermiddagen. Ben kisade över den röjda markytan mellan fairwayen och fastighetsgränsen, där mätpinnar markerade ut framtida byggtomter, och försökte föreställa sig de lyxvillor som snart skulle uppta platsen. Ryan Wardell, Emmas fästman, stod och väntade på dem bredvid sin skinande Range Rover. Hans vanliga affärsklädsel var utbytt mot chinos och en pikétröja som på något sätt ändå lyckades se oklanderligt struken ut i hettan.

"Där är de!" ropade Ryan och vinkade dem till sig med samma entusiasm som en man som är på väg att avsluta en betydande affär. "Perfekt tajming. Arkitekten skickade precis över de slutgiltiga ritningarna i morse."

Kate rättade till sin hatt och drog ner den för att skydda ögonen från det bländande ljuset. "Det är verkligen en imponerande plats", sa hon och såg ut över den röjda marken som sluttade svagt ner mot ett bestånd av eukalyptusträd.

"Vänta bara tills ni ser vad vi bygger", svarade Ryan och rullade ut en stor uppsättning arkitektritningar över motorhuven på sin bil. "Ridgemont-villorna kommer att omdefiniera lyxboendet i regionen."

Ben lutade sig fram för att granska ritningarna, imponerad av de rena men klassiska linjerna som på något sätt lyckades komplettera det naturliga landskapet snarare än att dominera det. Designen visade eleganta tvåvåningsbyggnader med gott om skuggade uteplatser, istället för de moderna glaslådor som Ben hade varit lite orolig för att han skulle få se.

"Varje villa ligger på strax under tvåtusen kvadratmeter", förklarade Ryan medan hans finger följde fastighetsgränserna. "Integriteten garanteras med strategisk landskapsarkitektur och staket mellan tomterna. Vi använder uteslutande inhemska arter för de gemensamma ytorna och rekommenderar samma sak för privata trädgårdar." Han sneglade på Kate. "Torktåliga, naturligtvis, och viltvänliga."

Kate nickade gillande. "Smart val. Den lokala grundvattennivån kommer att tacka er."

"Interiörerna är helt anpassningsbara", fortsatte Ryan och lade fram flera laminerade sidor som visade rymliga planlösningar med öppen planlösning. "Jag har layouter för konfigurationer med tre, fyra och fem sovrum, men vi kan anpassa dem för att inkludera ett hemmakontor, gym, vad ni än behöver. Varje villa kommer att ha sällskapsytor i norrläge för att maximera naturligt ljus och passiv uppvärmning på vintern, ett garage för två och en halv bil – den halva är för en golfbil, såklart – och jag har anlitat en lokal poolbyggare för design och installation av pool och/eller spa."

Ben studerade planlösningarna med genuint intresse. Efter år i trånga stadslägenheter hade tanken på utrymme – verkligt, generöst utrymme – en obestridlig dragningskraft. Han skulle kunna ha ett bibliotek, ett riktigt referensbibliotek. Han dreglade nästan vid tanken.

"Solpaneler är standard", tillade Ryan, som helt klart hade blivit varm i kläderna. "Batterilagring är valfritt men rekommenderas. Vi siktar på högsta möjliga energiklassning. Hela området kommer att vara koldioxidneutralt inom fem år efter färdigställandet."

"Tidsplan?" frågade Ben hoppfullt.

Ryan log brett. "Markarbetet är nästan klart, vilket innebär att byggarna kan börja med själva konstruktionen nästa månad. De första villorna är inflyttningsklara om åtta månader, förutsatt att det inte blir några väderförseningar. Om ni är redo att skriva på idag får ni förtur att välja tomt och skulle kunna flytta in i mitten av nästa år."

Han bläddrade fram till ett prisblad och Kates ögonbryn sköt i höjden. "Det är ... en ganska stor investering", sa hon försiktigt och trummade med fingrarna en nervös rytm mot sitt ben.

Ben lade märke till hennes obehag och insåg med ett ryck att Kate inte hade någon aning om hans ekonomiska situation. Pengar hade sällan kommit på tal i deras samtal. Hon visste att han var framgångsrik, absolut, men detaljerna hade aldrig verkat relevanta förrän nu.

Ryan nickade och misstolkade Kates reaktion. "Premiumpriser för premiumfastigheter. Men tänk på läget, intill golfbanan, femton minuter från stan och", han log mot Kate, "bokstavligen gränsande till Ridgewater. Jag kan slänga med en golfbil om ni vill, för att ta er till jobbet."

Kates leende förblev artigt men ansträngt. "Det är underbart, Ryan. Verkligen. Men det här är Bens beslut, inte mitt."

Ben harklade sig. "Priset är inget problem", sa han tyst. "De här ser väldigt rimliga ut för mig, Ryan."

Kate vände sig mot honom med rynkad panna av förvirring.

"Jag borde nog ha nämnt det här tidigare", fortsatte Ben och kände sig plötsligt obekväm under hennes granskande blick. "Böckerna har sålt ganska bra. Väldigt bra, faktiskt. Och filmrättigheterna, utländska förlagskontrakt, merchandise-licenser ..." Han tystnade och ryckte på axlarna. "Låt oss bara säga att jag har det gott ställt."

Kates uttryck skiftade från förvirring till gryende förståelse. "Hur gott ställt, exakt?"

Ben grimaserade lätt, eftersom han aldrig hade varit den som diskuterade pengar öppet. "Tja, den första boken var en överraskande bästsäljare. De följande fyra sålde ännu bättre. Filmatiseringen ..." Han tvekade. "Filmen vi just var på premiären för? Bara min andel av öppningshelgen skulle täcka en av de här villorna. Med uppföljarkontraktet jag just skrev på skulle jag kunna köpa halva området."

Kate stirrade på honom, mållös. Ben kunde nästan se hur hon omvärderade allt hon trodde sig veta om honom och förlikade hans föredragna enkla livsstil med denna nya information.

"Du är värd miljoner", sa hon slutligen, inte som en fråga utan som ett konstaterande.

"Ja", erkände Ben. "Jag har alltid levt ganska blygsamt. Jag har aldrig sett poängen med pråliga utgifter när allt jag egentligen behövde var en lugn plats att skriva på." Han gestikulerade runt omkring dem. "Men det här? Det här är en vettig investering i vår framtid."

Orden "vår framtid" hängde i luften mellan dem, fulla av löften.

Ryan, som kände av den personliga stunden, sysselsatte sig taktiskt med att organisera om ritningarna.

Ben gick mot en mätpinne som markerade en av villatomterna. "Den här", sa han och pekade på en tomt på den västra kanten av området. "Den kommer att ha den bästa utsikten över Ridgewater från övervåningen, och den ligger närmast den bakre stigen som ansluter till din egendom.”

Kate kom och ställde sig bredvid honom, fortfarande lite omtumlad. ”Du menar allvar med det här.”

”Fullkomligt allvar”, bekräftade Ben. ”Och när det här är byggt kan vi lämna The Shack ledigt för dina föräldrar när de kommer tillbaka. Jim och Ingrid behöver sitt eget utrymme på Ridgewater.”

Kates uttryck mjuknade vid denna hänsyn till hennes familj. ”Pappa byggde The Shack själv, vet du. Det var tänkt att bli deras pensionärsbostad.”

”Då borde det vara det”, sa Ben enkelt. ”Under tiden har vi vårt eget ställe, tillräckligt nära för att vara en del av Ridgewater men med lite eget utrymme.”

Ryan närmade sig och kände att ögonblicket var det rätta. ”Så, har vi en överenskommelse?” frågade han och sträckte fram handen.

Ben nickade och skakade Ryans hand bestämt. ”Det har vi. Skicka över pappersarbetet i eftermiddag, så låter jag min advokat granska det imorgon.”

”Utmärkt!” Ryan strålade och klappade Ben på axeln. ”Välkommen till grannskapet, kompis.” Han log mot Kate. ”Och familjen.”

Kate var tyst på vägen tillbaka till Ridgewater och bearbetade allt hon hade fått veta. Ben lät henne tänka och förstod att det var mycket att ta in. När de slutligen svängde in på grusvägen som ledde till gården bröt hon tystnaden.

”Du kunde ha nämnt det, vet du”, sa hon och sneglade kort på honom innan hon återvände med blicken till vägen. ”Att du är stenrik i hemlighet.”

Ben småskrattade. ”Jag är en författare som har samma tre t-shirtar i rotation. Det verkade inte relevant.”

”Tills du helt nonchalant bestämde dig för att köpa en lyxvilla”, påpekade Kate, även om ett leende ryckte i mungipan.

"Bara ett av många impulsköp", varnade Ben henne. "Jag har år av ackumulerade royalties som bränner hål i fickan på mitt konto."

Kate skakade på huvudet, men hennes leende blev bredare. "Lova mig bara en sak?"

"Vad som helst."

"Inga hästköp utan att rådfråga mig först. Där drar jag gränsen."

Ben skrattade och lutade sig tillbaka i sätet. "Vi får väl se", sa han undvikande och undrade vad hon skulle säga när hon fick reda på de andra impulsköpen han just hade gjort.

Kates tankar snurrade fortfarande efter avslöjandet om villan när hon och Ben klev in genom ytterdörren till det stora huset. Kunskapen om att Ben helt apropå kunde köpa en lyxfastighet värd mer än de flesta tjänade på ett decennium var svår att förena med mannen hon trodde sig känna. Hon hade inte blivit kär i en förmögen författare; hon hade blivit kär i Ben, den lite skrynkliga författaren som förstod henne på sätt som ingen annan hade bemödat sig att försöka. Nu upptäckte hon att Ben kom med oväntade komplikationer, inklusive den typ av finansiella resurser som i grunden kunde förändra Ridgewaters framtid, och hennes egen.

Sarah tittade upp från sin bärbara dator vid köksbordet med ett belåtet leende som spred sig över hennes ansikte. "Perfekt tajming", sa hon. "Jag har precis slutfört pappersarbetet för Cavalier. Han är officiellt såld."

Kate stannade tvärt. "Redan? Det gick fort."

Sarah nickade och såg nöjd ut med sig själv. "Jag vet. Behövde inte ens annonsera ordentligt. Agenten ringde i morse."

"Vilken agent?" frågade Kate och rynkade pannan lätt när hon lade sin hatt på bänken. "Ingen kom ens och provred honom. Köpte de honom utan att ha sett honom?"

"Tydligen hade de sett honom tävla tillräckligt för att känna till hans kvalitet", svarade Sarah med en axelryckning. "Agenten skötte allt. Prutade inte ens på priset."

Kate utbytte en blick med Ben, som hade blivit misstänkt tyst. Något i hans uttryck – en lätt ryckning i mungipan, ett medvetet undvikande av hennes blick – väckte hennes instinkter.

"Det är konstigt", sa Kate långsamt och iakttog Bens ansikte. "Dressyrhästar på hög nivå kräver vanligtvis omfattande veterinärbesiktningar, provridningar. Ingen seriös köpare köper en hingst som Cavalier utan en grundlig bedömning."

Sarah stängde sin bärbara dator och stoppade en slinga av sitt jordgubbsblonda hår bakom örat. "Jag tyckte också det var konstigt, men pengarna är redan överförda. Fullt utgångspris." Hon sneglade mellan Kate och Ben och hennes ögon smalnade något. "Agenten var väldigt noga med att hålla köparens identitet hemlig."

Kates misstanke blev till visshet när Ben flyttade sin vikt från ena foten till den andra, en gest hon hade lärt sig känna igen som hans avslöjande tecken när han dolde något. "Ben", sa hon försiktigt, "hade du något med det här att göra?"

Ben mötte slutligen hennes blick, med en blandning av fåraktighet och förtjusning i sitt uttryck. "Det var jag", erkände han. "Jag ville inte att familjen Hughes skulle veta att jag var köparen, så jag gick via en agent. Jag tänkte att det kunde bli ... besvärligt, med tanke på allt som har hänt."

Sarahs mun föll upp. "Köpte du Cavalier?"

"*Du* köpte Cavalier?" upprepade Kate, hennes röst steg av misstro. Innebörden sköljde över henne som en våg.

Först en villa, nu en häst värd hundratusentals dollar. Vem var den här mannen? Hon kämpade för att få fram ord, hennes känslor en röra av chock, förvirring och något annat hon inte riktigt kunde sätta namn på. "Varför?" lyckades hon till slut få fram. "Varför skulle du köpa honom?"

Ben steg närmare och hans röst mjuknade. "Det här är inget troféköp, Kate. Det handlar inte om att visa upp sig eller spendera pengar för sakens skull." Han pekade mot fönstret, där Ridgewaters hagar sträckte sig mot horisonten. "Det är en investering i din karriär, i Ridgewaters framtid."

Sarah smet tyst ut ur köket och gav dem avskildhet.

"Cavalier förtjänar bättre än vad han hade hos Vanessa", fortsatte Ben. "Du har alltid sagt att med rätt ryttare skulle han kunna tävla på högsta nivå. Nu kan han det, med dig." Han tystnade och iakttog hennes ansikte noga. "Du kommer att ha två Grand Prix-hästar, Kate. Som de andra toppryttarna. Som du förtjänar."

Kate lutade sig mot bänken och behövde dess stöd för att bearbeta vidden av vad Ben hade gjort. "Du köpte en Grand Prix-hingst till mig", sa hon, och orden lät surrealistiska även när hon uttalade dem.

"Tja, han kommer att bli det när du har tagit honom dit", specificerade Ben. "Och en ny hörnsten för Ridgewaters avelsprogram. Alla dina ston är Legends döttrar eller dotterdöttrar, så du måste betala för externa hingstar. En hingst av Cavaliers kaliber, med hans blodslinjer och tävlingsmeriter ... han skulle kunna förvandla det du kan erbjuda."

Tanken var svindlande. Familjen McKenzie hade alltid varit försiktig med Ridgewaters ekonomi och gjort noggranna, stegvisa förbättringar när medel tillät, och fött upp sina egna hästar på toppnivå eftersom det aldrig varit ekonomiskt möjligt att köpa dem. Idén om att plötsligt ha tillgång till en hingst som Cavalier, inte bara för att rida utan för att ha i avel, öppnade möjligheter som Kate knappt hade tillåtit sig själv att drömma om.

"Hans blodslinjer kompletterar både Duchess och Misty", sa hon långsamt, medan hennes hjärna redan beräknade den potentiella avkomman.

Ben log, synbart lättad över att hon övervägde fördelarna istället för att avvisa gåvan rakt av. "Precis. Det handlar inte bara om den omedelbara tävlingspotentialen. Det handlar om framtida generationer av Ridgewater-hästar."

Kate skakade på huvudet och kämpade fortfarande för att helt ta in vad som hände. "Ben, det här är ... det är för mycket. Villan var redan överväldigande, men det här ..."

"Det är en sak till", sa Ben, sträckte sig in i fickan och tog fram en uppsättning nycklar. "Jag köpte också den där snygga svarta och guldfärgade lastbilen från Vanessas föräldrar. Lastbilen du har använt är helt okej, men den börjar bli gammal. Emma har sparat till en lastbil för att ta Phoenix till tävlingar, eller hur? Jag tänkte att hon kunde få din, och du kunde använda den nya för att ta Misty och Cavalier till tävlingar."

Kate stirrade på nycklarna som dinglade från hans fingrar och kände sig som om hon hade klivit in i en alternativ verklighet där hennes vildaste drömmar plötsligt materialiserades framför hennes ögon. "Du köpte lastbilen också", upprepade hon svagt.

"Det gjorde jag", bekräftade Ben, och hans uttryck blev osäkert igen. "Kate, om det här är för mycket, om jag har gått över gränsen ..."

"Nej", avbröt Kate och överraskade sig själv med säkerheten i sin röst. "Det är inte det. Det är bara ..." Hon kämpade för att hitta orden för att uttrycka stormen av känslor som virvlade inom henne. "Jag är inte van vid det här. Att någon gör något sådant här för mig. Hela mitt liv har jag arbetat och sparat och vänt på varje krona för att jaga mina drömmar, för det är så vi gör, det är McKenzie-sättet. Och nu bara ... förverkligar du dem.”

Bens axlar slappnade av något. ”Inte förverkligar dem”, rättade han mjukt. ”Stöttar dem. Talangen, skickligheten, engagemanget; det är allt du, Kate. Alltid har varit. Jag bara undanröjer några av de finansiella hindren.”

”När ordnade du ens allt det här?”

”Jag ringde några samtal efter att du somnat igår kväll”, erkände Ben. ”Efter vårt samtal i sadelkammaren visste jag att jag skulle stanna på Ridgewater. De här besluten kändes bara ... helt rätt.”

Kate studerade hans ansikte och letade efter någon antydan till dolda motiv eller förväntningar, men fann bara uppriktig tillgivenhet och en aning nervositet. Det här handlade inte om kontroll eller att visa upp sin rikedom. Det här var Ben, som på sitt eget sätt engagerade sig i deras gemensamma framtid, i Ridgewaters framtid.

”Tack”, sa hon slutligen, med rösten tjock av känslor. ”Jag vet inte ens vad mer jag ska säga.”

”Du skulle kunna säga att vi ska gå och titta på din nya häst”, föreslog Ben, och hans läppar formades till ett hoppfullt leende.

Trots känslostormen fann Kate sig själv le tillbaka. ”Ja”, höll hon med. ”Låt oss gå och titta på Cavalier. Min Cavalier.”

Orden kändes främmande och underbara på tungan, en påtaglig symbol för hur dramatiskt hennes liv hade förändrats sedan Ben Crossley hade klivit in i det.

Dagens hetta höll äntligen på att släppa sitt grepp och ge vika för den mildare värmen från en tidig kväll när Kate och Ben gick mot hingsthagen med sitt höga stängsel. Kate kände sig märkligt lugn nu, timmar efter chocken från Bens avslöjanden. Den första förvirringen hade lagt sig till något tystare, en djup ström av tacksamhet och förundran som löpte under hennes praktiska yta. Hon sneglade på Ben bredvid sig, hans långa gestalt avslappnad när de gick på den välbekanta stigen, och förundrades över hur grundligt han hade vävt in sig i hennes liv.

”Vi släppte bara ut honom för första gången för ett par dagar sedan”, sa Kate och bröt den bekväma tystnaden mellan dem. ”Vanessa skulle aldrig tillåta det, hon insisterade på att han skulle hållas i stallet hela tiden, ifall han skulle skada sig.”

Ben nickade med händerna i fickorna. ”Verkar synd att hålla något så magnifikt inlåst.”

”Det är Vanessa i ett nötskal”, svarade Kate. ”Allt var för syns skull, inget för hästens välbefinnande.” Hon log stramt. ”Hon kommer aldrig att äga en häst igen. Det var ett villkor för att hon skulle få erkänna sig skyldig till anklagelserna om djurplågeri.”

De nådde hagen, dess stadiga stolpar och höga slanor designade specifikt för att säkert inhägna hingstar. Innanför betade Cavalier i bortre änden, hans fuxfärgade päls glänste som koppar i eftermiddagsljuset. Han lyfte på huvudet när de närmade sig, med öronen spetsade av intresse.

”Han ser annorlunda ut redan”, konstaterade Kate och lutade sig mot stängslet. ”Mer avslappnad.”

”Han vet”, sa Ben enkelt. ”Hästar vet alltid när saker har förändrats.”

Kate såg på när Cavalier bedömde dem på avstånd, hans näsborrar vidgades lätt när han kände deras doft på vinden. Efter ett ögonblicks övervägande började hingsten gå mot dem med avmätta steg, hans rörelser flytande och graciösa trots hans rejäla kroppsbyggnad.

”Hej, snygging”, ropade Kate mjukt, och hennes hjärta slog snabbare när han närmade sig.

Cavalier stannade flera meter från stängslet och studerade dem med intelligenta ögon. Kate hade hanterat honom otaliga gånger under lektioner med Vanessa, men det här var annorlunda. Det här var första gången hon såg honom som sin häst, en förlängning av hennes tävlingsdrömmar och Ridgewaters framtid.

Hon klättrade försiktigt upp på den nedersta slanan på stängslet och sträckte ut sin hand med handflatan uppåt. "Det är okej", mumlade hon. "Allt kommer att bli annorlunda nu."

Hingsten tog ett försiktigt steg framåt, sedan ett till, tills hans sammetslena mule kunde sträcka sig fram för att nosa på hennes fingrar. Kate förblev stilla och lät honom återbekanta sig med hennes doft. Efter en stunds inspektion steg Cavalier närmare och lät henne stryka sin hand längs hans glänsande hals.

"Så ja", viskade hon och kände de kraftfulla musklerna under sina fingrar. "Nu är du hemma."

Den enkla beröringen bar på en sådan betydelse att Kate kände en klump bildas i halsen. Det här var inte vilken häst som helst. Det här var en ny partner som skulle hjälpa till att bära hennes drömmar till de högsta tävlingsnivåerna, en hingst vars genetik kunde påverka Ridgewaters avelsprogram i generationer.

"Jag trodde aldrig att jag skulle ha två hästar på toppnivå", erkände hon med en röst mjuk av förundran medan hon fortsatte att klappa Cavaliers hals. "Jag har alltid fått nöja mig med en i taget."

Ben lutade sig mot stängslet bredvid henne. "Nu har du alternativ. Misty för de närmaste tävlingarna, och Cavalier att ta fram mer gradvis."

Kate nickade och förundrades fortfarande över de möjligheter som plötsligt öppnat sig för henne. "Misty är på sin topp nu, men han är fyra år yngre. När Misty pensioneras från tävlandet kommer han fortfarande att vara i sin bästa ålder. Och då kommer vi att ha unghästar efter honom som vi kan utbilda upp genom klasserna."

"Strategiskt tänkande", sa Ben med ett leende. "Det är min Kate."

Det vardagliga smeknamnet värmde henne. "Tack", sa hon och vände sig slutligen för att möta honom helt. "Inte bara för Cavalier, utan för att du tror på mig. På Ridgewaters framtid."

"*Vår* framtid", svarade Ben enkelt.

Cavalier knuffade försiktigt till Kates axel och vandrade sedan några steg bort för att inspektera en särskilt lockande grästuva. Kate såg på honom, slagen av den plötsliga insikten om hur mycket hennes perspektiv hade förändrats under de senaste månaderna. Före Ben hade hennes värld definierats av ett enda fokus; hennes ridning, hennes hästar, hennes mål. Partnerskap hade varit något hon bara förstod i tävlingssammanhang, den känsliga balansen mellan häst och ryttare.

Nu lärde hon sig en annan typ av partnerskap, ett som förstärkte snarare än drog ner hennes ambitioner. Ben bad henne inte att vara mindre fokuserad eller mindre beslutsam. Han erbjöd stöd som förstärkte det hon kunde uppnå.

"Duchess kommer att bli brunstig igen snart", sa hon, och hennes tankar vände sig naturligt till praktiska överväganden. "Hon och Cavalier skulle vara en perfekt matchning."

Ben lyssnade med genuint intresse, efter att ha absorberat tillräckligt med hästkunskap under sin tid på Ridgewater för att följa hennes tankegång. "Skulle du betäcka Misty också?"

Kate skakade på huvudet. "Inte medan hon tävlar. Men vi skulle kunna göra ICSI – det är när de tar ett ägg och befruktar det i ett labb, och sedan implanterar det i ett surrogatsto. På så sätt skulle Misty kunna fortsätta sin tävlingskarriär medan vi fortfarande får föl från henne."

”Surrogatston”, upprepade Ben och lagrade uppenbarligen informationen för framtida referens. ”Som en hästversion av IVF?”

”Exakt”, bekräftade Kate. ”Dyrbart, men värt det för ett sto av Mistys kvalitet, och vi har ju en oändlig tillgång på surrogatston med Emmas avdankade fullblod. Vi skulle till och med kunna frysa embryon för framtida bruk. Kanske vi borde göra ICSI med Duchess också, faktiskt, då begränsar vi henne inte till max ett föl per år ...” Hon tystnade, plötsligt medveten om hur långt fram hon planerade. ”Förlåt, jag rycks med.”

”Be inte om ursäkt”, sa Ben och sträckte sig efter hennes hand. ”Jag älskar att se dig planera. Det är en av de saker jag beundrar mest hos dig, sättet du kan se fem steg framåt.”

”Jag har inte alltid varit sån”, erkände Kate. ”Men med dig kommer jag på mig själv med att tänka på nästa år, fem år från nu, och längre fram.”

”Det är jag glad för”, sa Ben mjukt. ”För jag tänker på samma sätt.”

De stod i samförstånd och tystnad och såg på när Cavalier utforskade sin nya hage. Hingsten verkade bli mer bekväm för varje minut som gick, hans rörelser blev mer avslappnade. Plötsligt sjönk han ner på knä, rullade sedan över på sidan i det tjocka gräset och njöt av den enkla glädje som hade förnekats honom så länge.

Kate skrattade åt synen av den dyra tävlingshästen som betedde sig som en vanlig haghäst. ”Titta på det där. Han gör sig redan hemmastadd.”

”Smart häst”, kommenterade Ben och lade en arm om hennes midja.

Medan solen gick ner över Ridgewater lutade sig Kate in i Bens famn och kände en tillfredsställelse som sträckte sig bortom dagens extraordinära händelser. Villan, hästen, lastbilen; de var betydelsefulla gester, absolut. Men den sanna gåvan stod bredvid henne, den här mannen som förstod hennes ambitioner och stöttade dem utan tvekan.

Som såg Ridgewater inte bara som en plats han bodde på, utan som ett hem han hjälpte till att bygga.

Cavalier reste sig, skakade sig kraftigt och travade sedan några ystra steg innan han återgick till att beta. I det tilltagande skymningsljuset var hans kontur ett löfte om möjligheter som ännu inte hade utvecklats, precis som förhållandet som hade förvandlat Kates liv när hon minst anade det.

"Ska vi gå tillbaka?" frågade Ben mjukt. "Det blir mörkt snart."

Kate nickade och tog en sista titt på sin nya häst. "Ja", höll hon med. "Låt oss gå hem."

Ordet kändes annorlunda nu, rikare på något sätt. Hemma var inte bara Ridgewater längre. Hemma var var som helst där hon och Ben byggde sin framtid tillsammans.

Kapitel arton

 ett datum i tävlingskalendern och pennan svävade över riksmästerskapen i början av april. Sex månader att förbereda sig. Sex månader för att få Misty i toppform och utveckla ett ordentligt tävlingspartnerskap med Cavalier. Sex månader för att återuppbygga sitt rykte. Tanken fick det som vanligt att vrida sig av oro i magen på henne, men hon sköt den åt sidan. Fokusera på träningsschemat, inte på viskningarna som kanske skulle följa henne in på arenan.

Köket i The Shack fylldes av morgonsol som värmde det slitna träbordet där tävlingsdatum och träningsscheman låg utspridda framför henne som en taktisk karta. Kate hade som alltid gått upp i gryningen, arbetat med Misty och Cavalier och satt nu och planerade sin comeback. Det kändes bra att planera igen, att se framåt istället för att ständigt försvara det förflutna.

"Kaffe", meddelade Ben och ställde en ångande mugg bredvid hennes armbåge. Hans hår var fortfarande fuktigt från duschen och hans välbekanta doft av tvål och kaffe omslöt henne som en skön filt.

"Tack", mumlade hon och såg upp med ett leende. "Jag funderar på att satsa på riksmästerskapen i april nästa år med Misty. Det är tävlingar varannan eller var tredje vecka fram till dess."

Ben lutade sig över hennes axel och tittade på hennes papper. "Rimligt tillvägagångssätt. Och Cavalier då?"

"Längre tidsplan", sa Kate. "Han behöver minst tre månaders ordentlig omskolning innan jag ens skulle överväga att ta med honom på en tävling. Vanessa skapade så många luckor i hans utbildning. Det är som ett hus med en vacker fasad men en skakig grund. Han var väldigt innesluten, och nu när han äntligen börjar komma ut ur sitt skal är han lite rädd för allting. Jag måste bygga upp hans självförtroende och kommer definitivt att börja med mindre tävlingar."

"Tur att du vet precis vad han behöver", sa Ben, och det tysta självförtroendet i hans röst värmde henne mer än kaffet. Han klämde henne mjukt på axeln innan han slog sig ner i stolen mittemot henne med sin egen mugg i sina stora händer.

Kates telefon plingade till av ett inkommande meddelande, följt av ett till, och ett till. Den stadiga strömmen av notiser hade börjat kvällen innan, efter att förbundet hade utfärdat sitt officiella uttalande som rentvådde hennes namn, pekade ut Vanessa som sabotör och stängde av Vanessa från allt tävlande på livstid. Hon tog upp mobilen försiktigt, fortfarande halvt förväntansfull att varje meddelande skulle innehålla anklagelser eller tvivel.

Det första var från en tävlingskollega som hon känt i flera år: *"Så glad att ha dig tillbaka på arenan. Det var inte detsamma utan dig."*

Nästa kom från hennes sadelutprovare: *"Hörde precis nyheten! När kan jag komma och kolla Cavaliers passform? Slår vad om att den där vackra killen behöver en ordentlig utrustning nu när han har en ordentlig ryttare."*

Kate skrollade igenom meddelandena medan en komplicerad blandning av tacksamhet och kvardröjande smärta rördes upp inom henne. Var hade allt detta stöd funnits när hon först blev anklagad? Hur många av dessa människor hade tyst distanserat sig, och tittat på från sidlinjen medan hennes rykte smulades sönder?

"Fler lyckönskningar?" frågade Ben och iakttog hennes ansikte noggrant.

"Ja", svarade Kate och la ner telefonen. "Alla har plötsligt kommit ihåg att de är på min sida."

Bens min förblev neutral, men hans ögon fylldes av förståelse. "Människor är komplicerade. De följer strömmen tills de inser att strömmen hade fel, och då skyndar de sig att ändra kurs."

"Jag vet", suckade Kate. "Och jag borde vara tacksam. Det är bara det att..."

"Det är bara det att det hade varit trevligt att få en del av det här stödet när du faktiskt behövde det", avslutade Ben meningen åt henne. "Du måste inte låtsas som att det inte svider."

Kates telefon vibrerade igen, denna gång med en e-postnotis. Hon klickade upp den och ögonbrynen höjdes när hon läste. "Vitality Plus vill förnya vår sponsring. Fullt sponsorpaket, inklusive tävlingsutrustning, tillskott och dubbelt så högt gage för framträdanden som de erbjöd tidigare."

"Dubbelt?" Ben ställde ner sin mugg med en mjuk duns. "Det var en rejäl ursäkt."

”Det är inte ens en ursäkt”, sa Kate och skummade resten av mejlet. ”De har formulerat det som om vårt partnerskap bara var 'pausat' medan utredningen pågick. Som om de inte helt släppte mig i samma ögonblick som anklagelserna dök upp.”

Ett snett leende ryckte i Bens mungipa. ”Företagsminnet är bekvämt selektivt.”

Kate skulle precis svara när ljudet av däck på grus nådde dem genom det öppna fönstret. En bil närmade sig och körde långsamt uppför den långa uppfarten mot The Shack. Hon kände hur axlarna spändes, en rest från veckorna då hon fasat för oväntade besökare med kameror och närgångna frågor.

”Det måste vara journalisten”, sa Ben, reste sig och kikade ut genom fönstret. ”Svart sedan, en person.”

Kate tog ett djupt andetag och strök tillbaka sin hästsvans i en reflexmässig gest. ”Jag vet fortfarande inte om det här är en bra idé. Tänk om han vränger allt jag säger?”

Ben gick över till hennes sida av bordet och la handen på hennes axel. ”Danny Wareham är inte sådan. Jake går i god för honom, och det gör Pip också, vilket säger en hel del med tanke på att hon nästan slog ner honom när de först träffades.”

”Sant”, medgav Kate, och ett motvilligt leende ryckte i hennes läppar. ”Pips krav på journalister är ännu lägre än mina.”

”Förresten”, tillade Ben med mjukare röst, ”vi gör det här tillsammans. Jag kommer att vara precis bredvid dig.”

Kate la sin hand över hans och hämtade styrka ur den enkla kontakten. ”Tillsammans, då.”

De klev ut på The Shacks veranda när bilen stannade. Dörren öppnades och en man steg ut som inte alls såg ut som den rovdjurslika skvallerjournalisten Kate halvt hade förväntat sig. Danny Wareham var lite över medellängd med en atletisk kroppsbyggnad, kortklippt brunt hår och ett ansikte som såg mer vant ut vid eftertänksam koncentration än sensationalistisk glädje. Han bar en enkel skjorta och jeans, hade en professionell kamera hängande från axeln och ett anteckningsblock i läder under armen.

"Kate McKenzie?" ropade han och närmade sig med ett varmt leende och en utsträckt hand. "Danny Wareham. Tack för att ni ställer upp på den här intervjun."

Kate tog hans hand och noterade det fasta men inte överdrivna handslaget. "Mr Wareham."

"Danny, är du snäll", insisterade han och vände sig till Ben. "Och du måste vara Ben Crossley. Trevligt att träffas. Jag har läst alla dina böcker. Karaktärsutvecklingen i *Red Dirt Radicals* var särskilt fängslande."

Bens ögonbryn höjdes en aning när de skakade hand. "Har du faktiskt läst dem?"

"En yrkesskada", svarade Danny med ett självironiskt leende. "Journalister som inte läser romaner missar halva den mänskliga erfarenheten. Och dina intriger är genuint beroendeframkallande."

Trots sin kvardröjande försiktighet fann Kate att hon reviderade sin mentala bild av mannen. Han verkade genuint professionell, utan den aggressiva energi hon hade kommit att förknippa med media.

"Ska vi sitta?" föreslog Ben och gestikulerade mot de bekväma stolarna på verandan. "Kate har förberett några anteckningar om händelseförloppet, om det hjälper."

"Det skulle vara utmärkt", sa Danny och ställde sin väska bredvid en stol. "Jag vill vara absolut säker på händelseordningen. Mitt mål är noggrannhet, inte sensation."

Kate utbytte en blick med Ben när de satte sig. Hans lilla nickning förmedlade tyst försäkran, och Kate kände sin spänning lätta en aning. Kanske skulle någon den här gången äntligen berätta hennes historia så som den faktiskt hade hänt.

Danny la fram sitt anteckningsblock, placerade sin inspelningsapparat på det lilla bordet mellan dem och såg upp med klara ögon som verkade innehålla genuint intresse snarare än hungrig nyfikenhet. "Får jag spela in vårt samtal?" frågade han med fingret svävande över apparaten. "Jag föredrar det framför att anteckna; det gör att jag kan vara mer närvarande och garanterar att jag citerar er korrekt."

"Det går bra", svarade Kate, förvånad över omtanken.

Ben satt så nära att hans knä ibland snuddade vid hennes, en subtil påminnelse om hans närvaro. Han hade vinklat sin stol lite mot henne, vilket skapade en enad front som Kate fann betryggande utan att det var uppenbart.

"Låt oss börja med tidslinjen", föreslog Danny. "Tävlingen där Misty testade positivt var delstatsmästerskapen i ridsport, korrekt?"

Kate nickade och gled in i den sakliga redogörelse hon hade övat på. "Ja, Misty och jag tävlade i Grand Prix Special. Vi presterade under vår vanliga standard eftersom hon verkade slö och trött, vilket jag nu förstår berodde på fenylbutazonet i hennes system. Efter vår ritt valde funktionärerna ut henne för ett slumpmässigt drogtest, vilket är ett standardförfarande jag är ganska van vid. Tre dagar senare fick jag besked om det positiva resultatet."

"Och din första reaktion?" frågade Danny och iakttog hennes ansikte.

Kates fingrar knöts omärkligt i hennes knä. "Misstro. Fullständig misstro. Jag har byggt hela min karriär på ren tävlan. Tanken på att Misty hade en förbjuden substans i sitt system var... obegriplig."

"Ändå agerade förbundet snabbt och stängde av dig", noterade Danny och sneglade på sina anteckningar.

"Standardprotokoll", erkände Kate med stadig röst trots den ihågkomna smärtan. "När en häst testar positivt blir ryttaren preliminärt avstängd i väntan på utredning. Det som inte var standard var det omedelbara antagandet om skuld i folkdomstolen."

Bens hand lade sig lätt på hennes underarm, en kort beröring av solidaritet. Kate hämtade styrka från kontakten och fortsatte med mer känsla än hon hade planerat. "Sponsorer försvann över en natt. Tävlingskollegor jag känt i flera år hade plötsligt ingen tid att prata med mig. Telefonsamtalen, mejlen, folk som krävde förklaringar eller helt enkelt talade om för mig hur besvikna de var. Det var..." Hon tystnade och letade efter orden.

"Isolerande", fyllde Ben i tyst.

"Ja", höll Kate med och mötte hans blick en kort stund. "Isolerande."

Dannys blick flyttade sig mellan dem, observerande men inte påträngande. "När började du misstänka sabotage snarare än kontaminering eller en olyckshändelse?"

"Nästan omedelbart", svarade Kate. "Jag kan mina rutiner. Vi är noggranna med foder, tillskott och medicinering. Men att bevisa det var en helt annan sak, och jag hade verkligen ingen misstanke om vem som kunde ha gjort det. Utan bevis var det bara mitt ord mot testresultaten."

"Och sedan upptäckte Ben videon", påminde Danny.

Kates uttryck mjuknade något. "Ja. Ben hade filmat bakgrundsmaterial för sin nya bokserie, där han planerar att utforska brott relaterade till ridsport på hög nivå." Hon tystnade och tittade på Ben i plötslig panik. "Vänta. Får jag säga det?"

Ben flinade. "Beskedet om förlagsavtalet för serien kommer att stå i *Publisher's Weekly* nästa måndag, så om inte Danny planerar att förekomma dem?" Han såg frågande på journalisten.

"Frestande, men jag lovar att jag inte ska det", sa Danny med ett skratt. "Min redaktör siktar på det här som ett reportage i magasinet på söndag nästa vecka, så du är säker.”

”Puh.” Kate la en hand på bröstet. ”Hur som helst”, återupptog hon, ”Bens video fångade av en ren slump hur Vanessa Hughes gick in i Mistys box med bute-paket.”

”Att jag filmade var ingen slump”, förtydligade Ben. ”Men det var absolut ingen avsiktlig dokumentation av ett brott. Vi tittade inte ens igenom materialet förrän flera veckor senare.”

Danny vände sig mot Ben. ”Vad var din reaktion när du insåg vad du hade fångat?”

”Äcklad”, svarade Ben omedelbart. ”Fysiskt illamående. Att tänka på att jag hade haft bevisen hela tiden, medan Kate led sig igenom den där mardrömmen...” Han skakade på huvudet, minnet var tydligt fortfarande smärtsamt.

Kate sträckte sig efter hans hand i en instinktiv gest. ”Vi hittade det när vi behövde hitta det.”

Danny noterade interaktionen med ett eftertänksamt uttryck. ”Låt oss prata om Vanessa Hughes. Hon var din elev, korrekt? Vad tror du motiverade hennes handlingar?”

Kate suckade och övervägde sina ord noggrant. ”Vanessa kommer från enorma privilegier. Hela hennes liv har pengar löst hennes problem. Men i dressyr finns det inga genvägar till framgång. Man kan köpa den dyraste hästen i världen, men om man inte lägger ner arbetet kommer man inte att lyckas. Jag tror att hon kände sig kränkt över att Cavalier, trots sin stamtavla och prislapp, inte gav henne de resultat hon ville ha, medan Misty, en egen uppfödning, vann på Grand Prix-nivå för mig.”

”Hon kunde inte acceptera att talang och hårt arbete trumfade ekonomiska fördelar”, sammanfattade Danny och gjorde en kort anteckning.

”Exakt”, nickade Kate. ”Även om ironin är att med ordentligt engagemang hade hon och Cavalier kunnat bli extraordinära. Han är en enastående häst.”

”Som du nu äger”, observerade Danny.

Kate log svagt. "Ja. Ännu en oväntad vändning i den här historien."

Danny lutade sig fram något och hans uttryck mjuknade. "Det här kanske är en mer personlig fråga, men jag tror att den är relevant för hela historien. Hur klarade ni två", han gestikulerade mellan Kate och Ben, "den här krisen tillsammans? Av vad jag förstår var ert förhållande relativt nytt när den här skandalen bröt ut."

Kate sneglade på Ben, och en ordlös kommunikation passerade mellan dem. Hur skulle man förklara vad de hade varit för varandra under de där mörka veckorna? Sättet han hade stått vid hennes sida när andra gick sin väg, hans orubbliga tro på hennes oskuld, det utrymme han hade skapat för hennes ilska och sorg utan att försöka laga eller förminska det.

"Ben var min fasta punkt", sa hon enkelt. "När allt annat i mitt liv blev osäkert, förblev han stadig."

"Kate mötte denna mardröm med anmärkningsvärt mod", tillade Ben, hans djupa röst varm av beundran. "De flesta skulle ha brutit samman under den sortens press och offentliga granskning. Det gjorde hon aldrig."

"Jag var nära", rättade Kate honom mjukt. "Det fanns stunder..."

"Men det gjorde du inte", insisterade Ben. "Det är poängen. Du fortsatte, fortsatte kämpa, för du visste med absolut säkerhet att du var oskyldig."

Danny iakttog deras utbyte med genuint intresse. "Det låter som att ni balanserade varandra. Ben som gav det känslomässiga stödet medan Kate behöll fokus på att rentvå sitt namn."

"Det var ganska insiktsfullt", erkände Ben och såg förvånad och något imponerad ut.

Kate studerade Danny med nya ögon, noterade intelligensen bakom hans frågor, frånvaron av den rovdjurslika glimt hon hade kommit att förvänta sig av journalister. Han verkade genuint intresserad av att förstå den mänskliga aspekten av historien, inte bara skandalen.

"Om jag får", fortsatte Danny, "vilken inverkan har denna erfarenhet haft på hur du ser på din karriär framöver? Har den förändrat ditt perspektiv?"

Kate övervägde frågan och uppskattade dess djup. "Den har gjort mig mer försiktig, helt klart. Vi har infört ytterligare säkerhetsåtgärder här och mina hästar kommer aldrig mer att lämnas utan uppsikt när vi inte är på gården." Hon tystnade och tänkte efter. "Men det har också klargjort vad som verkligen betyder något. Innan det här hände var mitt fokus nästan uteslutande på tävlingsresultat, rankningar, kvalpoäng. Nu bryr jag mig fortfarande om de sakerna, men jag förstår också deras bräcklighet. Rykte, relationer, den enkla glädjen i att arbeta med hästarna; de har blivit mer värdefulla."

Danny nickade och gjorde en kort anteckning. "Det är ett kraftigt perspektivskifte." Han bläddrade fram till en ny sida i sitt anteckningsblock och hans röstläge förändrades. "Det har pratats mycket om Ridgewaters framtid, inte bara efter skandalen utan även med förslaget om förbifarten. Hur påverkar det er alla?"

Kates käke spändes. "Den finns alltid där, som en skugga över allt vi gör. Om kommunen godkänner den östra sträckningen står vi inför en tvångsinlösen av hela egendomen. Vi skulle bli tvungna att börja om någon annanstans, på något sätt."

"Det handlar inte bara om marken heller", tillade Ben. "Det skulle splittra hela bygden. Det finns gårdar som har funnits här i generationer. Miljöpåverkan skulle bli enorm."

Danny klottrade ner en anteckning och rynkade pannan. "Har Trafikverket lyssnat på era synpunkter?"

Kate skakade på huvudet. "Vi har deltagit i varje möte, lämnat in skrivelser, startat namninsamlingar. Ingen verkar vilja prata om varför den östra sträckningen drivs igenom så hårt, när det finns alternativ. Ibland känns det som om beslutet redan var fattat innan vi ens fick en chans att yttra oss."

Danny såg fundersam ut. "Det låter som något värt att gräva i."

Kate log lite snett. "Lycka till. Om du får reda på vem det är som egentligen drar i trådarna, säg till oss."

Allt eftersom intervjun fortskred märkte Kate att hon gradvis slappnade av, och hennes svar blev mindre bevakade. Danny ställde eftertänksamma följdfrågor, och hänvisade ibland till sina anteckningar men höll för det mesta ögonkontakt, engagerad i ett genuint samtal snarare än ett utfrågande förhör.

"Jag uppskattar din uppriktighet", sa han slutligen och kontrollerade sin inspelningsapparat. "Det här kommer att bli en mycket mer nyanserad artikel än de sensationslystna alster som har dominerat bevakningen hittills."

"Tack för att du tog dig tid att höra hela historien", svarade Kate, förvånad över att hon menade det.

Danny log, stängde av inspelningen och stoppade undan apparaten. "Faktiskt, om det går bra, har jag en mer personlig fråga, inofficiellt." Hans uttryck blev mer trevande. "Min dotter, Lucy, har tjatat om att få ta ridlektioner. Hon är åtta år, helt hästtokig och läser varje ponnybok hon kan få tag på. Jag har tittat på alternativ i området sedan vi flyttade hit, och, tja ...", han tvekade. "Skulle Ridgewater kunna ta emot en fullständig nybörjare? Jag vet att ni fokuserar på träning på hög nivå."

Frågan överraskade Kate, denna plötsliga övergång till att se Danny som en pappa snarare än en journalist. "Vi erbjuder lektioner för barn", bekräftade hon. "Min svägerska Pip tränar och säljer ponnyer och driver vårt program för yngre ryttare. Hon är exceptionellt duktig med nybörjare."

Dannys ansikte lyste upp. "Det är underbara nyheter. Lucy kommer att bli överlycklig."

"Skulle du vilja se anläggningen?" erbjöd Kate. "Jag skulle kunna visa dig runt, ge dig en bättre uppfattning om vad vi erbjuder."

"Det skulle jag uppskatta", sa Danny med genuin entusiasm i rösten. "Om du har tid."

Kate utbytte en blick med Ben, som nickade uppmuntrande. "Självklart", sa hon och reste sig från stolen. "Vi kan gå runt egendomen, så får du en ordentlig känsla för Ridgewater."

När de gjorde sig redo att lämna verandan kände Kate en subtil förändring i sin uppfattning av journalisten. Danny Wareham var inte bara en skribent på jakt efter en story. Han var en pappa som månade om sin dotters lycka, en yrkesman som var stolt över sin noggrannhet, en person med fler dimensioner än bara sitt yrke. Ungefär som hon själv, faktiskt. Insikten lättade på något i bröstet som hade varit spänt ända sedan skandalen briserade, en påminnelse om att alla inte såg henne genom anklagelsernas och fördömelsens snäva lins.

Solen värmde Kates axlar när de gick längs grusvägen som ledde från The Shack mot de huvudsakliga träningsområdena. Ridgewater bredde ut sig framför dem, ett välbekant landskap som blev nytt genom Dannys nyfikna blick. Hon kom på sig själv med att peka ut detaljer som hon normalt tog för givna: den noggranna dräneringsdesignen på ridbanorna, den subtilt formade sluttningen på marken som ledde bort vatten från stallarna under Queenslands våldsamma sommarstormar. Det var konstigt att se sitt hem genom en utomståendes ögon, men inte obehagligt.

"Mina föräldrar designade och byggde allt det här", förklarade hon och svepte med handen över egendomens layout.

"Det är imponerande", anmärkte Danny och stannade för att fotografera rundpaddocken där Emma longerade en ung fux. "Hur många hästar har ni vanligtvis i träning?"

"Det varierar", svarade Kate. "Just nu har vi totalt ungefär sextio hästar på gården, men några är unghästar som ännu inte är gamla nog att ridas, eller avelsston med föl. Några tillhör inte oss, de är uppstallade här antingen med helinackordering – vilket betyder att vi sköter om dem – eller delinackordering, vilket betyder att deras ägare kommer hit dagligen för att fodra och rida dem. Cavalier var för övrigt helinackorderad här."

Efter veckor av att ha försvarat sig mot anklagelser och misstankar fanns det något uppfriskande okomplicerat i att helt enkelt dela med sig av den värld hon älskade. Om Dannys artikel kunde förmedla ens en bråkdel av Ridgewaters verklighet, skulle den vara ärligare än något som publicerats om henne på månader.

De passerade spolspiltorna där Sarah höll på att spola av en lerig åring, och Kate vinkade till sin syster. "Fölningssäsongen är nästan över", förklarade hon för Danny när de kom fram till staketet till hagen där de unga fölen gick ute med sina mammor. "Det är ett sto kvar som ska föla, någon gång de närmaste dagarna."

"Ni föder upp och tränar?" frågade Danny och tog några foton av ett sprallig föl efter att ha frågat Kate om lov.

"Det är en central del av vår filosofi", sköt Ben in. "Ridgewater handlar om hela hästcykeln: avel, uppfödning, träning, tävling. Familjen McKenzie tror på att utveckla hästar från födseln, inte bara köpa färdiga atleter."

Kate sneglade på honom, glatt överraskad av hans sätt att formulera McKenzie-filosofin. Ibland förstod Ben kärnan i Ridgewater tydligare än de som hade vuxit upp där.

"Det är ett längre åtagande än de flesta är villiga att göra", konstaterade Danny. "Hur ser er dagliga rutin ut?"

Kate beskrev rytmen i Ridgewaters dagar, med gryningens träningspass på sommaren innan hettan slog till, den noggranna schemaläggningen av varje hästs arbete, kvällskontrollerna och fodringsrutinerna. Danny lyssnade uppmärksamt och fotograferade då och då något som fångade hans blick: den prydliga raden av träns som hängde i sadelkammaren, Emma som sadlade Phoenix inför ett hopp-pass, Pip som ryktade en raggig shetlandsponny som kikade upp på dem genom en tjock pannlugg.

"Allt handlar om konsekvens", förklarade Kate när de närmade sig det stora stallet. "Hästar mår bra av rutiner och tydliga förväntningar. Ungefär som bra journalistik, kan jag tänka mig, där struktur och standarder skapar ett ramverk för excellens."

Danny log åt jämförelsen. "Mer likt än du kanske tror. Fast mina intervjuobjekt kräver sällan lika mycket mockning."

Kate fann sig själv besvara hans leende, och hennes tidigare vaksamhet fortsatte att avta. "Vårt tillvägagångssätt skiljer sig ganska mycket från Vanessas", sa hon och tog tillfället i akt att ta upp kontrasten direkt. "Hon trodde på genvägar: den dyraste utrustningen, de finaste blodslinjerna, men minimalt med faktiska timmar i sadeln. När resultaten inte kom direkt letade hon efter någon att skylla på."

"Medan er familj tror på den långsamma, korrekta utvecklingen av både häst och ryttare", sammanfattade Danny.

"Exakt", nickade Kate. "Det finns inga genvägar till korrekt horsemanship. Det är därför dopningsanklagelsen var så ...", hon tvekade och letade efter rätt ord.

"Antitetisk mot allt ni står för", fyllde Ben i.

"Ja", instämde Kate mjukt. "Den attackerade själva hjärtat i vår filosofi."

När de närmade sig hingststallet nåddes de av en mjuk, mumlande röst, orden otydliga men tonen lugnande, nästan hypnotisk. Kate stannade till och kände igen klangen i Zoes arbetsröst.

"Det låter som att Zoe är med en av hästarna", sa hon, och nyfikenheten drog henne mot den innersta boxen.

De närmade sig tyst för att inte störa vad som än pågick. Synen som mötte dem när de kom fram till Cavaliers box fick Kate att stanna tvärt.

Zoe stod bredvid fuxhingsten, hennes händer rörde sig i långsamma, medvetna cirklar över hans nacke och ner längs halsen. Cavalier, som normalt var alert och så ofta spänd, stod med sänkt huvud, underläppen darrade lätt, ögonlocken hängde i ett uttryck av total avslappning. Medan de tittade på släppte han ut en djup suck som verkade komma från själva kärnan av hans väsen, och hela hans kropp mjuknade synbart.

Danny stannade bredvid Kate, kameran halvvägs mot ögat, frusen i ett ögonblick av respektfull vördnad. "Vad gör hon?" viskade han med knappt hörbar röst.

"Det där är Zoe", förklarade Ben mjukt. "Hon är kroppsterapeut, använder en metod som är hälften vetenskap, hälften magi, beroende på vem du frågar."

"Masterson Method", tillade Kate och höll rösten låg för att inte störa sessionen. "Den arbetar med hästens nervsystem för att släppa på djupa spänningar. Vanessa tillät honom aldrig att få det här; han var en så spänd häst när hon ägde honom. Titta på honom nu."

De tittade tyst på medan Zoe fortsatte sitt arbete, hennes händer fann subtila spänningspunkter i hingstens nacke och käke. Cavaliers gensvar var djupt, hans muskler slappnade av synbart, andningen blev djupare, hela hans uppträdande förvandlades från enbart lugnt till djupt, fundamentalt avslappnat.

Danny höjde kameran med frågande ögon, och Kate nickade sitt tillstånd. Han tog flera försiktiga bilder, slutaren var viskande tyst.

Zoe tittade upp vid ljudet och lade märke till dem för första gången. Hennes uttryck skiftade från djup koncentration till mild irritation över avbrottet. "Förväntade mig ingen publik", sa hon raskt, hennes brittiska accent mer uttalad än vanligt. "Är nästan klar här."

"Ledsen att vi stör", sa Danny och sänkte kameran. "Jag har aldrig sett något liknande förut. Det är anmärkningsvärt."

Zoes ögonbryn höjdes lätt åt det uppriktiga intresset i hans röst. "De flesta märker inte det subtila arbetet", sa hon, och hennes ton mjuknade en aning. "De vill ha dramatiska stretchningar och uppenbara manipulationer. Det här handlar om att skapa en konversation med hästens nervsystem, inte tvinga fram förändring."

"Hästen talar om för dig var spänningen sitter?" frågade Danny, med ett genuint nyfiket uttryck.

"Exakt", nickade Zoe, och verkade förvånad och något nöjd över hans förståelse. "Jag lyssnar bara med händerna. Hans kropp sköter avslappningen själv när han känner sig tillräckligt trygg."

"Vanessa trodde på att kontrollera hästar snarare än att kommunicera med dem", förklarade Kate och såg hur hingstens ögon blinkade långsamt av välbehag. "Resultaten talar för sig själva. Han ser ut som en helt annan häst."

"Som natt och dag", instämde Ben. "Han var ett nervknippe varje gång Vanessa kom nära honom, med högt huvud, stela muskler och ögonvitor som syntes vid minsta provokation."

"Stackars kille har burit på år av ackumulerad spänning", sa Zoe och strök med en mild hand längs Cavaliers nu avslappnade hals. "Både fysisk och emotionell. Hästar håller allt inom sig i kroppen, precis som människor. Men de är ärligare med att släppa det när de får chansen."

Danny gjorde en anteckning och frågade sedan: "Skulle du kunna förklara lite mer om hur den här tekniken fungerar? Jag tycker det är fascinerande."

Zoe tvekade, och bedömde uppenbarligen om journalistens intresse var äkta eller bara spelat. Vad hon än såg i hans uttryck måste ha övertygat henne, för hon nickade och fortsatte: "Det bygger på insikten att man inte kan tvinga fram avslappning. Hästens nervsystem måste känna sig tillräckligt tryggt för att släppa spänningsmönster som ofta har blivit vanemässiga skyddsreaktioner."

Medan Zoe förklarade grunderna i sin metod, observerade Kate den gradvisa förändringen i kroppsterapeutens uppträdande. Hennes inledande korthuggenhet gav vika för en livlig entusiasm när Danny ställde eftertänksamma frågor om specifika tekniker och reaktioner. Det var samma mönster som Kate hade upplevt under deras intervju; Dannys genuina nyfikenhet lockade fram ett mer öppet, engagerat svar än hon hade förväntat sig att ge.

"De flesta tror att arbete med hästar handlar om dominans", avslutade Zoe och gav Cavalier en sista mild klapp. "Det handlar egentligen om partnerskap, om att skapa tillräckligt med trygghet och tillit så att hästen kan uttrycka sin sanna natur snarare än sina försvarsmönster. Vanessa förstod aldrig det."

"Inte heller de flesta av journalisterna som bevakade Kates fall", tillade Ben spetsigt.

Danny nickade eftertänksamt. "Parallellen undgår mig inte", sa han och sneglade på Kate. "Falska anklagelser skapar samma typ av spänning och försvarsposition hos människor som dålig hantering skapar hos hästar."

"Precis", instämde Kate, överraskad och rörd av insikten. "Och återhämtningen kräver samma sorts tålmodiga återuppbyggnad av tillit."

Cavalier valde det ögonblicket att skaka sig kraftigt, som om han fysiskt kastade av sig de sista resterna av sitt tidigare liv. Gesten var så perfekt tajmad att de alla skrattade.

"Tack", sa Danny när de förberedde sig för att fortsätta sin rundtur. "Allihop. Jag kom hit i hopp om att få en korrekt redogörelse för vad som hände, men jag åker härifrån med en mycket djupare förståelse för varför det var så viktigt; inte bara den falska anklagelsen, utan de grundläggande värderingarna den utmanade. Och jag tror att min dotter kommer att fullkomligt älska att ta lektioner här. Det här är den typ av horsemanship jag vill att hon ska lära sig."

"Ta med henne hit när som helst", erbjöd Kate, överraskad över hur genuint hon menade det. "Pip är briljant med nybörjare. Och du sa att hon är åtta? Samma ålder som min systerdotter Jemima. Jemima visar henne gärna runt."

"Och jag ska ställa några frågor om vad som pågår med besluten om förbifarten." Danny knackade sig på sidan av näsan. "Jag har källor överallt. Jag meddelar er om jag hör något."

När de vinkade av Danny några minuter senare, lät Kate sig själv andas ut en försiktigt hoppfull suck av lättnad.

"Det där gick bättre än förväntat", mumlade Ben, och hans hand snuddade vid hennes.

"Mycket bättre", instämde Kate och lät sina fingrar flätas samman med hans. "Jag tror att han faktiskt kan komma att berätta den sanna historien."

"Och om han gör det", tillade Ben med ett mjukt leende, "är det ytterligare en del av din värld som är återställd."

Kate klämde hans hand försiktigt och kände en tyst visshet lägga sig till ro i bröstet. Vad Danny än skrev, vad hästvärlden än viskade, så visste hon vem hon var och vad hon stod för. Och med Ben vid sin sida, Cavalier i sitt träningsprogram och Misty redo att återvända till tävlingsbanan, sträckte sig framtiden ut framför henne med mycket mer löfte än hon hade vågat hoppas på bara några veckor tidigare.

Kapitel nitton

SOLUPPGÅNGEN VAR AV DEN sorten som utlovade en tryckande hetta framåt förmiddagen. Men just nu var världen bara blek dimma, doften av jakaranda och Mistys tickande hovslag när hon cirklade på sanden i ridhuset med Kate lätt och balanserad på ryggen. Solljuset föll i strimmor genom plåttaket och dammkorn virvlade i gyllene pelare. En skata drillade från den översta ribban. I andra änden av dressyrbanan stod Ben med ena armbågen lutad mot staketet och den andra handen knuten runt en bucklig emaljmugg, ur vilken ånga steg när han med jämna mellanrum tog en klunk och kisade mot ljuset.

De hade hittat en rytm. Kate gillade att börja dagen med ett träningspass, ibland till och med före frukost. Ben, som inte var någon naturlig morgonmänniska, släpade sig tappert ut i t-shirt och träningsbyxor och lyckades ibland matcha hennes gryningsintensitet med rätt kombination av kaffe, rostat bröd och milda gliringar. Rutinen passade dem.

Hon bad Misty om en skänkelvikning åt vänster, sedan en galoppfattning på kortsidan, och kände efter den där avslöjande stelheten som ibland dröjde sig kvar från gamla smällar. Inget idag. Stoet sköt på framåt, nöjd med sitt arbete, hennes svävande steg avundades av varje domare och de flesta av deras rivaler. De avslutade med en låg och rund trav, sedan lång tygel och en klapp. Kate sneglade mot staketet, såg Bens sneda leende och besvarade det med ett kort, okonstlat leende.

”Är det möjligt”, ropade Ben, ”att du har konstruerat något slags genetiskt missfoster? Jag är övertygad om att hon är en korsning med en svävare.”

”Svävare blir inte skrämda av skator”, svarade Kate och gled ur sadeln med den effektivitet som kommer av lång vana. Misty lät öronen bli slokande och nosade på Bens mugg för att titta närmare. Han lät henne få en sniff av kaffet.

”Tyvärr, lilla gumman”, sa han till hästen, ”koffein hämmar växten.”

”Om det ändå fungerade på människor”, sa Kate, tog tyglarna över Mistys huvud och ledde henne ut ur ridhuset. Ben slog följe med dem och en kamratlig tystnad lade sig medan de gick längs kanten av tävlingshagen, där Misty frustade avslappnat. Den tidiga solen gav hästarna i rasthagen bronsfärgade kanter och fick dammet i Kates hår att glimra som guld. Ben sneglade på henne från sidan.

”Så”, sa han, ”var sitter schemat? Jag såg igår kväll att du hade färgkodat whiteboardtavlan igen. Ska den lila färgen indikera ’mycket drama’ eller är det bara en tillfällighet?”

”Lila är för bekräftade betäckningar”, svarade Kate, dödligt allvarlig. ”Rött betyder att vi väntar på att progesteronnivåerna ska stiga. Grönt betyder klar för tävling.”

Ben nickade, och hans ögonrynkor skvallrade om att han var road. "Just det. Och jag antar att Cavalier är blå?"

"Cavalier är blå", bekräftade Kate, utan att missa den torra tonen i hans röst. "Vilket betyder att han bara har avelstjänst, åtminstone fram till sin sadelutprovning nästa vecka. Två betäckningar inplanerade, plus ett bockprov för en mycket smart uppfödare i Warwick som vill frysa ner några strån innan Cavalier når Grand Prix-nivå och vi höjer hans pris."

Bens min förblev beundransvärt neutral, även om ett leende ryckte i mungipan. "Finns det ett schema för mig, eller ska jag bara dyka upp vid måltiderna och hoppas att jag inte är dubbelbokad med en häst?"

Kate flinade. "Om jag hade ett schema för dig, skulle det bara stå: 'Ben; försök inte rida, kan vara benägen till spontana avsittningar'."

De passerade staketet där Duchess, Kates älskade pensionär, betade nöjt. Duchess lyfte på huvudet för att välkomna dem och frustade i deras riktning.

Kate stannade, lät Misty beta ett ögonblick och vilade en hand mot staketet. "Jag har en plan för nästa år", sa hon med en aning lägre röst.

Ben lutade sig fram, en signal om att han var redo för en av Kates utvikningar om långsiktiga planer, den typ av detaljer som skulle få de flestas ögon att bli tomma men som för honom ofta hittade raka vägen ner i anteckningsboken han hade i bakfickan på sina jeans.

"Berätta", sa han och anlade den uppmärksamma, uttryckslösa min han reserverade för hennes vetenskapliga utläggningar.

"Vi ska göra ICSI på Misty och Duchess nästa avelssäsong", sa Kate, med en återhållen men uppenbar entusiasm. "Skadeståndet från stämningen är mer än tillräckligt för att finansiera det. Cavaliers sperma, såklart. Vi kommer att plantera in embryona i surrogatmammor.

Vilket betyder att vi om ett år kommer att ha en hel kull Ridgewater-uppfödda föl med blodslinjer på toppnivå."

"Provrörshästar?"

"I princip", sa Kate. "Intracytoplasmatisk spermieinjektion. De plockar ut äggen, befruktar dem i ett labb och planterar sedan in embryona i mottagarston. På så sätt kan Misty fortsätta träna, Duchess kan få mer än ett föl per år och behöver inte bära föl själv om hon behöver en paus, och om något händer med någon av dem lever deras arv vidare."

Ben såg på henne med huvudet på sned av beundran. "Och det här är normalt i hästvärlden?"

"Tja, inte inom galoppen. Galopphästar måste fortfarande betäckas naturligt, och stona måste bära sina egna föl. Men det är normalt för de bästa stallen inom sporthästvärlden", svarade Kate, "även om det brukade vara utom räckhåll för alla som inte var stenrika. Men tekniken har förbättrats, och förlikningen från Hughes-fallet låter oss i princip hoppa över ett decennium av långsam avelsframgång."

Hon klappade Duchess på mulen, försvann i tankar ett ögonblick och vände sig sedan mot honom. "Vill du höra mitt verkliga mål?"

"Alltid."

"Jag vill att Ridgewater ska vara det främsta sporthäststuteriet i Queensland", sa hon, med låg men intensiv röst. "Inte bara en plats dit folk skickar sina barn för lektioner, utan ett varumärke. McKenzie-hästar på alla stora tävlingar, både internationellt och lokalt. Hästar med namn som betyder något, inte bara för oss utan för hela branschen. Jag vill att tjejerna vi tränar nu ska komma tillbaka hit om fem år och köpa Ridgewater-uppfödda hästar till sig själva."

Ben nickade, och för en gångs skull drog han inget skämt eller försökte dämpa hennes intensitet. "Det är ett jävla arv."

"Det är vad vi är menade att göra", sa Kate. "Pappa vet det, även om han låtsas att han inte bryr sig. Mamma har drömt om det sedan hon lämnade Sverige, men det tar verkligen generationer av avel och träning att bygga upp." Hon tittade på honom, en kort, skarp blick. "Det handlar inte om pengarna. Det handlar om..."

"... att bevisa att sättet ni gör saker på spelar roll", avslutade Ben.

"Ja", höll Kate med, med en sällsynt sårbar ton i rösten. Hon gav Duchess en sista klapp och smackade sedan på Misty, som gick iväg mot stallet som om hon hade lyssnat hela tiden.

De slog följe igen, Kates raska steg perfekt synkroniserade med Bens längre och slappare. En flock kakaduor lyfte från den bortre änden av hagen, skränande och piskande luften medan de slog sig ner i träden vid sjön.

"En sak kan jag säga dig, McKenzie", sa Ben, med lättsam röst igen, "du kommer att göra mig till ryttare än."

"Var inte löjlig", sa Kate. "Du är fortfarande en total nybörjare. Du vet inte ens vad en has är."

"Jag har hört från en säker källa att det är den spetsiga biten på bakbenet", svarade Ben med oberörd min.

"Det är en början", medgav Kate och log.

De kom fram till stallplanen, där Misty stannade för att vänta på att få sin grimma påsatt. Kate satte på den och räckte sedan grimskaftet till Ben medan hon hämtade en ryktborste och en ren handduk från sadelkammaren. När hon kom tillbaka stod Ben och kliade Misty i nacken och mumlade nonsensord, medan stoet halvsov av belåtenhet.

Kate arbetade snabbt och gnuggade Misty torr. Ben tittade på, smuttade på sitt svalnande kaffe och frågade sedan: "Så vad händer när du har ett dussin föl att rida in? Måste du träna alla själv?"

Kate torkade sig i pannan. "Ingen kan göra det ensam. Men Emma och Sarah är fortfarande kvar, och Pip, och vi hittar hela tiden jobb åt Zoe även om hon låtsas hata det, och farmjobbsförmedlingarna fortsätter att skicka oss backpackers med hästerfarenhet som ska göra farmjobbsdelen av sina visum." Hon tystnade och tittade sedan på honom. "Vi hittar alltid folk som bryr sig om hästarna. Det är aldrig bara jag."

Ben log, ett sällsynt öppet leende. "Låter bekant", sa han. "Du gör all planering, all schemaläggning, men i slutändan är det gemenskapen som gör det möjligt."

"Exakt", sa Kate. "Du förstår."

Hon drog handduken över Mistys hals och tittade sedan på stoet med djup kärlek i blicken. "Hon är otrolig", sa hon mjukt. "Nästa generation kommer att bli ännu bättre."

Ben kom närmare, noga med att inte tränga sig på. "Jag tänkte på vad du sa häromkvällen, om McKenzie-sättet. Jag tror det gäller människor lika väl som hästar."

Kate höjde ett ögonbryn. "Du menar envisa och omöjliga att hantera?"

"Jag menar att ni avlar för potential, men ni formar den med kärlek", sa Ben och överraskade dem båda. "Det är det som gör Ridgewater speciellt. Inte namnet, inte blodslinjerna, utan sättet ni alla bryr er om varandra."

Kate tittade på honom, återigen förvånad över hans insikt. "Tack", sa hon och menade det.

De gjorde färdigt med att rykta Misty och ledde henne sedan tillbaka till hennes hage, där hon rullade sig grundligt i gräset och reste sig med nya gräsfläckar på sin skimliga päls. Ben lutade sig mot grinden och sträckte demonstrativt på ryggen.

"Så", sa han, "kallar vi detta Ridgewaters renässans, eller är det för pretentiöst för nyhetsbrevet?"

"För pretentiöst", sa Kate, men hennes ögon glittrade. "Men jag kanske snor det till mitt nästa Instagram-inlägg."

Han log brett, nöjd med att ha bidragit.

Solen hade nu gått upp helt, hagarna glödde av ljus och dagen rullade på vare sig de var redo eller inte. Kate andades

in djupt, kände den svala luften i sina lungor och andades
ut långsamt. Detta var hennes hem, hennes framtid.

De gick tillbaka mot huset, sida vid sida, deras skuggor
sträckte sig långa över det daggvåta gräset.

Vid mitten av eftermiddagen tryckte försommarvärmen
tjock och sirapsliknande mot fönstren i The Shack, men
inomhus var luften sval och stilla. Ben hade lagt beslag
på skrivbordet vid det största fönstret, en strategisk plats
som erbjöd panoramautsikt över de nedre hagarna och,
ännu viktigare, den stadiga distraktionen av att se Kate
arbeta. Skrivbordet i sig var ett monument över kreativ
entropi: öppna böcker staplade som miniatyrskyskrapor,
en sliten anteckningsbok som blödde post-it-lappar,
en halv drucken mugg med örtte som blivit kall.
Kate, som satt vid köksbordet, hade prydligt arrangerat
anmälningsblanketter för tävlingar i ordnade kolumner,
med pennor och överstrykningspennor färgkoordinerade
och uppradade i räta vinklar. Kontrasten roade dem båda.

Ben skrev med samma intensitet som någon som
försöker springa ifrån en deadline, även om den enda
verkliga pressen var hans egen. Med några styckens
mellanrum sneglade han över sin bärbara dator för att se
om Kate hade lagt märke till hans flit. Hon låtsades inte
om det, men han visste att den snabba blicken från sidan
betydde att hon höll räkningen.

"Vill du ha mer te?" frågade han och reste sig redan från
sin stol.

"Jag klarar mig", svarade Kate, utan att titta upp
från formuläret hon fyllde i. "Men om du vill byta
så kan jag göra en första omgång med stavnings- och
grammatikkontroll på ditt utkast om du vill fylla i de här
anmälningsblanketterna åt mig."

Ben rös med teatralisk fasa. "Det är mer troligt att jag ställer upp i en skönhetstävling än att jag navigerar på Ridsportförbundets onlineportal."

"Sant", sa Kate, medan pennan knackade tankfullt mot pappret. "Det är som om de aktivt vill att man ska tappa hoppet."

Han hällde upp mer te åt sig själv ändå och bar tillbaka det till sitt skrivbord, där hans telefon omedelbart började surra av ett inkommande samtal. Han kände igen namnet och kastade en blick på Kate.

"Verity", mimade han och lade ner telefonen på skrivbordet. Han tryckte på "acceptera" och satte samtalet på högtalare så att Kate kunde höra hela kraften i hans agents entusiasm.

"Crossley!" Veritys röst sprakade av energi, även genom en lite skakig anslutning. "Säg att ni sitter ner."

Ben rätade på sig och undertryckte ett leende. "Det gör jag, men jag kan förbereda mig om det behövs."

"Jag har precis pratat med amerikanerna", sa Verity och gick rakt på sak. "De är besatta. Ert utkast för den nya serien kallas den mest autentiska 'rural crime'-skildringen som kommit från Australien sedan, tja, någonsin. Hör på det här: budgivning om TV-rättigheterna har redan börjat. Kan ni fatta det? Netflix har anslutit sig till chatten, baby!"

Kate tittade upp från sitt pappersarbete, med vidgade ögon. Hon gav honom en överdriven dubbel tumme upp och mimade sedan "Netflix?" med ett höjt ögonbryn.

Ben lyckades hålla rösten lugn. "Det är... fantastiskt, Verity. När vill de att vi ska gå vidare?"

"Jag behöver att ni skickar de två nästa kapitlen senast på fredag, och en mer detaljerad synopsis för bok två, och kan ni snälla uppdatera er författarbiografi på er hemsida? Amerikanerna vill ha den mer... personlig. Kanske luta er mot hela 'hästkarl som bor på en gård i Queensland'-vibb. Det är bra för varumärket."

Ben sneglade på Kate, som flinade och mimade att hon red en bockande rodeohäst.

"Det ska jag göra", sa han i telefonen och försökte hålla rösten professionell trots skrattet som bubblade upp i bröstet. "Tack för uppdateringen, Verity."

"Ni är en stjärna, älskling", sa Verity med plötsligt mjukare röst. "Verkligen. Det är det bästa ni någonsin har skrivit." Hon avslutade samtalet utan att vänta på hans svar, som vanligt.

Han skakade på huvudet, lite chockad, och tittade över rummet, där han fann att Kate såg på honom med ett ömt, lite uppgivet leende.

"Jag hoppas du är redo för din närbild", sa hon och lade undan sin penna. "Nästa sak du vet har du ett dokumentärteam här, som vill ha B-roll på dig när du mockar boxar och låtsas att du är en gammal van hästkarl."

Ben fnös. "Då skulle jag behöva lära mig hur man gör det utan att få hästskit på tröjan. Eller i håret."

"Jag kan ordna lektioner", sa Kate. "Men du måste skriva under ett ansvarsfriskrivningsformulär först."

De skrattade båda, den lätta rytmen i deras skämtsamma ton bekant och trygg. Ben lutade sig tillbaka i sin stol och sträckte på sig tills det knakade i axlarna.

"Föreställde du dig någonsin det här?" frågade han, med en mjukare röst nu. "Allt det här. Jag, här. Vi."

Kate såg tankfull ut. "Inte det minsta. Jag antog alltid att jag skulle sluta med en annan hästmänniska, eller bara förbli singel eftersom ingen någonsin skulle stå ut med min speciella sort av tvångsmässig kontrollmani. Du var en oväntad variabel." Hon mötte hans blick, hennes blick stadig. "Den bästa sorten."

Han kände tyngden av det, sanningen i det, och lät ögonblicket dröja kvar.

Hon återvände till sitt pappersarbete, men hennes leende bleknade aldrig. "Tro inte att jag inte såg att du smög in en version av mitt färgkodssystem för gelpennor i dina researchanteckningar", sa hon, medvetet nonchalant. "Jag smittar av mig på dig."

"Jag tror uttrycket är 'korrumperar min konstnärliga process'", svarade Ben och drog fram sin slitna anteckningsbok ur fickan. Han slog upp den på en sida där han faktiskt hade försökt sig på en rudimentär färgkod för handlingstrådar och karaktärsutveckling. "Du förstår, den blå pennan betyder mord, röd betyder hästrelaterade brott, och grön är..."

"Matscener?" gissade Kate.

"Korrekt", sa Ben. "Överraskande många, med tanke på att jag fortsätter att skriva om landsbygden i Queensland och inte ett bageri. Jag skyller på dina macadamiabollar. På tal om det, langa över burken. Jag är småsugen."

De sjönk in i en kamratlig tystnad ett tag, de enda ljuden var pennans raspande, kylskåpets svaga surr och det tillfälliga knastrandet när Ben åt ytterligare en macadamiaboll. Solen kastade långa rektanglar av ljus över golvet, damm som drev i lata strömmar. Det var den sortens eftermiddag som Kate för ett år sedan skulle ha fyllt med oavbruten träning, möten eller att komma ikapp med pappersarbete tills ögonen gick i kors. Nu fann hon sig själv njuta av den påtvingade tystnaden, den långsamma uppbyggnaden av ett delat liv.

Till slut stängde Ben sin anteckningsbok, staplade den prydligt och satte sig bredvid henne vid bordet.

"Vad är kvar till imorgon?" frågade han och sneglade på hennes prydliga kolumner.

"Bara den sista anmälan till försäsongstävlingen i Toowoomba", sa hon. "Och det är Misty, såklart, men jag tar med Cavalier för miljöträning."

"Du borde ta med mig för exponering", sa Ben och poserade som en högdragen författare. "Om jag ska bli det nya ansiktet utåt för 'rural noir' måste jag göra lite fältforskning."

Hon sträckte sig över bordet och klämde hans hand, en sällsynt spontan gest. "Jag är glad att du är här", sa hon, med en plötsligt uppriktig röst. "Jag kan inte föreställa mig att göra det här utan dig nu."

Ben klämde tillbaka. "Vi är ett team, kom ihåg? Jag bidrar med kaos, du bidrar med färgkodningen. Det är en vinnande kombination."

De satt tillsammans i det falnande eftermiddagsljuset, deras händer fortfarande sammanflätade, känslan av hem starkare än någon av dem någonsin hade förväntat sig att hitta på en så osannolik plats.

Skymningen sipprade in över hagarna med en långsam oundviklighet, blåa skuggor sträckte sig från gummiträden och solen förvandlade molnens kanter till smält brons. Kate och Ben satt på verandan på baksidan av The Shack med en öppnad vinflaska mellan sig och en decimerad ostbricka balanserad på en låda. Kates bärbara dator, placerad på det gamla utebordet, lyste med det välbekanta ansiktet av hennes far, Jim McKenzie, vars mustasch och solbränd hud fick honom att se ut som en pensionerad sheriff från inlandet även över en något hackig videoanslutning.

"Fungerar det?" dånade Jims röst, dubbelt så högt som nödvändigt. "Inga, kan du se dem?"

Ett blont huvud dök upp bredvid honom. Ingrid, solbränd och iklädd en fuchsiafärgad solskärm, vinkade mot kameran. "Hej, älsklingar! Vi är utanför ett bageri i Tanunda. Din far äter strudel."

Jim strålade och övergick omedelbart till affärer. "Okej, Katie-flickan, berätta om Cavalier. Fick du schemat för tappning som jag mejlade?"

Kate log brett. "Ja, pappa, och jag har redan lärt honom hoppa på bocken, duktig pojke som han är, och Marcus tog det första partiet till kliniken för att titta på i mikroskop. Marcus säger att han har utmärkt motilitet. Han ska betäcka Duchess på måndag och två av galoppstona på onsdag, förutsatt att folliklarna bibehåller sin nuvarande tillväxttakt."

Ben, som aldrig hade kunnat föreställa sig att han en dag skulle kunna följa detta samtal, nickade klokt. "Vi hoppas på minst tre bekräftat dräktiga till jul", sa han.

"Underbara nyheter! Och hur är det med Misty?" insisterade Ingrid.

"Jag tror faktiskt att hon är lite uttråkad utan tävlingarna", erkände Kate.

Jims ögon glittrade. "Som någon annan jag känner."

Det blev en kort, familjär tystnad, en sådan paus som i andra familjer kanske skulle kännas pinsam, men som i deras helt enkelt betydde att alla tänkte på samma sak. I åratal hade Kate varit den som pressat alla att fortsätta framåt, fortsätta tävla. Det hade krävts chocken av hennes avstängning för att tvinga henne att stå stilla tillräckligt länge för att inse vad hon verkligen ville ha.

Ingrid lutade sig närmare skärmen och kisade. "Ben, ni ser ut som om ni har gått ner i vikt sedan jag såg er i Perth. Matar Kate er?"

"Det gör hon", sa Ben. "Mycket effektivt. Hon har till och med delat med sig av receptet på sina macadamiabollar, och jag äter förmodligen alldeles för många av dem eftersom jag inte kan sluta när jag väl har tagit av locket på burken."

Jim skrockade. "Det är min flicka. Och hur går det med skrivandet?"

Ben tvekade och sneglade på Kate som för att be om lov. Hon himlade tillgivet med ögonen och gav honom en nick.

"Faktiskt", sa Ben, "så går det bra. Det finns ett tidigt intresse för den nya serien. Jag kanske kommer att skriva om Ridgewater under en lång tid framöver."

Ingrid strålade, hennes ansikte mjuknade. "Vi är mycket stolta över er båda", sa hon med en mild säkerhet som fick något i Kates bröst att lossna.

"Över alla er tjejer", sa Jim.

Det fanns en svag darrning i hans röst, en känsla han sällan visade. Kate kände det som ett ryck i sitt eget hjärta. Ridgewater hade alltid varit hennes föräldrars dröm, och de två hade arbetat oändliga timmar med sällsynta pauser i årtionden för att bygga upp det. Nu, när hon såg sina föräldrar avslappnade och genuint lyckliga på sina pensionsäventyr, insåg hon att det bästa arv hon och hennes systrar kunde ge var att hålla hemmets eldar brinnande tillräckligt starka för att de skulle kunna återvända när de ville.

Ingrid, som alltid var den som kände av när det blev sentimentalt, höjde sitt glas igen. "För Ridgewater", förklarade hon. "För nya början."

"För Ridgewater", sa alla i kör, och ljudet var överraskande obrutet trots tusentals kilometer och en skakig wifi-anslutning på landsbygden.

De pratade i ytterligare tjugo minuter, om väder, dieselpriser, om Pip och Jake någonsin skulle sätta ett bröllopsdatum, Jemimas kommande skolpjäs, de slutgiltiga planerna för deras villa vid golfbanan. Till slut frös skärmen på en särskilt osmickrande bild av Jims ansikte mitt i en tugga strudel.

"Jag tror det är vår signal", sa Ben och flinade.

Kate stängde laptopen och lutade sig tillbaka i sin stol och såg den sista orangea fläcken glida ner bakom åsryggen. Världen sjönk in i en tystnad, dagens kör av cikador gav vika för enstaka avlägsna rop från en spökuggla och dånet från en pickup när Emma körde runt hagarna för att dela ut kvällsfodret. Ben fyllde på Kates glas, sedan sitt eget, och de satt tillsammans och sög åt sig den fridfulla kvällen.

"Du vet", sa Ben, "jag hade aldrig kunnat föreställa mig att jag skulle känna mig hemma på en hästgård. Jag trodde att jag skulle vara den udda fågeln när Ingrid erbjöd mig The Shack. Storstadsförfattaren bland cowboyerna."

"Det är du fortfarande", sa Kate retsamt. "Men du passar in bättre än du tror."

Han vände sig mot henne med allvarliga ögon. "Jag menar det. Jag har aldrig känt att jag har hört hemma någonstans förut. Inte på riktigt."

Kate var tyst ett ögonblick. Hon lät sig själv föreställa sig hur det skulle ha varit om saker och ting hade gått annorlunda, om Vanessa inte hade saboterat för henne, om hon aldrig hade träffat Ben. Kanske skulle hon ha nått tävlingsframgångar, men hon skulle inte ha haft det här. Inget av skratten, de lågintensiva grälen, den märkliga harmonin mellan deras två världar som kolliderade. Hon ville inte tänka på den versionen av sig själv längre.

"Jag trodde aldrig att jag skulle vilja dela Ridgewater", erkände hon. "Inte på riktigt. Det var alltid min fristad. Men du känns inte som en gäst. Du känns som... en del av stället."

Ben sträckte sig efter hennes hand, deras fingrar flätades samman på ett enkelt, invant sätt. "Det är bra", sa han, "för jag har inga planer på att åka härifrån."

De såg ut över hagarna tillsammans medan mörkret föll, snabbt som alltid i subtropikerna, fölen jagade varandra i skymningen och de äldre hästarna samlades runt vattenhoarna efter att ha ätit upp sitt foder.

Efter ett tag knuffade Kate till Ben med foten. "Ska vi gå in? Eller planerar du att börja nattskiftet här ute?"

Ben låtsades tänka djupt. "Jag behöver en ficklampa om jag ska ta midnattsronden."

"Du gör bäst i att vänja dig", sa Kate med ett leende. "Imorgon är det fullt upp. Tre ston ska skannas, Emma och Pip ska på Laidley Sales och kommer tillbaka med ett lastbilsflak med vem vet vad som behöver tas om hand, och jag måste skicka in resten av de här anmälningarna före tolv."

Han lutade sig tillbaka och tittade upp mot de nålsticksliknande stjärnorna. "Jag skriver medan du motionerar Misty och Cavalier, sedan skickar du ett sms när du är klar så är jag din fram till mörkret."

Kate övervägde detta och nickade sedan. "Avtalat."

De satt i nöjd tystnad, den sortens stillhet som bara infinner sig när man äntligen har slutat springa från sig själv. Kate kände en djup visshet sprida sig inom henne. Hon kunde se framtiden nu, ljus och vidsträckt som hagarna bortom altanen. Det skulle komma hårda dagar och torka och, utan tvekan, nya skandaler och motgångar. Men det skulle också finnas dagar på hästryggen, och kvällar som denna, där världen kändes precis lagom stor och formad.

Kates telefon vibrerade. Hon sträckte sig för att ta den och log när hon såg Sarahs meddelande.

"Marcus är på väg tillbaka från stan med tillräckligt med pizza för att mätta en armé. Hänger du och Ben med?"

"Pizza!" Ben, som läste över hennes axel, slösade ingen tid utan kravlade sig upp på fötter, bara långa, klumpiga ben när han gick mot dörren. "Jag ska bara ta på mig kängorna!"

Skrattande väntade Kate bara tillräckligt länge för att skicka ett jakande svar till Sarah innan hon följde efter honom.

Kates energibollar

INGREDIENSER

2 kopp havregryn
1 kopp macadamianötter, grovhackade
¾ kopp torkad mango, hackad
⅓ kopp honung
En nypa salt
1 tesked vanilj
½ kopp riven kokos

GÖR SÅ HÄR

Värm honungen i en mikrovågsugnssäker kanna eller skål i ca 30 sekunder så att den blir rinnigare.

Blanda samman alla ingredienser utom kokosen i en stor skål.

Använd antingen en tesked eller en matsked, beroende på hur stora bollar du vill ha, och forma smeten till bollar med händerna.

Rulla bollarna i kokos så att de blir täckta och lägg dem på en plåt eller bricka klädd med bakplåtspapper för att stelna.

Förvara i en lufttät glasburk eller behållare upp till 1 vecka i rumstemperatur eller upp till 2 veckor i kylskåp – om de nu räcker så länge!

VARIANTER

Om du inte får tag på macadamianötter, eller om de är för dyra, kan du använda pekannötter eller cashewnötter i stället.

Du kan byta ut den torkade mangon mot torkade aprikoser, tranbär eller russin.

Nu lovar jag att det också kommer ett recept på Zoes magiska bananbröd... men du måste fortsätta läsa **Hästryttarna på Ridgewater** för att hitta det!

Fler böcker av Caitlyn Lynch

De Förlorade Australiska

Flickan i bäcken
  Flickan på Yachten
  Flickan i Herrgården

Hästryttarna på Ridgewater

Lita på resan

Bryta barriärer
Stadig mark
Skrivet i stjärnorna
Jul i Ridgewater

Elitstyrkan Rescue Rangers

Räddad av en Ranger
En Ranger återvänder
Under täckmantel med en Ranger
En Ranger mot världen
Rangers Hetta (endast för nyhetsbrevsprenumeranter)

Upptäck alla Shenanigans Press-utgivningar på vår webbplats(https://www.shenaniganspress.com/se) !

Eller följ oss på sociala medier — vi finns på Facebook och Instagram (@ShenanigansPressSvenska).

Och glöm inte att prenumerera på vårt nyhetsbrev för att få veta mer om nya släpp, erbjudanden, utlottningar och mycket mer!